Les androgynes

PSYCHOLOGIE SOCIALE

Collection dirigée par
J. Maisonneuve et S. Moscovici

Fabio Lorenzi-Cioldi

Les androgynes

Presses Universitaires
de France

TITRES PARUS

Abric J.-C. (dir.), *Pratiques sociales et représentations.*

Festinger L. *et al.*, *L'échec d'une prophétie.*

Feuerhahn N., *Le comique et l'enfance.*

Gosling P., *Qui est responsable de l'échec scolaire ?*

Lipianski E. M., *Identité et communication.*

Lorenzi-Cioldi F., *Les androgynes.*

Maisonneuve J., Lamy L., *Psycho-sociologie de l'amitié.*

Moscovici S., Doise W., *Dissensions et consensus.*

ISBN 2 13 046212 X

Dépôt légal — 1re édition : 1994, juillet

108, boulevard Saint-Germain, 75006 Paris

Sommaire

Retour à l'androgynie

> Il naît des êtres qui ont les deux sexes ; nous les appelons hermaphrodites, on les disait autrefois androgynes.
>
> Pline.

Il y a des mots dont la permanence fait fi de la profusion de leurs significations. *Androgynie* est l'un de ces mots. Pluriel dans son étymologie, il l'est encore davantage dans les mythes, dans les sciences — en particulier la psychologie sociale, et auprès d'acteurs sociaux, comme les mouvements féministes auxquels il prête une utopie. Ce livre est articulé autour de deux paradoxes qui caractérisent l'emploi actuel de cette notion.

Premier paradoxe : nos attitudes face à l'androgynie sont en même temps positives et négatives. Elles mêlent des figures concrètes, discréditées, à des symboles, abstraits et idéalisés. La promotion de l'androgynie est un phénomène complexe qui noue des prises de position idéologiques et des choix qui sont propres aux opérations de la science. Ici, je fais appel à la théorie des représentations sociales. Celle-ci rend compte de la manière dont les psychologues sociaux, lors des tentatives successives vouées à la résolution de cette tension évaluative qui est aussi une dialectique de l'image et du concept, ont fait subir de véritables métamorphoses à l'être androgyne.

Second paradoxe : l'androgynie, synthèse du masculin et du féminin, ne se situe pas à d'égales distances de ces deux termes. Se présentant comme une forme d'identité qui avantage l'individu au détriment des groupes auxquels il appartient, l'androgynie entretient des liens avec le statut social des groupes. L'appartenance à un groupe de haut statut, groupe dominant, favorise la personnalisation de l'individu, contrairement à l'appartenance à un groupe de moindre statut qui tend à faire apparaître ses membres comme plus interchangeables. Il apparaît alors que l'élision de l'appartenance sociale prônée par l'androgynie prend plus aisément corps chez des individus pour lesquels cette identité personnelle est, paradoxalement, un privilège collectif que leur confère l'insertion dans un groupe dominant. L'androgynie et l'identité personnelle se muent, dans des circonstances qui se réalisent d'autant mieux qu'elles sont ignorées, en des instruments de discrimination des dominants, auxquels elles sont plus intimement liées, à l'encontre des dominés. M'appuyant sur cette approche plus contextuelle et sociologique de l'androgynie, j'esquisse une théorie des conditions de son appropriation par les hommes et par les femmes. Cette tentative culmine dans l'abandon des théories si je puis dire « traditionnelles » de l'androgynie psychologique, au profit d'un modèle qui intègre le pouvoir, absent des travaux antérieurs : ce modèle est moins focalisé sur la psychologie individuelle. Si donc je place l'androgynie parmi les débats les plus récents de la psychologie sociale, j'entends aussitôt montrer que sa compréhension nécessite un double ancrage. Un ancrage dans les mythes, dont les travaux de philosophes et d'historiens, comme ceux de Delcourt dans *Hermaphrodite* (1958), d'Eliade dans *Méphistophélès et l'androgyne* (1962), et de Zolla (1989) dans *L'androgyne : la nostalgie de la fusion,* offrent d'excellentes descriptions et analyses. Un ancrage dans la psychologie sociale d'avant les années 1970, dont les efforts ont unanimement mais imparfaitement visé à en empêcher l'émergence.

Dans les contes mythologiques, l'androgynie est première. Pétrie d'accents nostalgiques, elle y représente la totalité harmonieuse qui, en se pervertissant, engendre les sexes. Les mythes, en ce sens, situent l'apparition des hommes et des femmes au moment où se produit la déchirure d'une unité primordiale. Fragmentation de cette unité, division de la totalité, séparation des contraires, les récits mythiques propagent la vision selon laquelle l'existence des sexes fait suite à un état de complétude et affaiblit la puissance des ancêtres. Les bienfaits de la fusion des sexes, à savoir la multiplication des potentialités individuelles, s'opposent aux limites contre lesquelles se heurtent ces « fragments d'êtres » que sont les hommes et les femmes. Dans le *Banquet,* Platon fournit une illustration remarquable de l'idéalisation d'un état originel. Aristophane y présente une humanité qui, par le passé, était composée de trois espèces : hommes, femmes et androgynes. Ces espèces étaient des êtres doubles, hommes-hommes, femmes-femmes, ou des moitiés d'homme et de femme. L'espèce androgyne « avait la forme et le nom des deux autres, mâle et femelle, dont elle était formée ». Les androgynes avaient un aspect sphérique, étaient dotés de quatre membres, d'une force et d'une vigueur extraordinaires, d'un courage sans pareil. Mais ces êtres étaient doubles jusque dans leurs défauts moraux. Ils voulurent égaler les dieux, et entreprirent d'escalader le ciel afin de les combattre. C'est alors que ceux-ci les coupèrent en deux et en firent des hommes et des femmes. La séparation des sexes, punition divine à l'encontre d'une ambition prométhéenne, amoindrit les androgynes et mit un terme à leurs prouesses. Les êtres aux formes arrondies devinrent des hommes et des femmes privés d'une véritable identité en tant que personnes. Aspirant à redevenir un même être, ils furent dès lors contraints leur vie durant à se chercher pour que les deux ne fassent plus qu'un.

Ce mythe suggère que la division des sexes se substitue à leur fusion mais également à leur félicité. Or la particularité d'un grand mythe tient dans la force de persuasion qu'il irradie malgré son antiquité (Tournier, 1981). La nostalgie de l'indifférenciation des êtres est toujours présente, et a gagné droit de cité dans la communauté scientifique. Comme le soutient Libis (1991), il existe de singulières similitudes entre l'androgynie dans la science et les contenus de certains mythes. Depuis une vingtaine d'années, l'intérêt pour l'étude de l'androgynie a grandi en psychologie. Les théories de l'androgynie — il faut parler au pluriel — tirent leur force de ce qu'elles entretiennent l'idée d'en finir avec l'incompréhension entre les hommes et les femmes, l'exploitation et la domination des uns sur les autres, leur devenir conflictuel. Il ressort de ces théories une utopie dans laquelle la personnalité androgyne réconcilie les sexes dans un être nouveau.

L'androgyne transgresse les frontières du masculin et du féminin et les dualismes psychologiques et culturels qui leur sont solidaires. Il édifie une personnalité qui dénote l'originalité, la singularité, l'authenticité, l'excentricité par rapport aux groupes d'appartenance. Etre complet, il redonne naissance à l'idée de perfection qui existait *au commencement* et annonce une eschatologie. Il s'agit en somme de guérir l'homme et la femme des mutilations que leur ont infligées les dieux à la lisière de ce passé sans âge, passé antérieur, extérieur et hétérogène au présent, comme le signale Veyne (1983).

Aujourd'hui, l'androgynie psychologique peut être conçue comme la traduction de cet idéal mythologique dans les termes des catégories de la science. Les théories actualisent d'anciens mythes, mais elles *inversent le mouvement* qui, dans ceux-là, partait de la fusion des sexes et culminait dans leur division. La psychologie parcourt la mythologie à rebours. L'engouement pour cette notion y a succédé à l'effort de décrire les différences entre les sexes ; les théories sont désormais inspirées par l'idée de la reconquête d'un état originel, et forgent une personnalité dans laquelle s'harmonisent les principes masculin et féminin. Ce retour à l'androgynie, cette élévation au bien-être, à la perfection, à la toute-puissance, semble en mesure de mettre un terme à la guerre des sexes : la voie de la mixité, comme l'affirme Thébaud (1992), apparaît de plus en plus comme une synthèse souhaitable dans un avenir à construire.

Mais l'inversion du mouvement mythique opérée par la psychologie ne se limite pas au remplacement du paradigme de la différence des sexes par celui de leur fusion. Il concerne également les représentations de l'individu androgyne, qui témoignent d'une extraordinaire amphibologie. L'idée de réunion des sexes donne en effet lieu, potentiellement, à une infinité de manières d'être. Je vais toutefois isoler trois grandes représentations. L'androgyne est tantôt un être chez lequel coexistent masculinité et féminité. *Mâle ou femelle,* il juxtapose les qualités des deux sexes et réalise leur équilibre. Il use au mieux de ces qualités en les alternant selon les circonstances dans lesquelles l'une ou l'autre est considérée comme adaptée. On remarque toutefois que cette conception reste entachée de dimorphisme, car elle préserve les spécificités, par ailleurs discréditées, du masculin et du féminin. L'androgyne revêt alors, parfois, l'habit d'un être de fusion, *à la fois mâle et femelle.* Il s'agit ici d'une coalescence, d'une alliance des sexes qui, à un niveau d'abstraction plus élevé, produit un être authentiquement nouveau. Le tout ne résulte plus de la somme des parties, mais d'une hybridation du masculin et du féminin dans laquelle s'effacent leurs spécificités et leurs frontières. L'abstraction atteint toutefois son apogée lorsque la personne androgyne est dépeinte par son indifférence au masculin et au féminin. *Ni mâle ni femelle,* l'androgyne peut alors déjouer les pièges du dimorphisme en quittant définitivement le plan des distinctions basées sur l'appartenance aux groupes de sexe.

Les représentations de l'androgynie sont donc plurielles : totalisation de fragments d'êtres qui préserve leurs caractères, fusion des contraires et annulation de leur tension, transcendance du masculin et du féminin, des normes sociales et culturelles. Cet inventaire, s'il n'épuise pas la variété des significations de l'androgynie, permet de fixer des points de repère dans l'évolution des conceptions qui ont prévalu à différents moments de l'histoire, une histoire à long terme, celle qui embrasse la mythologie, et à court terme, celle qui concerne la psychologie sociale. Comme je l'ai évoqué, science et mythologie parcourent le même itinéraire mais dans des directions opposées. Dans le mouvement qui part de la fusion des sexes et va vers leur division — dans les mythes — et puis de nouveau vers leur fusion — dans la science — on trouve, aux extrêmes, les conceptions les plus abstraites, non figuratives, de l'androgynie. Ailleurs, dans les expressions mythiques les plus récentes de l'androgynie ainsi qu'au moment où cette notion apparaît en psychologie, émergent des conceptions où se niche le dimorphisme sexuel.

Considérons d'abord l'androgynie dans les mythes. Les figures d'ancêtres et de dieux androgynes se répartissent sommairement sur un continuum qui oppose des conceptions à forte teneur symbolique, très valorisées, et des conceptions concrètes, ambiguës, voire chargées de connotations négatives. Vers le premier pôle, ineffable et plus lointain, l'androgynie est pur concept. Vision de l'esprit délivrée de marques sexuelles, elle est chargée des plus hautes promesses. Vers le pôle figuratif, « actualisée en un être de chair et de sang, elle est une monstruosité, et rien de plus » (Delcourt, 1958, p. 68). Les représentations plastiques d'Hermaphrodite, ce dieu à l'anatomie double, incarnent de manière suggestive cette figure *tardive* de la mythologie grecque. Comme le relève Delcourt, « [Les sculpteurs] ont appelé vers le monde des formes ce qui aurait dû rester une vue de l'esprit. Ils se sont attachés à représenter cet être pour lequel la réalité ne leur offrait pas de modèle, sans se rendre compte qu'ils ne mettaient leur habileté à son service que pour appauvrir sa signification » (1958, p. 2). Les artistes grecs, à l'exception de ceux de la décadence précisément, « avaient eu pour idéal un type humain aussi peu marqué que possible par le dimorphisme sexuel, comme si une figure androgyne avait habité leurs imaginations » (id., p. 86)[1]. De manière analogue, dans le mythe de Platon, également tardif, le rôle qu'assument les hommes doubles et les femmes doubles est certainement secondaire par rapport à celui joué par les androgynes, mais force est de reconnaître que ceux-là composaient la majorité des ancêtres. Or les moitiés de même sexe qui sont, après la punition divine, à la recherche l'une de l'autre, nous obligent à penser que la fusion des sexes a quelque chose à voir avec l'amour homosexuel (Frutiger ne considère-t-il pas que la fable des hommes doubles de Platon « ne veut ni soulever ni résoudre un problème d'origine, mais qu'elle est la simple projection dans un devenir imaginaire des différentes espèces d'érotisme étudiées comme un fait *donné* »?, 1930, p. 198). Le mythe est d'abord un récit qui met en scène des personnages à l'identité individuelle plus ou moins marquée. Il se déploie dans des lieux et « prend corps » dans des héros qui, en restituant le symbole aux sens, en exaltant certains segments de l'utopie pour les besoins de la communication et de la persuasion, trahissent les idéaux dont ils tirent leur origine, et font apparaître, dans le cas de l'androgynie, des créatures insolites, parfois insolentes. Le récit mythologique s'épaissit et se propage en habillant le symbole — l'idéal androgyne — avec des réalités — l'hermaphrodite et l'homosexuel —

1. Le musée d'Olympie, par exemple, abrite des trésors de l'ancien art grec qui illustrent de manière remarquable cette évolution. La sobriété des *métopes d'Atlas* de la période dite austère contraste avec le sourire et la charge expressive de l'*Hermès* de Praxitèle, ouvrage de l'époque décadente.

reconnues et comprises de tous. Ici, l'androgynie ne préfigure pas un monde à venir ; elle légitime plutôt la division présente entre les sexes. (La mise en perspective de textes mythologiques qui nous parviennent dans des traductions différentes et des réinterprétations successives doit toutefois être considérée avec prudence. Berta (1985, p. 8), repère ainsi une traduction du *Banquet* de Platon dans laquelle « androgyne » est restitué par « hermaphrodite ». Le traducteur souligne ici la physiologie de l'être décrit par Aristophane.) Considérons maintenant l'androgynie en psychologie. Contrairement à ce qui émane des récits mythiques, les représentations d'androgynes s'y déploient, dans le temps, des plus concrètes aux plus abstraites. Ce déroulement peut certes être interprété de différentes manières, parmi lesquelles on trouve une quête inlassable de perfection. Mais, en profondeur, se détache l'effort des scientifiques qui a visé à *extraire* l'androgynie psychologique des mailles d'une réalité sociale et culturelle dont les acteurs, prolongeant les conceptions de la différence des sexes élaborées au cours de ce siècle, assimilent la mixité des tempéraments à l'ambivalence, à l'homosexualité, à l'inversion. L'androgynie devient alors le commun dénominateur de ces pathologies qui, si elles relèvent d'explications résolument différentes en psychologie, renvoient pêle-mêle, dans les représentations que s'en font les individus, à la possession du tempérament de l'*autre* sexe et donc à la transgression de l'impératif d'adaptation sociale. Ne pouvant se défaire aussi abruptement et aussi pleinement qu'elles le souhaitaient de l'emprise de ces théories classiques, les partisans de l'androgynie du début des années 1970 — que l'on dénombre exclusivement chez les femmes féministes — adoptent une définition très concrète de l'androgynie dans laquelle s'insinue le dimorphisme sexuel, la tension du masculin et du féminin. Ce phénomène témoigne de la pesanteur du climat social et intellectuel dans lequel opèrent ces chercheuses. Le savoir qu'elles héritent est composé pour l'essentiel de théories statuant que le sexe biologique des individus et ses significations culturelles, le genre, forment un système d'oppositions homologues. Ce système est un ensemble cohérent, occasionnellement dérangé par des individus pouvant dès lors être considérés comme déviants, comme exprimant une pathologie : il n'y aurait fondamentalement que deux manières d'être des individus, qui s'accordent avec leur sexe, et qui ne laissent qu'une place mineure à l'expression de différences entre personnes. Selon Lionetti (1988), cette mise à l'index de l'androgyne est loin d'être un accident, car « Chaque culture développe un ou plusieurs systèmes de classification, plus ou moins rigides, permettant de connaître, d'ordonner et de manipuler le réel : on note généralement dans de tels systèmes une tendance à la bipolarité qui répartit les multiples composantes de l'expérience humaine — plantes, animaux, astres, ustensiles, qualités morales, etc. — en série d'oppositions binaires subissant une sexualisation prononcée. On établit ainsi une correspondance entre les différentes oppositions et l'opposition sexuelle. Si l'on rejette donc tout élément n'ayant pas de position précise dans le domaine du monstrueux, l'anomalie sexuelle, l'androgynie comme l'homosexualité, représente le monstre par excellence, l'être hybride qui défie l'ordre « naturel » des sexes et, par conséquent, la pertinence de toute classification » (p. 36). On comprend aisément que l'idée d'androgynie s'insère d'abord un peu maladroitement dans ce savoir strictement dichotomique. Mais elle va néanmoins, lentement, lui faire subir une mutation profonde. Cette mutation s'accomplira en l'espace d'une dizaine d'années.

La première approche de l'androgynie traduit donc sur le plan psychologique les traits de l'hermaphrodite. Elle y est définie comme l'addition ou la coprésence, chez un individu, de caractéristiques masculines et féminines, ces mêmes qualités qui, lorsqu'elles s'excluent mutuellement, sont à l'origine des tempéraments sexués. Heilbrun, dans une préface datée de 1973 à un essai sur les figures d'androgynie en littérature (1964), assurait encore que les définitions conventionnelles de « masculin » et « féminin » font tellement partie de notre manière de voir les choses qu'il nous est impossible d'écrire à propos de l'androgynie sans utiliser ces termes dans leur sens accepté et reçu. Elle nous avertissait néanmoins que, dans son essai, elle allait mettre ces termes entre guillemets afin de s'en distancier. A ce moment, l'androgynie est certes une idée novatrice. Mais comme le laisse entendre Heilbrun, elle n'est pas encore *totalement* étrangère aux conceptions classiques. Cette ambiguïté caractérise également le premier manifeste de l'androgynie, intitulé *L'égalité des sexes : une suggestion présomptueuse,* qui paraît en 1964 avec une dizaine d'années d'avance sur les premières études empiriques de l'androgynie. Sociologue féministe, Rossi y soutient qu'une « conception androgyne des rôles sexuels signifie que chaque sexe cultive des caractéristiques généralement associées à l'autre sexe dans les définitions traditionnelles des rôles de sexe. Cela veut dire que la tendresse et l'expressivité devraient être cultivées chez les garçons et socialement approuvées chez les hommes afin qu'un individu de sexe masculin de tout âge dans notre société se sente libre, psychologiquement et socialement, d'exprimer ces qualités dans ses rapports sociaux. Cela signifie que le besoin de réussir, la compétence professionnelle et l'agressivité constructive devraient être cultivés chez les filles et approuvés chez les femmes afin qu'un individu de sexe féminin de tout âge soit pareillement libre d'exprimer ces qualités dans ses rapports sociaux » (p. 608). L'androgynie repense l'incompatibilité des sexes dans les termes de leur présence simultanée et de leur alternance chez un individu. Celui-ci acquiert la faculté de passer librement d'une situation à l'autre, de s'y adapter en exprimant les attitudes et les émotions appropriées à chacune d'elles. Partant, cet individu actualise ses qualités sans craindre de conséquences négatives pour avoir violé les normes liées aux rôles sexuels.

Mais l'individu, dans la mesure où il « incorpore » les qualités des deux sexes, s'avère mal armé pour braver le stigmate de l'homosexualité. Comme l'exprime Heilbrun d'entrée de jeu, dans l'essai que je viens de mentionner, « Malheureusement, il est plus facile de savoir ce que nous avons à craindre de l'androgynie que ce que nous pouvons en espérer. [...] L'androgynie semble menacer les hommes et les femmes plus fortement dans leurs rôles sexuels que dans leurs rôles sociaux. [...] L'androgynie, qui est un idéal, peut être confondue avec l'hermaphroditisme, qui est une anomalie physique » (p. XI-XII). Les moyens de communication de masse joueront un rôle important dans la divulgation mais aussi l'appauvrissement de l'androgynie. De très nombreux magazines, des émissions télévisées, voire des textes de vulgarisation scientifique, propagent continuellement des réflexions empruntées à la psychologie, qui se mêlent aux portraits de tel ou tel personnage *exceptionnel,* souvent issu du monde artistique, qui brouille les frontières du genre, ou encore qui a partie liée avec la médecine chirurgicale comme le transsexuel. « "Vulgariser", comme l'écrit Boltanski, c'est d'abord traduire un langage savant en un langage vulgaire, c'est-à-dire passer du système des catégories employé par les "hommes de science" à celui qu'utilisent les "hommes du peuple", c'est-à-dire au bout du compte, passer du système des catégories qui est lié à l'état *le plus récent* et le plus élevé de la science à un système de catégories lié à un état *précédent* du savoir » (1984, p. 88). Les iconologues s'emploient ainsi à dégrader l'idéal androgyne, compris non pas comme une plénitude d'être mais comme la présence active des deux sexes ou, selon une formule d'Eliade, comme une surabondance de possibilités érotiques (par exemple, *Omni,* octobre 1990 ; *Time Magazine,* automne 1990 ; *Science et Vie,* juin 1990 ; *Les Clés,* mars 1992).

Reconduit dans le quotidien, l'androgyne ou hermaphrodite psychologique reste suspendu à une contradiction, car il « se déploie du paradigme à l'aberration : il est à la fois exemplaire et inacceptable. Symboliquement, il nous renvoie à l'être-complet d'avant les fautives césures ; mais, incarné, il désigne en même temps l' "hybris" du retour impossible à l'originelle harmonie. La logique courante, éprise de simplicité binaire, le répudie » (Libis, 1991, p. 178). D'une part, l'androgyne endosse l'habit d'une personne, homme ou femme, qui brouille les frontières du masculin et du féminin, jusque-là si solidement établies, et devient subversive, menaçante. Mais d'autre part, cette personne est à son tour la cible de jugements qui l'emprisonnent dans la dichotomie du normal (la conformité aux rôles sexuels) et du pathologique. Destinée à n'être que la solution individuelle à des problèmes de nature psychophysiologique, elle est purgée de l'utopie et est repensée dans des catégories plus anciennes et familières. Domestiquée, elle subit une mutation et devient un instrument de stigmatisation des individus. A travers un processus qui a été nommé de différentes manières — par exemple le totémisme de genre (Harding, 1986) — et qui fait depuis quelques années l'objet de la théorie des représentations sociales avec l'étude de l'*objectivation* (Moscovici, 1976, 1986), le concept théorique devient substance, donné de nature, pire, contre nature. Objectiver signifie surimposer au concept une image qui préexiste à ce concept et qui rend ce dernier « re-connaissable »[1]. En s'objectivant, et tout en soulignant la désirabilité de l'état androgyne, la théorie de l'androgynie comme addition des deux sexes échappe à la psychologie sociale et se réinstalle, pervertie, dans la pensée quotidienne. Une nouvelle idée commence alors à se profiler : l'androgynie ne peut être une alternative viable à la division des sexes que si les qualités masculines et féminines elles-mêmes étaient remplacées par d'autres qualités, voire... par l'*absence* de ces qualités. Alors seulement, « le lesbianisme et l'homosexualité masculine cesseront d'être stigmatisés si sévèrement, car ils ne seront plus associés à l' "hommasse" chez les femmes et à l' "efféminé" chez les hommes » (Warren, 1982, p. 180).

En cela aussi, la brève histoire de l'androgynie psychologique participe de l'histoire des mythes : si toutes les cultures ont légué des récits et des œuvres d'art qui mettent en scène des personnages androgynes, la plupart d'entre elles ont vigoureusement rejeté le *fait* androgyne. Les Grecs et les Romains, par exemple, envoyaient l'hermaphrodite au bûcher (voir Delcourt, 1938). Plus près de nous, Geertz (1975) décrit le traitement peu enviable que subissent les hermaphrodites dans plusieurs cultures et surtout dans la nôtre, où ils sont

1. L'objectivation inscrit un symbole dans le réel. Cette inscription implique toutefois une part de déformation, mais celle-ci peut être dégénérative ou valorisante. Ainsi, le sens commun restituera à partir de la fin du Moyen Age l'idée d'un Dieu éternel par la figure d'un vieillard barbu (voir *Beaux Arts*, 1992) ; ces signes, qui témoignent de l'âge de Dieu, sont manifestement en contradiction avec son a-temporalité. L'objectivation peut d'ailleurs emprunter n'importe quel segment de la réalité connue. Le Jardin d'Eden, ce lieu mythique des origines de l'Homme, a été pour sa part la proie de descriptions concrètes sur une base géographique. Certains exégètes en ont fait un endroit surélevé et situé en orient. Philon, l'un des rares penseurs à avoir défendu le caractère résolument symbolique du paradis terrestre — et de l'androgynie d'Adam — assurait que « croire qu'il s'agit de vignes, d'oliviers, de pommiers, de grenadiers ou d'arbres de ce genre, c'est une grande naïveté, *difficilement curable* » (cité par Delumeau, 1992, p. 28). Si l'objectivation est un moment constitutif de toute représentation sociale, elle peut revêtir des formes différentes en fonction des acteurs qui la nourrissent. Quant aux scientifiques, leur ambition est de confectionner des théories exemptes de composantes objectivées.

contraints de « choisir » les manières d'être de l'un des deux sexes en forçant leur nature ou en la camouflant ; il s'agit de changer les faits, et non les attentes normatives, lorsque les premiers contredisent les secondes. Ceci a fait dire à Delcourt que l'artiste grec a *inventé* de toutes pièces les qualités de perfection attribuées à l'androgyne, plutôt qu'il n'a *copié* un dieu hermaphrodite (par ailleurs, l'hermaphrodite authentique est un fait rare dans l'espèce humaine). L'androgyne est et doit rester un modèle, une utopie — au sens étymologique : « en aucun lieu » —, car il ne peut trouver de correspondant conforme dans la réalité qu'à la suite de sa dégradation. Il est regretté et souhaité, perdu mais non oublié ; il fait partie d'un ailleurs, le passé des humains et peut-être leur avenir, ou le présent des dieux : « Aujourd'hui, l'androgyne n'existe plus, ce n'est plus qu'un nom décrié », déclare Aristophane dans le *Banquet*. Il ne se rencontre que parfois, sous des formes rituelles, notamment les travestissements d'hommes et de femmes, mais dans des lieux et des moments codifiés par des règles sociales strictes.

L'objectivation de l'idéal androgyne dans une personnalité concrète, assimilée à l'homosexuel(le) ou à l'hermaphrodite, a été, j'insisterai sur ce point, l'ennemie la plus aguerrie des théories qui se sont succédé en psychologie. Comment peut-on camper le théâtre de l'interaction sociale avec des êtres qui échappent à la stigmatisation ? Cette tension a présidé aux métamorphoses de l'être androgyne. Elle correspond au premier paradoxe de cette notion : la promotion au rang de concept scientifique d'un être qui tient à la fois de l'ordre de l'idéal, dans les mythes fondateurs, et de celui du stigmate, dans la société.

Au cours de la deuxième moitié des années 1970 se multiplient les réformes s'efforçant de convertir la *déviance,* terme qui fige la différence dans l'erreur, en simple *variété.* Au moment même où débutent les programmes de recherches sur l'androgynie en psychologie sociale, l'*American Psychological Association* édicte le principe selon lequel l' « homosexualité *per se* n'implique aucune réduction des capacités du jugement, de l'équilibre, de la fiabilité, ou des capacités relationnelles et professionnelles » (1975, p. 633). L'homosexualité ne figurera plus parmi les diagnostics psychiatriques. Parallèlement, une solution au problème de l'objectivation androgyne qui émerge dès la fin de cette décade consiste à définir l'androgynie comme la *fusion* des sexes, et non leur simple concomitance. Cette fusion devrait engendrer des tempéraments nouveaux dont on espère qu'ils puissent mieux se soustraire aux jugements en termes d'ambiguïté sexuelle. Il s'agit d'une solution problématique, instable, comme nous le verrons, qui a néanmoins joué un rôle de transition vers une conception plus radicale en termes de transcendance des sexes. Celle-ci posera que l'androgynie est l'*a-sexualité* psychologique, l'annihilation du marquage sexuel, la fin des différenciations basées sur le genre, l'effacement des distinctions culturelles, sociales et psychologiques entre les hommes et les femmes. La transcendance des rôles sexuels implique la flexibilité temporelle, situationnelle, dispositionnelle, et le choix personnel. Dès lors, il apparaît plus clairement que les ferments utopiques qui animent les luttes des homosexuel(le)s et les féminismes, du moins pour ce qui est de leurs courants les plus importants, diffèrent sur un point essentiel. Si ces mouvements, dans leur ensemble, sapent les conceptions unilatérales de l'adéquation psychologique des individus à leur sexe biologique, les premiers revendiquent de nouveaux droits en faveur d'une minorité (le droit à la « différence » sexuelle), alors que les seconds proposent un *modèle identitaire commun* aux hommes et aux femmes (le droit à l' « indifférence » sexuelle). Il s'agirait d'élargir le *terrain d'entente* sur lequel les hommes et les femmes fondent leur vie ensemble en modifiant les définitions sociales des caractéristiques et des comportements approuvés pour les deux sexes.

Dans la conception de transcendance, qui prévaut à l'heure actuelle, la représentation de l'androgyne est dépouillée de contenus imagés et concrets et est définie de la manière la plus fruste comme un être vidé de sa société. Il s'agit d'un individu qui ne fait pas usage de la dichotomie « masculin *versus* féminin » dans l'appréhension de lui-même, d'autrui et du monde. Qu'il soit homme ou femme, il parvient à éluder les classements selon le genre, à désactiver le schème de pensée binaire. Il est alors supposé faire usage d'originalité dans ses manières de percevoir, de juger et de se comporter avec autrui. Les formes de pensée alternatives qu'il met à l'œuvre l'amèneraient notamment à prêter davantage d'attention aux particularités de chacun, aux nuances qui font leur singularité, à la diversité de leurs personnalités, à leurs idiosyncrasies. Les références au contenu de l'androgynie, les qualités masculines et féminines s'évanouissent. Avec elles se consomme également le divorce entre les catégories d'une discipline scientifique, la psychologie sociale, et le sens commun qui avait accueilli l'androgynie avec tant de méfiance. Par ailleurs, le fait que le féminisme n'ait plus à l'heure actuelle le monopole de l'usage de cette notion atteste la démarcation progressive de la théorie d'avec l'univers des représentations quotidiennes. Libérée de son inscription dans une personnalité concrète complice d'une sexualité mal acceptée, l'androgynie devient une véritable catégorie scientifique. Ce n'est qu'après cette ultime métamorphose qu'elle apparaît dans les textes officiels de la psychologie sociale, en particulier dans les dictionnaires dépositaires de la culture légitime (*The dictionary of personality and social psychology,* Oxford, Blackwell, 1986; *Grand dictionnaire de la psychologie,* Paris, Larousse, 1991).

La distance grandissante entre l'abstraction scientifique et la pratique d'acteurs sociaux a toutefois eu des répercussions sur l'idéal androgyne. On peut se demander si, au terme de cette évolution, l'utopie androgyne est encore en mesure d'animer les luttes des acteurs engagés dans la poursuite d'un monde plus juste. Cette question est l'enjeu de débats, et la réponse que je propose dans ce livre est elle-même double.

D'une part, une réponse affirmative ne me semble pas exclue. En instiguant chez les individus d'autres *manières de penser,* de se situer dans le monde et d'y classer les personnes, les objets et les événements, en contribuant à démanteler le genre, ce système d'oppositions tout à la fois sociales, biologiques et mentales qui légitiment les comportements assignés aux sexes et qui délimitent ce que l'on attend d'eux, les théories de l'androgynie tendent, même si ce n'est que de manière indirecte, à permettre l'éclosion de nouvelles différences, d'une variété individuelle jusque-là emprisonnée et appauvrie dans les mailles des stéréotypes. A défaut de faire ressortir une définition de ce qu'*est* l'androgynie, ces théories dénoncent vigoureusement les manières d'être traditionnelles et encouragent les individus à valider la diversité humaine, à ne plus penser l'ambiguïté, et dans une certaine mesure l'homosexualité elle-même, dans le contexte du normal et du pathologique. Mais d'autre part, en prônant sans réserve des manières d'être personnalisées qui se veulent détachées des groupes d'appartenance, ces théories produisent une nouvelle objectivation du concept androgyne : la glorification de quelqu'un qui ne doit son existence qu'à lui-même.

La résurgence répétitive du thème androgyne a le plus souvent été rattachée, depuis les travaux de Jung, à l'hypothèse d'un schème archétypal localisé dans l'inconscient collectif, la conjonction de l'*animus* masculin et de l'*anima* féminine. Dans la plupart des courants psychanalytiques, comme d'ailleurs chez Freud, l'androgynie — par le biais du récit d'Aristophane — est évoquée comme une métaphore de la libido, cette instance présexuée, ou de la pulsion, qui découlerait du besoin de rétablir un *état antérieur*. Cette utilisation de la notion d'androgynie, si elle a des côtés sécurisants car elle l'inscrit dans un lieu vidé de dimension temporelle, n'en épuise pas la portée. Tout amène à penser que les références à l'inconscient, comme à l'heure actuelle en psychologie sociale la référence exclusive aux manières de penser (les cognitions individuelles), contribuent à naturaliser un individu qui semble préexister à l'interaction sociale. Le démantèlement des aspects les plus concrets et figuratifs de l'androgyne, nécessaire par certains côtés, a donc mis au monde une autre catégorie objectivée. En reniant l'hermaphrodite, les partisans de l'androgynie semblent avoir jeté le bébé avec l'eau du bain. L'androgynie n'est pas (seulement) enfouie dans les profondeurs de l'inconscient, elle n'est pas (seulement) inscrite dans le cerveau. Elle se manifeste, envahit le visible, ponctue le champ du repérable en le rendant plus hétérogène. Elle se traduit par des manières d'être, des *looks* qui ne se réduisent pas à des épiphénomènes mais qui font reculer l'emprise d'une nature, dont la logique binaire apparaît finalement dans son excessive simplicité, sur les productions culturelles. Lorsqu'elle parvient à s'évader de l'ancrage biologisant qui en fait l'expression maladive de l' « entre-deux », l'androgynie s'affirme comme un modèle d'identité qui s'oppose au monopole détenu par les modèles pourtant solidement enracinés dans nos représentations que sont les identités masculine et féminine. Ce n'est que lorsqu'elle est replongée dans l'interaction sociale que l'androgynie parvient à participer à armes égales aux jeux de ces identités plus anciennes, identités sexuelles, mais également des identités qu'affichent souvent les membres de groupes socialement dominants ou dominés. Expression d'un soi personnel, l'androgynie est aussi un enjeu identitaire. Le travail dantesque auquel se sont consacrés les partisans de l'androgynie pour soustraire l'individu aux groupes auxquels il appartient a donné naissance à une figure qui, si elle ne doit plus rien à l'idée de déviation sexuelle, s'emploie à masquer les conditions sociales qui permettent à cet individu d'exister en tant que « personne ». Cette identité strictement personnelle s'avère dans une large mesure homologue à celle *déjà* exprimée par les dominants plutôt que par les dominés et, parfois, par les hommes plutôt que par les femmes. Ici s'insinue le second paradoxe de l'androgynie : la solution qui, dans maintes circonstances, s'avère être celle des uns, peut-elle être la solution pour chacun ?

Conçu comme un être autonome, ne dépendant que de lui-même, l'androgyne est une catégorie douteuse que la psychologie sociale, du moins selon l'orientation à laquelle je souscris et qui a pour vocation de montrer l'interdépendance des individus dans les groupes, est tout naturellement amenée à formuler au conditionnel. Les rapports inégalitaires entre groupes imprègnent la société et les relations entre hommes et femmes n'y font pas exception. Mais sur ce point les théories de l'androgynie, trop exclusivement focalisées sur la psychologie individuelle, ont été bien discrètes. C'est ici que l'asymétrie sociologique des sexes, dimension absente des théories de la personnalité, fait son apparition, et ce jusque dans les représentations de l'idéal androgyne. Car finalement de quel type de « fusion » des sexes est-il question, dans les mythes comme dans la science ? S'agit-il, dans ceux-là, d'un état de complétude à partir duquel se constituent deux sortes d'êtres tout autant malheureux l'un que l'autre ? S'agit-il, dans celle-ci, d'une solution véritablement commune aux deux sexes, située à des distances égales par rapport aux hommes (masculins) et aux femmes (féminines) ?

Rien n'est moins sûr, et ce à commencer par les récits mythiques eux-mêmes. Dans le *Timée,* Platon développe un mythe des ancêtres qui contraste singulièrement avec la fable qu'il prête à Aristophane.

Selon ce récit, les ancêtres étaient des hommes, voire même des hommes très masculins. Or parmi eux, les plus lâches, en se réincarnant, engendrèrent l'autre sexe. Comme l'écrit Sissa, « Platon situe l'avènement de la différence sexuelle à l'instant où, dans l'histoire de l'homme, se déchire une perfection originelle » (1991, p. 80). L'androgyne y surgit comme un travestissement voire un embellissement de la masculinité. De ce fait, la séparation des sexes *per se,* à partir d'un état de fusion, n'induit pas l'existence d'individus interchangeables quant à leurs qualités, leurs prérogatives, leur statut. Ce qui apparaît trop souvent, c'est plutôt d'une part une idée de l'androgynie qui est complice de la masculinité, et d'autre part l'instauration d'un rapport de subordination d'un sexe à l'autre sexe. La version biblique de la création de l'Homme n'échappe pas à cette ambiguïté. On y voit que Dieu, pour créer, *sépare*. Adam, le premier homme, n'était ni homme ni femme, car il fut créé *avant* sa compagne, mâle et femelle à son image. Homme, il le devint plus tard, au moment où, pendant son sommeil, Eve fut séparée de son corps. Mais si Adam peut néanmoins être représenté comme un homme à part entière, c'est parce que lui, à l'opposé de sa compagne, se conçoit comme un tout pouvant occulter le pôle opposé. De manière analogue, dans l'art grec et ce même jusqu'au plus ancien, les dieux étaient représentés comme des hommes aux contours harmonieux, efféminés, mais, parfois, comme des femmes ostensiblement masculinisées par l'adjonction de caractéristiques de l'autre sexe : des êtres étranges, comme l'Aphrodite barbue à Chypre et la Vénus chauve à Rome, dans lesquelles la différence des sexes se prononçait plutôt qu'elle ne se résolvait.

Or aucune société ne s'est jamais passée d'une conceptualisation plus ou moins cohérente des différences entre les sexes qui dépasse dans tous les cas leur biologie, les fonctions de reproduction et de subsistance. Il n'existe probablement point de traits de caractère, de l'hostilité à l'amitié, de la passivité à l'initiative, qui soient de simples traits *humains*. Mais ces différences, qui prennent sens dans un système d'oppositions interconnectées, se muent en hiérarchies. Pour employer une image de Lévi-Strauss (1985), la pensée populaire se représente parfois la femme comme la réplique affaiblie de l'homme à l'instar de ce que serait la « potière » vis-à-vis du « forgeron » : l'argile utilisée par celle-là est enfouie moins profondément dans la terre que le minerai utilisé par celui-ci, et les températures nécessaires pour transformer la terre informe en dur sont inférieures à celles requises pour rendre le métal malléable. La compréhension de la masculinité et de la féminité passe par des voies qui n'ont *a priori* pas de rapport avec leurs caractéristiques biologiques, mais qui, comme c'est le cas pour nombre de dualismes : culture-nature, raison-émotion, analyse-intuition, fort-faible, extérieur-intérieur, affichent la subordination d'un pôle à l'autre pôle. Ce système d'oppositions, ce *totémisme de genre,* constitue un véritable trop-plein de significations qui tonifie les représentations des individus : la réalité est le miroir du sexe (comme quand la carotte ou les melons sont les euphémismes des organes génitaux masculins et des seins), et à l'opposé le sexe se réfléchit dans le réel (le néologisme « un sport éjaculatoire », pour désigner les segments d'actions brèves et puissantes du football américain, par exemple, sera compris sans peine par le plus grand nombre). Au vu de son imbrication dans une réalité qui la déborde largement, la différence des sexes apparaît comme une mixture de faits et de croyances qui peuvent freiner l'évolution des attitudes et des comportements des individus vers davantage de souplesse.

Voulant dépouiller l'interaction humaine de la domination sociale et des significations concrètes que revêt l'androgynie, les psychologues ont persisté à défendre, avec beaucoup d'audace et souvent un brin de naïveté, un paradigme d'identité posant des manières d'être en tant qu'individus personnels et non en tant que membres de groupes. Le groupe, quant à lui, ferait écran à l'affirmation de l'individualité. L'exaltation de ces conceptions singulières du soi, de distinctivités individuelles qui semblent évoluer à l'encontre des groupes, a eu pour effet de subordonner de la même manière les appartenances collectives (masculine et féminine), et *a fortiori* toute appartenance, au troisième terme androgyne et individuel. Cette croyance a inévitablement conduit à passer outre le fait que dans notre société les tempéraments masculin et féminin ne sont pas en toutes occasions des manifestations d'insertions sociales interchangeables.

Ce livre vise à éloigner les illusions entretenues par les théories de l'androgynie, en même temps qu'à poser les bases d'une nouvelle théorie plus attentive aux relations sociales qu'aux psychologies individuelles. C'est pourquoi le cours des idées qui y sont exprimées entretient un paradoxe supplémentaire avec son titre : on n'y trouvera ni des descriptions savoureuses de personnalités androgynes, ni un franc plaidoyer pour leurs manières d'être. Ceci tient à des raisons purement théoriques.

Les huit premiers chapitres de ce livre constituent un essai sur la transformation de la représentation de l'androgyne en psychologie sociale. Transformation signifie le plus souvent enrichissement mais, dans le cas présent, ce terme s'avère peu approprié. L'androgynie s'est frayée un chemin dans nos manières de penser en répudiant l'être concret, monstrueux, et donc en expurgeant ses composantes les plus imagées. L'évolution de l'androgynie en psychologie sociale est dirigée vers ce qui peut apparaître comme un appauvrissement, une atrophie, et cette impression est, dans une certaine mesure, justifiée. C'est pourquoi je dépeins l'androgynie comme un concept à la recherche d'un *moindre sens*. Les huit premiers chapitres confèrent un ordre et des significations nouvelles aux figures d'androgynes qui se sont succédé en montrant comment, à tour de rôle, elles ont articulé les exigences de la rigueur scientifique et les impératifs de la propagande visant à asseoir de nouveaux rapports sociaux. Aussi, les métamorphoses de l'androgyne, rapportées aux opérations minutieuses d'une science aux prises avec les représentations quotidiennes, illustrent admirablement la manière dont les scientifiques manient des concepts dotés d'une vie propre, souvent plus riche que celle qu'ils leur attribuent. Des concepts coexistent en se hiérarchisant, communiquent entre eux et, surtout, imposent différentes manières de classer les gens, *une image presque physique de chaque individu* comme le dit Moscovici (1984, p. 11), qui devient une partie de nous-mêmes, des manières de nous comporter avec les autres et de les juger.

Partant des dehors les plus concrets et réifiés de l'androgyne, à savoir, pour fixer les idées, de la définition de l'homosexuel(le) léguée par les théories classiques, les scientifiques se sont davantage occupés de la « forme » — en réhabilitant la psychologie de l'individu androgyne — que du « fond » — l'interaction sociale qui produit l'androgynie et qui l'idéalise ou la stigmatise. Ils se sont ainsi fait prendre au piège d'une véritable manie classificatoire toute entière tendue vers la construction d'une typologie qui oppose les personnalités « sexuées », traditionnelles et « androgynes ». Cette typologie est, pour utiliser le terme de Moscovici, le *noyau figuratif* des théories de l'androgynie car, promouvant un être *sui generis,* elle attise une nouvelle objectivation du concept — l'androgynie psychologique — dans l'individu en chair et en os. La naturalisation de l'androgyne qu'accomplit la typologie des personnalités est ce à quoi culminent les théories actuelles de l'androgynie et, en même temps, le point de départ de la seconde partie de ce livre. Ici, il était de nouveau impératif de faire l'économie de cet être personnifié ou alors conçu comme une machine à traiter l'information. Les sept derniers chapitres prennent le contre-pied de l'approche typologique et cognitive de l'androgynie. Ils font appel à des concepts qui ravivent des dynamiques situées en amont des androgynes mais également des êtres sexués, et qui rendent compte des significations que les individus attribuent à la masculinité, à la féminité et à l'androgynie : leurs groupes d'appartenance et les relations entre ces groupes. Quittant résolument le domaine des figures concrètes d'androgynes, les résultats d'une série d'études menées à l'aide de l'approche expérimentale apportent une meilleure compréhension de cet état et des facteurs qui président à son émergence. D'une part, ils montrent que les relations entre hommes et femmes modulent les expressions de soi des individus en termes d'identité personnelle *ainsi que* d'androgynie. L'une comme l'autre ouvrent la possibilité à une plus grande variété de comportements, mais leur éclosion dépend des insertions spécifiques dans des groupes qui contrecarrent ou à l'opposé favorisent la personnalisation du soi. D'autre part, ces études montrent que les modalités de perception qui se mettent en place chez les individus, leurs manières de penser androgyne ou « sexuée », peuvent être altérées, amplifiées, ou réduites au silence, en considérant à la fois leurs groupes d'appartenance et d'exclusion, les significations que les individus attribuent à ces groupes, et les modalités d'interaction qui se nouent entre ces groupes.

Chapitre 1

Les deux sexes : Une frontière (presque) infranchissable

Le point de départ de ma discussion sur l'androgynie se situe bien avant l'acceptation de ce concept, puis sa consécration, en psychologie sociale. Je le situe, non sans une part d'arbitraire, au début de ce siècle, lorsque Terman et Miles échafaudent la mesure de ce qui différencie les sexes en psychologie : les tempéraments masculin et féminin. Ce chapitre retrace les événements qui ont ponctué cette époque, et met en avant la manière dont les psychologues, en forgeant les concepts qui visent à appréhender les comportements et les attitudes des hommes et des femmes, vont compromettre sérieusement pendant plusieurs années encore l'advenir de l'androgynie. Ces concepts sont ceux de tempéraments, mais également ceux d'orientations de rôles expressives et instrumentales (Parsons et Bales, 1955), de qualités agentiques et communiales (Bakan, 1966). Dans leur ensemble, ces dénominations traduisent l'idée que les caractéristiques masculines et féminines, les traits de personnalité, etc., sont incompatibles chez un même individu. Ces traits de personnalité constituent alors les ingrédients des questionnaires, très nombreux, imaginés pour classer les individus sur un continuum de masculinité-féminité. Mais si, au cours de cette époque, les scientifiques s'emploient à conjurer l'idée même d'androgynie, nous allons voir que celle-ci, bien que réduite à l'état de pathologie individuelle, affleure inexorablement dans leurs travaux.

Elle le fait toutefois de manière si timide qu'elle passe le plus souvent inaperçue.

Les tempéraments masculin et féminin, et plus généralement la masculinité et la féminité, isolent deux manières d'être des individus qui sont ancrées dans les données de la biologie. En valorisant la conformité au membre typique du groupe, sorte d'individu moyen, le tempérament ne peut caractériser de manière positive les différences parmi les individus *dans* le groupe. C'est ainsi que la notion de tempérament s'accompagne d'une profession de foi, comme lorsque Bakan (1966) affirme que « nous *devons* accepter la dichotomie des principes masculin et féminin malgré tous les obstacles que représentent les données empiriques » (p. 108), c'est-à-dire la variété observée des individus. De manière analogue, Terman et Miles (1936) reconnaissent que la notion de tempérament exagère les différences entre les sexes (p. 64), mais cela devrait contribuer à « clarifier les idées confuses qui ont cours actuellement sur la masculinité et la féminité de la personnalité » (p. 465). En dépit de sa simplicité, l'idée d'une transcription sur le plan individuel d'une opposition entre les sexes qui est pensée comme naturelle caractérise la psychologie jusqu'à l'avènement de l'androgynie. Cette idée, qui se traduit par la suprématie des différences entre groupes sur les différences entre individus, sera alors accusée d'entraver le déploiement des talents individuels. Les théories de l'androgynie évolueront, pour une large part, en réaction à cette vision bipolaire qui conduit à l'appauvrissement et au discrédit de la diversité.

L'invention de la masculinité et de la féminité

Rarement un projet empirique en psychologie n'a mobilisé autant d'efforts et n'a marqué l'avenir d'un champ d'investigation que l'élaboration par Terman et Miles d'un questionnaire de masculinité-féminité, le *Test d'attitudes et intérêts*. Sa mise au point s'est étalée sur près d'une vingtaine d'années, couronnée en 1936 par la publication de *Sexe et personnalité*. Elle a impliqué le questionnement de milliers d'individus, la mise à l'essai et la comparaison de plusieurs centaines de questions et l'utilisation d'un appareillage très sophistiqué, pour l'époque, de techniques statistiques de validation. L'approche de Terman et Miles est inspirée de celle qui a prévalu dans la mesure de l'intelligence, à laquelle le premier auteur avait apporté une contribution substantielle pendant la première guerre mondiale. Constatant non sans surprise l'absence d'inégalités d'intelligence entre hommes et femmes, Terman formule l'hypothèse que les différences entre les sexes doivent être observées en mesurant autre chose, à savoir les *tempéraments* masculin et féminin. Si les sexes se ressemblent quant au niveau d'intelligence, ils se distinguent sur plusieurs autres aspects, leurs sentiments, leurs intérêts, leurs attitudes et leurs comportements. Un instrument de mesure de ces tempéraments doit prendre en compte l'éventail le plus varié possible de ces sources de différences.

D'entrée de jeu, Terman et Miles offrent une description de l'image de la femme typique à travers une série d'oppositions à l'homme typique (la femme diffère de l'homme par sa vie émotionnelle plus riche et variée, par le degré auquel son comportement quotidien est déterminé par les émotions, par sa timidité et docilité, sa jalousie, l'absence d'esprit d'aventure, etc.). Cette image de la femme, et donc de ce que l'homme n'est pas, va devenir le prototype d'un tempérament. Les tempéraments masculin et féminin vont être étudiés de manière strictement empirique. L'idée est simple. Il s'agit de chercher les questions qui, posées à un grand nombre d'individus, font apparaître des *différences* entre les hommes et les femmes et des *homogénéités* dans chacun de ces groupes. La recherche des questions appropriées n'est donc pas basée sur une théorie, mais sur les faits, sur les essais répétés qui rendent possible une estimation quantitative de la grandeur et du sens de la déviation d'un individu par rapport à la moyenne de son sexe. Les tempéraments constituent les normes des groupes, et les différences individuelles sont, en fonction de leur amplitude, l'indice de déviations qui seront souvent considérées comme pathologiques. Si, donc, à une question donnée, et dans la majorité des échantillons sélectionnés, les réponses des hommes ont différé de celles des femmes, la question a été retenue et les réponses différenciatrices ont été classées comme masculines ou féminines et proposées comme autant de choix de réponses dans le questionnaire définitif. Celui-ci comprend 910 questions, réparties en sept exercices (étant donné l'abondance des questions, deux questionnaires sont fabriqués contenant chacun la moitié des questions). Les exercices couvrent les champs où apparaissent les plus fortes différences entre les sexes : l'association de mots à des mots-stimuli (exercice 1), l'association d'idées à des figures ambiguës (2), les connaissances dans des domaines spécifiques (3), les émotions et les normes morales (4), les intérêts et préférences (5), les opinions (6) et l'introversion-extraversion (7). Les répondants reçoivent le score « 1 » pour tous les choix masculins, et le score « —1 » pour tous les choix féminins (certaines questions incluent également des réponses neutres dont le score est « 0 »). Le *score global MF* d'un répondant est la somme algébrique des choix pour l'ensemble des questions. Ce score consiste en un chiffre dont les bornes théoriques sont le nombre de questions : il a un signe négatif si le répondant (homme ou femme) a un tempérament féminin, et positif si le répondant a un tempérament masculin. Cette procédure permet de positionner les individus sur un continuum unique qui sépare le prototype d'homme du prototype de femme. Considérons quelques exemples. Dans l'exercice 1, les sujets répondent en choisissant l'un des quatre mots qui leur semble aller avec un mot-stimulus (60 mots-stimuli dans chaque forme de questionnaire). Le tableau 1 présente quelques mots-stimuli, des exemples de réponses masculines (M) et féminines (F) et les interprétations des différences entre ces réponses telles qu'elles ont été proposées par les auteurs.

Les interprétations proposées par Terman et Miles font apparaître un tempérament masculin concerné par les choses, les objets mécaniques, les activités financières ou s'effectuant à l'extérieur. A l'opposé, le tempérament féminin est concerné par les qualités personnelles, les relations avec autrui et les émotions, la décoration, les affaires domestiques. Examinons toutefois les trois derniers mots-stimuli présentés au tableau 1. Les auteurs considèrent également qu'ils sont différenciateurs. En dépit de l'affirmation selon laquelle « on ne trouve pas de cas de préférences qui contredisent les attentes » (p. 377), on peut se

Tableau 1. — Résultats à la tâche d'associations pour quelques mots-stimuli de l'exercice 1

Mot-Stimulus	Réponse M	Réponse F	Interprétation
LIVRE	*Papier, Imprimer*	*Lire*	«Choses» pour l'homme; Littérature pour la femme,
JARDIN	*Herbe, Légume*	*Fleur*	Objet d'extérieur pour l'homme; Décoration pour la femme
BÉBÉ	*Pleurs*	*Chou*	L'homme relève ce qui le dérange; Affection maternelle
AIGUILLE	*Compas*	*Coudre*	Scientifique versus Domestique
POUDRE	*Arme, Explosion*	*Visage, Rouge*	Aventure versus Décoration
FAIRE	*Argent*	*Habits*	Affaires versus Domestique
EMBRASSER	*Amoureux*	*Bras*	?
LEVRES	*Baiser*	*Bouche*	?
DANGER	*Prudence*	*Accident*	?

Note. — Tiré de Terman et Miles, 1936, p. 376-377. Le point d'interrogation dans la colonne *Interprétation* pour les trois derniers mots-stimuli se trouve dans le tableau présenté par Terman et Miles.

demander pourquoi « amoureux », terme chargé d'affectivité, est masculin, alors que « bras », terme plus descriptif, est féminin, tout comme « baiser », par rapport à « bouche », ou encore « prudence » par rapport à « accident ». Les auteurs s'abstiennent d'interpréter les réponses à de telles questions, mais force est de constater que ces réponses cadrent mal avec les interprétations précédentes. Tout se passe comme si la croyance en l'opposition des sexes informait la lecture des réponses et amenait les auteurs à négliger ou à simplifier la variété qui s'en dégage. Tous les exercices ont un format analogue. Pour ce qui est de l'exercice 2, par exemple, des figures ambiguës sont censées susciter des impressions dichotomiques et sont présentées avec, chacune, quatre possibilités de réponses. Une figure évoquera plutôt une colline (il s'agit d'une association masculine, d'après les auteurs, car située à l'extérieur), ou un chapeau (féminine, car liée à l'apparence). Une autre figure évoquera une colonne (masculine) ou une bougie (féminine).

Revenons sur la caractéristique la plus importante de ce questionnaire, sa bipolarité. Celle-ci est d'abord empirique. La connotation sexuelle d'une réponse ne renseigne pas sur sa probabilité d'apparition en tant que telle, mais auprès d'un sexe plutôt que de l'autre. Une réponse fréquente chez les hommes et les femmes — vraisemblable si l'on pense à l'exercice sur les connaissances — est écartée des solutions proposées dans les questions à choix multiples car elle n'est pas différenciatrice, alors qu'une réponse rare, mais néanmoins plus fréquente chez un sexe que chez l'autre, peut y figurer : cette réponse exemplifie une qualité opposée à celle préférée par les individus de l'autre sexe. Le critère garantissant la validité d'une réponse est le faible degré de recouvrement des réponses des hommes et des femmes dans les populations test (dans leur ensemble, les exercices montrent que les scores MF des hommes et des femmes diffèrent, en moyenne, de 122 points ; le recouvrement des deux distributions est de 10 % seulement).

Les tempéraments sont donc les *centres de gravité* des groupes, les moyennes autour desquelles s'ordonnent les variations des individus. D'une manière générale, plus grand est l'écart entre la moyenne du groupe et le score d'un membre de ce groupe, plus élevées sont les chances de détecter une déviation qui est interprétée comme un mauvais ajustement ou une pathologie. Une attention particulière est donc vouée à l'examen des scores MF auprès d'homosexuel(le)s (l'étude était financée par le *National Research Council's Committee for Research on the Problems of Sex*). Les scores globaux MF montrent que les hommes homosexuels se partagent en deux sous-groupes : les homosexuels passifs, qui ont des scores bas (plus féminins, par exemple, que ceux des femmes-athlètes), et les homosexuels actifs, qui ont des scores élevés (plus masculins que ceux d'un groupe composé de *marines* de l'armée américaine !). De manière analogue, chez les femmes, l'homosexualité active engendre des scores tendanciellement masculins, et l'homosexualité passive des scores très féminins. Le *Test d'attitudes et intérêts* sépare *d'abord* les hommes des femmes, et *ensuite*, dans chacun de ces groupes dont les hétérosexuels constituent le centre de gravité, les homosexuels des types passif et actif. En insistant sur ces résultats, les auteurs consacrent une tradition de conceptualisation de l'homosexualité comme une déviation exprimée par le tempérament de l'autre sexe. Ce faisant, ils importent dans le champ scientifique une croyance populaire, comme le montre une étude de Kite et Deaux (1987) où les descriptions spontanées que produisent des étudiants à propos de l'homosexualité s'accordent bien à une telle théorie de l'inversion. Les effets de cette conceptualisation seront lourdes de conséquences. A titre anecdotique, relevons que les items féminins du *Minnesota Multiphasic Personality Inventory* (Hathaway et McKinley, 1940), test psychopathologique, furent sélectionnés en interrogeant... 13 hommes homosexuels. L'homosexualité est donc traitée comme l'inversion du tempérament approprié ou le plus souvent comme la modération de celui-ci, car les scores MF des homosexuels (passifs ou actifs, selon le sexe) approchent le point zéro du continuum MF, mais le dépassent rarement. Or un individu peut obtenir un score nul dans ce questionnaire en fournissant un nombre équivalent de réponses masculines et féminines. En ce sens, cet individu entretient une affinité avec ce que sera plus tard la personne androgyne. Si Terman et Miles ne font pas mention de la possibilité d'une caractérisation positive, androgyne, des individus ayant un score MF approchant le milieu du continuum, ils avancent néanmoins, en conclusion de l'ouvrage, que « la possibilité de proscrire la dichotomie masculin-féminin de la nature humaine est *au moins* concevable » (p. 451). Des raisons purement empiriques leur interdisent toutefois une prise de position plus assurée à ce propos. Le recouvrement des distributions des deux sexes qui correspond au score MF proche de zéro constitue une véritable menace à la validité même de l'approche des tempéraments sexués. Ainsi s'établit dans les faits une équation entre le score nul — la coexistence du masculin et du féminin, donc l'androgynie — et l'homosexualité. La mixité des tempéraments serait la source, ou la conséquence, de formes d'identification sexuelle qui sont considérées pathologiques.

Chez Terman et Miles, comme chez les auteurs qui ont poursuivi leur effort, les observations empiriques cadrent parfois fort mal avec le postulat d'une opposition intrinsèque des sexes, mais ce postulat persiste au-delà d'évidences qui ne peuvent être systématiquement reconduites à l'état homosexuel. Les scores MF varient, notamment, en fonction de la profession des individus. Chez les hommes, les professions liées à la manipulation de choses (mécaniciens, ingénieurs, mais aussi dentistes et chirurgiens) font augmenter le score dans le sens de la masculinité, tandis que les professions qui impliquent des relations avec autrui (enseignants, artistes, journalistes, mais aussi vendeurs et policiers) font diminuer ce score. « La culture et la philanthropie, les préoccupations spirituelles, qui contrastent avec les objectifs matériels, ont une influence profondément féminisante » (p. 162). Les relations sociales sont particulièrement importantes, et contribuent à affiner les différences auprès de groupes professionnels similaires comme peuvent l'être des hommes d'affaires. Ainsi, les hommes qui s'occupent d'affaires financières et administratives à grande échelle sont les plus masculins, car faisant un travail pauvre en contacts sociaux, tandis que les employés au guichet ou les assureurs sont plus féminins. Le niveau culturel auquel se situe la profession (relativement élevé, par exemple, chez les artistes) et la quantité d'interactions sociales qu'elle implique (élevée chez les journalistes) contribuent à atténuer le score MF des hommes. Chez les femmes également, qui étaient toutefois majoritairement des épouses travaillant au foyer dans les échantillons constitués par Terman et Miles, les scores MF subissent des modulations. Les femmes les plus féminines sont les domestiques, les artistes, les secrétaires, les épouses-ménagères (mais non les femmes divorcées !), tandis que les moins féminines sont les athlètes, les professeurs d'Université, les femmes du *Who's Who*. Selon les auteurs, trois forces modèrent le tempérament féminin : l'intelligence requise dans la profession (voir les professeurs) ; le style de commandement et le statut de la profession (voir les enseignantes, qui occupent une position intermédiaire) ; et, d'une manière générale, la localisation de la profession à l'extérieur du foyer. Aucun commentateur du travail de Terman et Miles — je pense en particulier aux partisans de l'androgynie — ne semble avoir apprécié l'importance de ces modulations des tempéraments. « Dans les domaines représentés par le test MF, la *culture* tend à rapprocher les esprits des hommes de ceux des femmes, l'*intelligence* et l'*éducation* tendent à rapprocher les esprits des femmes de ceux des hommes » (Terman et Miles, p. 106, 223). Ces facteurs modéreraient les tempéraments prescrits aux hommes et aux femmes. Le mécanicien et l'ouvrier, d'une part, et l'épouse occupée à élever ses enfants, d'autre part, seraient des prototypes de tempéraments. C'est donc auprès des rôles les plus traditionnels, placés aux extrêmes de la dichotomie du public et du privé, de l'extérieur et de l'intérieur, que l'on trouve les manières d'être attendues ; des rôles, il faut le souligner, qui se ressemblent quant à leur bas prestige. Culture et éducation, et par ailleurs l'âge, affaiblissent cet écart, brouillent les frontières, voire même, selon les termes parfois employés par les auteurs, « dénaturent » les tempéraments. Dans les années 1930 il était reconnu que les étudiants universitaires avaient des tempéraments sexués moins prototypiques que ceux des ouvriers, phénomène sur lequel je reviendrai plus loin. Mais n'est-il pas étonnant que culture et éducation, c'est-à-dire des pratiques dont Terman et Miles ne pouvaient contester la *désirabilité,* soient liées à une atténuation des tempéraments ainsi qu'au risque de leur confusion avec ce qu'ils avaient identifié comme « tempérament homosexuel » ? Ou encore, s'agissait-il vraiment, comme l'imposait cette approche, de leur dénaturation ?

Des comportements aux traits de personnalité

Sphères domestique et du travail, intérieur-extérieur, privé-public, sont autant d'oppositions qui résument les tempéraments observés par Terman et Miles. La collaboration de psychologues, psychologues sociaux, sociologues et anthropologues a donné lieu à un approfondissement théorique de la différence des sexes. L'effort de Terman et Miles pour prendre en compte une multitude de champs avait quelque peu freiné l'élaboration d'une théorie cohérente et convaincante de ces différences. Les notions d'*instrumental* et d'*expressif,* développées par Parsons et Bales (1955) offrent cette intégration dans une théorie de la personnalité.

La composante sociologique de cette théorie est la division des tâches dans la famille. De manière plus univoque encore que chez Terman et Miles, c'est essentiellement l'idée de deux sphères, privée et publique, qui trace la ligne de partage des rôles sexuels comme des tempéraments masculin et féminin qui sont intériorisés à travers l'actualisation de ces rôles. L'homme travaille en dehors de la famille et en assure la subsistance économique. La femme élève les enfants et maintient l'unité et de bonnes relations dans la famille. Les rôles dévolus à l'époux sont de nature instrumentale, c'est-à-dire dirigés vers l'accomplissement de buts. Ceux dévolus à l'épouse visent au contraire à intégrer les besoins affectifs des membres de la famille, et doivent comporter la sensibilité, la compréhension pour autrui et la capacité à concilier leurs points de vue. L'accomplissement de ces rôles oriente les personnalités individuelles, qui peuvent être décrites, comme chez Terman et Miles, par des sortes de prototypes. Si la personne instrumentale inhibe ses émotions, agit en fonction de son intérêt personnel, et s'implique avec autrui uniquement en vue d'atteindre des buts déterminés, la personne expressive, pour qui la relation avec autrui est un but en elle-même, montre ses émotions, se sent concernée par l'intérêt collectif, et juge les autres en termes de qualités personnelles.

Chez Parsons, et ce pour la première fois, les rôles sexuels sont explicitement liés au pouvoir. Dans une société valorisant l'initiative et la réussite personnelles, le rôle instrumental est supérieur car il dénote la compétitivité et la dominance nécessaires au succès. La femme peut difficilement l'emporter sur le marché du travail, et son repli vers les comportements expressifs occasionne ce que Parsons (1942) appelle une *asymétrie démocratique,* à savoir l'occupation d'un espace social peu valorisé, mais dans lequel la femme exerce le contrôle des ressources affectives (un « empire dans un empire », selon la formule de Bourdieu, 1980). La famille nucléaire préserverait une frontière entre des domaines de compétences à l'intérieur desquels chacun, en fonction de son sexe, cultive une forme d'autorité. Parsons mentionne néanmoins des tentatives de résolution de cette asymétrie. Il relève comment dans les classes moyennes les épouses tendent à s'engager dans une « mûre appréciation et un développement systématique des intérêts et des goûts culturels » et, ce faisant, accentuent « un élément humaniste commun » (1942, p. 369). Cette voie se singularise « en ceci qu'elle insiste beaucoup moins sur l'actualisation des rôles sexuels en tant que tels et davantage sur ce qui est essentiellement *commun aux deux sexes* » (p. 370). Malgré les promesses qu'il recèle, ce comportement apparaît toutefois difficilement réalisable au sociologue qu'est Parsons, au vu des pressions que subissent les femmes pour se conformer au rôle expressif et l'absence de moyens d'expression à leur disposition. Or ce n'est pas tant la place de cette remarque dans le système parsonien qui importe, mais le fait qu'elle réitère une préoccupation qui hante les théories classiques de la différence sexuelle : comme pour Terman et Miles, la culture et l'éducation *atténuent* la sexuation des tempéraments individuels. Les écrits de la première moitié de ce siècle sont donc traversés par une sorte d'androgynie culturelle qui n'est toutefois pas nommée comme telle. Ce thème menace de toute évidence la validité du paradigme de la différence des sexes, et les chercheurs s'emploient à l'exorciser.

Le succès que va connaître la dichotomie de l'instrumental et de l'expressif tient précisément à la simplification considérable qu'elle amène dans l'étude des différences des sexes, à commencer par l'interprétation des résultats de Terman et Miles auxquels Parsons et Bales fournissent une légitimité théorique. Tout ce qui suivra, jusqu'à nos jours, sera basé sur cette opposition. On assiste ainsi à une progressive réduction des tempéraments masculin et féminin à la possession de simples *traits de personnalité*. La manière de concevoir les différences entre les sexes emprunte le chemin de la psychologie, car si la notion de rôle renvoie à une *position* dans la structure sociale, le trait de personnalité suggère une *disposition individuelle* consistante et stable à travers des rôles différents. Les différences entre les personnalités masculine et féminine seront alors mises en avant pour justifier les inégalités d'accès à des positions qui requièrent précisément des aptitudes expressives ou instrumentales. Plusieurs études mettront en évidence la ressemblance entre les *traits* que les individus attribuent aux hommes, mais non aux femmes, et ceux qu'ils attribuent à certaines professions, notamment celle de cadre d'entreprise à laquelle commencent à accéder les femmes à cette époque.

En fournissant un vernis scientifique à la croyance en deux sphères, privée et publique, la théorie parsonienne intègre la domination de l'homme sur la femme dans une conception fonctionnaliste du partage des compétences dans la société. Il n'est guère étonnant que cette théorie ait été le point de mire d'écrivaines féministes qui, comme Lewin (1984), affirme que « Parsons et Bales ont apposé une garantie scientifique à un *fait accompli* historique et économique du milieu du XXe siècle, en articulant l'instrumental avec le rôle masculin et l'expressif avec le rôle féminin [...]. La subordination qui est inhérente au rôle expressif, et la dominance, le statut et le pouvoir qui définissent le rôle instrumental, sont évidents [...]. Les termes "instrumental" et "expressif" sont, pour une large part, des euphémismes qui expriment la dominance masculine et la subordination féminine » (p. 195, 198).

Anatomie d'un questionnaire

Tout en respectant le postulat de leurs prédécesseurs, la bipolarité des sexes, Parsons et Bales en ont limité l'étendue. Ils ont focalisé le contenu des tempéraments sur les traits de personnalité et les ont fait découler des rôles de l'homme et de la femme dans la famille nucléaire. Il manquait toutefois encore un instrument de mesure de la personnalité traduisant cette théorie. De tels instruments abondent aujourd'hui. Il est important, pour mieux saisir les bouleversements que provoquera le courant de l'androgynie, de présenter l'un de ces questionnaires. Le *Questionnaire des stéréotypes de rôles de sexe* élaboré par Broverman et ses collaborateurs (Broverman, Vogel, Broverman, Clarkson et Rosenkrantz, 1972 ; Rosenkrantz, Vogel, Bee, Broverman et Broverman, 1968) exprime le mieux les postulats de la période classique de l'étude des différences sexuelles (dans le chapitre 4, je comparerai celui-ci au questionnaire de l'androgynie proposé par Bem). Ce questionnaire a été utilisé jusqu'à nos jours tant en psychologie clinique qu'en psychologie sociale. Fondé sur un double postulat, dispositionnel et transsituationnel, il est censé appréhender des qualités personnelles stables. Il est basé sur la distinction parsonienne entre les traits instrumentaux et expressifs que les auteurs nomment, respectivement, « compétence » et « chaleur-expressivité ». La procédure de construction consiste en quatre étapes.

Les auteurs demandent d'abord à une population de juges (des étudiants universitaires) de fournir les traits de personnalité, les attitudes, les comportements, qui *distinguent* ou *différencient* les hommes et les femmes en général. Cette consigne reproduit la représentation bipolaire des sexes en termes de différences ou plus exactement d'oppositions. Les traits mentionnés par au moins deux juges, 122 au total, sont retenus. Lors de l'étape suivante, les traits sont transcrits sous la forme d'un différenciateur sémantique. Pour chaque échelle, l'un des pôles reporte le trait retenu au cours de l'étape précédente, le pôle opposé, proposé par les chercheurs, étant l'antonyme de ce trait. Le format de ce questionnaire, fidèle aux propositions de Terman et Miles, traduit la conception bipolaire de la personnalité sexuée : les caractéristiques masculines et féminines sont proposées sur le mode de leur opposition. Vient ensuite l'étape des jugements stéréotypiques. Des hommes et des femmes décrivent « un homme » et « une femme » adultes, et leurs jugements serviront à déterminer le degré de masculinité ou féminité des échelles. Ces jugements sont *interdépendants* : ils privilégient ce qui *distingue* les sexes, au détriment de ce qui *caractérise* l'un et l'autre sexe. Il est d'ailleurs significatif de relever que si les auteurs recueillent les jugements dans l'ordre homme-femme et dans l'ordre opposé, leurs analyses ne tiendront pas compte de l'ordre. Le recueil des jugements stéréotypiques se termine avec les descriptions de soi (celles-ci sont placées à la fin car, selon les auteurs, les jugements sur le soi sont « naturellement » plus variables que les jugements sur les groupes). Le traitement de ces réponses consiste d'abord à calculer une valeur discriminante en regroupant les échelles en fonction de leur capacité à différencier les caractéristiques des deux sexes. Pour une partie des échelles, dites *stéréotypiques,* les comparaisons des moyennes des cibles masculine et féminine, chez les hommes comme chez les femmes, sont très significatives (41 échelles satisfont à cette condition). Les autres échelles sont réparties en *différenciatrices* (lorsque les différences sont moindres) et *non différenciatrices.* Les résultats montrent effectivement que les jugements sur les cibles hommes et femmes sont plus extrêmes que les jugements sur soi (le degré d'adéquation du soi aux qualités du groupe d'appartenance est néanmoins fonction, chez les femmes plus que chez les hommes, du degré d'information discriminante véhiculée par les traits : le soi est d'autant plus sexué que l'échelle marque une opposition intergroupes). La dernière étape consiste à déterminer la désirabilité sociale des échelles. Une autre population de juges décide, pour chacune des échelles, lequel des deux pôles représente la caractéristique *la plus désirable chez les gens en général.* Les auteurs calculent la proportion de juges qui mentionne qu'un pôle (par exemple, *dominateur-trice*) est plus désirable que l'autre pôle *(soumis-e).* Cette valeur est le score de désirabilité sociale de l'échelle en question. Si le score de désirabilité d'une échelle favorise le pôle masculin, l'échelle aura valeur masculine (par exemple, *Dominateur-Soumis, Objectif-Subjectif*). Dans le cas opposé, elle aura valeur féminine *(Sensible-Insensible, Tranquille-Bruyant).*

Un résultat intéressant apparaît : parmi les 41 échelles les plus discriminantes, 29 échelles (70 %) ont le pôle masculin plus désirable que le pôle féminin. Il y a donc une prépondérance d'échelles discriminatrices qui favorisent les qualités masculines. En revanche, les autres échelles (différenciatrices et non différenciatrices) incluent des proportions équivalentes de valeurs masculines et féminines. Par conséquent, c'est parmi les échelles *les plus informatives* de la différence sexuelle qu'apparaît une asymétrie de la désirabilité sociale. Les échelles qui marquent une forte opposition entre les sexes tendent également à valoriser l'appartenance masculine au détriment de l'appartenance féminine. (L'asymétrie de désirabilité porte sur le nombre d'échelles qui sont à l'avantage des hommes par rapport aux femmes ; la moyenne de désirabilité sociale des échelles masculines est sensiblement égale à celle des échelles féminines.) Cette asymétrie des représentations sexuelles va produire, comme je le considérerai au prochain chapitre, une inconsistance entre la pression à adhérer au tempérament du groupe d'appartenance (qui est jugée désirable pour des raisons théoriques) et la motivation à se définir positivement.

Il est aisé de constater, au terme de ces illustrations de la psychologie des différences sexuelles de la première moitié du XXe siècle, que celle-ci n'est pas exempte de mythologie. Mais ici, le mythe renvoie fermement à la croyance en la division, la spécificité, l'opposition des deux sexes. La masculinité et la féminité se définissent l'une par rapport à l'autre en termes d'un contraste calqué sur le dimorphisme biologique et physiologique. La mesure empirique des tempéraments sexués débouche sur l'affectation d'un score unique à chaque individu, homme ou femme. Les indicateurs sont choisis selon leur force discriminante, leur pouvoir à différencier les individus en deux groupes. Les « bonnes » questions sont celles qui permettent de mesurer des états supposés naturels où une covariation stricte s'établit entre le plan de la différenciation biologique et celui des tempéraments psychologiques.

Les réponses qui s'écartent de ce schéma bipolaire, pourtant fréquentes, ne peuvent être déchiffrées à l'aide d'un concept positif. Le questionnaire de Terman et Miles le montre bien : un score qui avoisine le milieu du continuum MF signale ce que les auteurs interprètent comme une déviation, une pathologie, un mauvais ajustement psychologique à des impératifs tout à la fois biologiques et sociaux. Une présomption d'homosexualité plane sur les performances non conformes aux normes du test. Les chercheurs mettent en avant les différences entre les sexes en tant que groupements et laissent au psychologue clinicien le soin de s'occuper des différences entre personnes. La norme désirable est constituée par les différences entre les hommes et les femmes sur fond de minimisation des différences à l'intérieur de ces groupes. Bien qu'utilisant une grande variété de contenus, Terman et Miles s'efforcent de réduire les tempéraments en de simples dichotomies (privé-public, domestique-travail, intérieur-extérieur), en étant parfois contraints de passer par-dessus la diversité des individus. Parsons accrédite cette « doctrine des deux sphères » en l'ancrant dans la division des rôles au sein de la famille. Mais chez cet auteur déjà, l'expressivité et l'instrumentalité sont tenues pour des indicateurs de personnalité. Chez Broverman, finalement, les tempéraments sexués se livrent à l'investigation entièrement déliés de leur origine sociale. Ils se passent de justifications sociologiques. L'appropriation de l'étude des différences sexuelles par les théoriciens de la personnalité a une importance trop souvent sous-estimée. Les hommes et les femmes y sont décrits comme des individus ayant, respectivement, un caractère instrumental ou expressif, agentique ou communial, dominateur ou chaleureux. Ces oppositions se complètent les unes les autres et relèvent désormais bien davantage, sinon exclusivement, de la psychologie que de la sociologie ou de la psychologie sociale. La notion de tempérament, ainsi réifiée, va perdurer à l'abri des critiques. Les manières d'être des hommes et des femmes apparaissent comme un donné psychologique qui est imputé aux individus par la seule connaissance de leur sexe biologique.

Les exemples rapportés dans ce chapitre illustrent l'effort produit par les chercheurs qui, en sacrifiant parfois la variété des réponses observées, enferment le genre — à savoir le sexe culturel, social et psychologique — dans le sexe biologique. Or cette approche de la différence sexuelle contribue à déterminer ce que recherchent et ce que trouvent les scientifiques, plus que ces observations ne font évoluer les théories. Ainsi, « ayant affaire à une institution qui est inscrite depuis des millénaires dans l'objectivité des structures sociales et dans la subjectivité des structures mentales, [l'analyste] tend à employer comme instruments de connaissance des catégories de perception et de pensée qu'il devrait traiter comme des objets de connaissance » (Bourdieu, 1990, p. 4). Pourtant, la réalité est rebelle à l'emprise de la théorie. Les travaux sur la différence des sexes sont aussi simples quant à leurs prémisses qu'ils sont complexes, riches de nuances et de contradictions qui apparaissent ici et là, localement. C'est finalement la richesse de ces observations qui, alliée à l'essor des féminismes, vont constituer le tremplin de la théorie de l'androgynie. Examinons les principales contradictions véhiculées par l'approche classique des différences entre les sexes.

Chapitre 2

Androcentrisme

Les garçons seront des garçons,
mais les filles ne le seront pas.
Devor.

En psychologie sociale la poursuite du tempérament sexué, bien entendu masculin chez les hommes et féminin chez les femmes, a pendant longtemps été considérée comme salutaire, comme le gage de l'épanouissement personnel. Or les tempéraments sont les normes sociales qui gouvernent les comportements des individus en tant qu'hommes ou femmes. Le groupe abrite les individus et se fait l'arbitre de leurs différences. Il déploie un voile sur leur diversité. Les maîtres-mots sont l'hétérogénéité des groupes et la conformité dans chacun des groupes. Le bien-être en serait la conséquence. Ce paradigme a conduit à l'éclosion de problèmes notamment sur le plan de ce bien-être. De nombreuses études montrent que la conformité aux tempéraments sexués peut s'accompagner d'une atténuation de l'estime de soi des individus. Mais d'une manière générale, on remarque que les effets nuisibles de l'appartenance au groupe frappent davantage les femmes que les hommes. Les normes sociales des deux groupes ne semblent pas constituer des sources également profitables d'épanouissement. En révélant ce fait, les travaux empiriques signalent la subordination d'un sexe à l'autre sexe, mais ne peuvent ni l'expliquer ni la résoudre.

Cependant, les théories de la différence des sexes ne manquent pas de ressources pour occulter ces contradictions, et elles s'accommodent des démentis empiriques. Mais pour ce faire, elles embrassent une vue andro*centrique* du monde. Les chercheurs élisent le sexe masculin au rang d'humain générique, d'universel. Il s'agit de quelqu'un qui n'est pas véritablement a-sexué — c'est fondamentalement un homme —, mais qui en revanche se passe de références explicites à son sexe. Les femmes, à l'opposé, sont unanimement tenues pour exprimer des comportements et des attitudes plus spécifiques. L'androcentrisme est donc la *dissimulation* des problèmes posés par l'asymétrie des sexes dans une universalité factice, trompeuse. Il n'en constitue pas la résolution. Il ne fournit pas d'utopie contrairement à la future notion d'androgynie. Pour une part, cette dernière proposera elle aussi une solution à cette impasse. Mais cette solution consistera tout d'abord dans la réhabilitation, et non la négation, du principe féminin.

Différences et hiérarchie

Le bien-être psychologique — souvent mesuré par le degré d'estime de soi, la dépression et l'anxiété — sera le leitmotiv des partisans de l'androgynie. Il importe de considérer le rôle que cette notion a joué dans l'approche classique de la différence sexuelle.

L'étude princeps de Broverman, Broverman, Clarkson, Rosenkrantz et Vogel (1970) examine l'hypothèse que les jugements de bien-être et de santé mentale que produisent les psychologues cliniciens sur l'homme et sur la femme se basent sur les standards propres à chacun des sexes. *Un trait ou un comportement donné serait un indicateur de santé chez un sexe, mais de maladie chez l'autre sexe.* Plusieurs psychologues des deux sexes décrivent l'une des trois cibles, un homme, une femme, ou un adulte en général, à l'aide du *Questionnaire des stéréotypes de rôles de sexe*. L'analyse, qui ne porte que sur les échelles discriminatrices (cf. chapitre 1), procède par le calcul des écarts entre les descriptions à propos des cibles sexuées et les descriptions à propos de l'adulte en général. Les résultats font d'abord apparaître que les psychologues des deux sexes partagent les mêmes représentations de la santé mentale. Selon l'hypothèse de cette étude — le double ancrage de la santé mentale — des critères spécifiques à chaque sexe devraient en outre être appliqués aux hommes et aux femmes : il serait normal pour une femme de se préoccuper des autres, et pour un homme d'être compétitif. Le score de santé mentale de l'homme devrait donc être plus élevé pour les échelles à valeur masculine, et celui de la femme pour les échelles à valeur féminine. Les résultats pour la cible masculine concordent avec cette attente. En revanche, la femme normale est décrite à l'aide du pôle *masculin* sur près de 40 % des échelles à valeur féminine. La différence entre le score féminin de santé mentale et celui de l'adulte est néanmoins élevée, tandis que le score masculin est très similaire au score de la cible adulte. Le standard de l'adulte générique est ainsi résolument appliqué à la cible masculine. La femme normale, quant à elle, est décrite comme *excessivement* soumise, dépendante, influençable, émotive, portée sur son apparence, et *pas assez* aventurière, agressive, compétitive et objective. Elle diffère de l'homme normal, comme le prédisaient les auteurs, mais elle s'écarte également de la « normalité » pensée à propos de l'adulte en général.

Les modèles classiques de l'identité sexuelle, en prônant l'opposition des sexes, doivent postuler que l'endossement du tempérament approprié, la conformité au groupe, est un processus psychologique désirable. Mais les résultats présentés par Broverman montrent que ce postulat de conformité peut conduire les femmes à un dilemme. D'une part, elles s'identifient au groupe d'appartenance et cultivent un tempérament expressif. D'autre part, elles ont avantage, si elles souhaitent notamment s'affirmer dans le monde du travail, à acquérir des caractéristiques instrumentales qui soulignent le rôle actif de la personne. Dans la première alternative, la femme féminine risque de pâtir des conséquences d'une faible estime d'elle-même. Dans la seconde, des pressions seront dirigées à son encontre afin de la rendre conforme à son groupe.

Ce double impératif contradictoire avait été anticipé en son temps par Terman et Miles : « Il ne semble pas improbable que l'efficacité chez les femmes représente l'opposé de l'indépendance et qu'elle comporte un élément de conformité et de coopération, lequel est féminin dans son influence » (1936, p. 116). La notion de *peur du succès* exprime l'une des conséquences de cette situation. Cette notion, située à l'articulation du psychologique et du sociologique, désigne la source de différentes expressions de l'anxiété fréquemment observées chez les femmes en situation de réussite. Une série d'études de Horner illustrent cette dynamique. Dans l'une d'entre elles (1972), on demande aux sujets de commenter la réussite que connaît un homme ou une femme à une performance. Aux commentaires positifs et optimistes exprimés par les hommes lorsque « après les examens intermédiaires de médecine, Jean se retrouva le premier de sa classe », s'oppose l'anxiété rapportée par les femmes en réponse à la performance identique de Anne. Les femmes estiment que cette dernière risque de perdre son ami, et qu'elle pourrait par exemple changer ses plans professionnels pour se diriger vers la profession... d'infirmière. La représentation du succès ferait partie du stéréotype masculin et entraînerait chez les femmes d'une part le sentiment de perte de féminité et un abaissement de l'estime d'elles-mêmes, et d'autre part la crainte du rejet social due à la non-conformité au groupe. En conséquence, on assisterait au développement d'une motivation à éviter la réussite. Si la représentation de la normalité de la femme reste prisonnière d'une tension entre le collectif et l'individuel, qui a des conséquences néfastes sur le plan de son bien-être, celle de l'homme s'apparente précisément à une représentation de l'individualité générique, et finalement à une représentation de l'identité comme celle d'une personne déliée du groupe. Cette idée trouve des confirmations dans un certain nombre d'études sur l'estime de soi d'hommes et de femmes. Berger (1968), par exemple, montre que l'auto-estime des femmes est fonction du degré de certitude quant aux attitudes positives d'autrui à propos d'elles-mêmes. Ces mêmes jugements découlent, chez les hommes, d'univers indépendants.

L'hypothèse classique du double standard repose donc sur un postulat de symétrie des appartenances sexuelles. Les hommes et les femmes détiendraient leurs propres critères pour juger leur propre santé mentale. Mais cette croyance ne rend qu'imparfaitement compte des données empiriques. La présence d'un double ancrage aurait dû conduire les cliniciens interrogés par Broverman et ses collaborateurs à juger la femme normale à l'aide de l'*ensemble* des traits à valeur féminine, ainsi qu'à juger l'adulte par la somme, la *coprésence,* des traits valorisés masculins et féminins. Un réexamen de l'hypothèse du double ancrage s'avère nécessaire. Cowan (1976), faisant usage du même questionnaire, invite des psychologues à juger leurs « patients » et « patientes » moyen(ne)s. Le milieu des échelles bipolaires indique maintenant qu'une cible ne possède ni l'un ni l'autre des deux traits, de sorte que l'écart entre ce point médian et le jugement recueilli traduit le degré de stéréotypie des cibles. Cette procédure fournit des renseignements sur l'ancrage des représentations de santé mentale. Selon l'approche classique, le diagnostic de pathologie d'un individu s'effectue sur la base d'une estimation de non-conformité au groupe d'appartenance. Par conséquent, en admettant que l'appartenance sexuelle des cibles est rendue saillante par la comparaison des patients et des patientes, les psychologues devraient percevoir leurs patient(e)s moyen(ne)s comme étant *peu typiques* de leur sexe et, éventuellement, comme ayant le tempérament de l'autre sexe (hypothèse du double standard). Une autre attente, basée sur l'asymétrie des sexes, serait que si les jugements portés sur les hommes dénotent un faible niveau de masculinité, ceux sur les femmes exhibent un *excès* de féminité (hypothèse du *standard unique*).

Les résultats s'accordent mieux à l'hypothèse alternative qu'à celle du double standard. Ils la prolongent également, toutefois. Les psychologues perçoivent leurs patientes non seulement comme *excessivement féminines* (trop intéressées à leur apparence, ayant un fort besoin de sécurité, parlant beaucoup, étant excessivement tendres, et trop soignées dans l'habillement), mais également comme *insuffisamment masculines* (n'ayant pas confiance en elles-mêmes, ayant des difficultés à prendre des décisions, étant peu aventureuses). En revanche, les jugements sur les hommes ne s'écartent pas du milieu des échelles. Ils dénotent ainsi le faible poids de la masculinité et de la féminité dans la définition de la pathologie masculine. Ces résultats plaident en faveur de l'hypothèse du standard unique des représentations de la santé mentale des hommes et des femmes. Les jugements des psychologues font apparaître la femme nécessitant leurs soins comme étant éloignée de l'image d'un individu générique. L'incorporation des qualités féminines peut être pour elles une source de problèmes par rapport à leur bien-être psychologique. Or ce dernier ne se réduit pas au sentiment d'un soi positif. Les conceptions traditionnelles du bien-être psychologique (par exemple, Jahoda, 1958) soulignent qu'une conséquence importante de l'identification au tempérament approprié est le sentiment d'acquérir un contrôle sur ses comportements, de maîtriser sa destinée. La masculinité, classiquement, désigne précisément l'autonomie de la personne et la dominance. Elle se rapporte à une culture individualiste et guidée par la réussite personnelle, au sein de laquelle les qualités maternantes et interpersonnelles ne protègent guère les individus contre l'anxiété, la dépression et le doute sur soi-même. La référence des femmes à la norme masculine de santé mentale est un fait psychologique complexe, qui a des origines dans la société et qui est difficilement réductible à une propension psychologique à se décrire positivement.

Des caractéristiques distinctes sont assorties aux hommes et aux femmes, et des comportements identiques sont parfois interprétés à travers ce filtre bipolaire. Considérons la fiction reportée dans le tableau 2, qui relate les constats émis par un observateur imaginaire à propos d'un homme ou d'une femme placé dans les mêmes situations.

Les faits rapportés dans cette fiction donnent lieu à des interprétations fort contrastées en fonction du sexe présumé de la cible. Il y a une correspondance frappante entre ces considérations et les traits du questionnaire de Broverman (*parle beaucoup, manque d'ambition, s'excite pendant une crise mineure, pleure facilement,* qui sont des pôles féminins). De manière analogue, l'agressivité, composante du tempérament masculin, signifie la vigueur, l'activité, particulièrement lorsqu'elle est appliquée à l'homme ; mais elle peut signifier la disposition à se comporter de manière anti-sociale lorsqu'elle est appliquée à la femme. Les modulations du sens des traits ne concernent pas uniquement leur évaluation, mais également leur transcription dans les comportements agentiques ou communiaux. La dominance évoquera chez les hommes des motivations individualistes comme l'aptitude à choisir les moyens nécessaires pour atteindre des buts, tandis qu'elle suscitera chez les femmes des motivations plus relationnelles comme le fait de savoir

Tableau 2. — Effets de la stéréotypie sexuelle sur la perception du comportement d'autrui

DESCRIPTION DE L'HOMME	DESCRIPTION DE LA FEMME
Au fond du bureau, la table de travail, et au-dessus de la table, on remarque une photo de famille.	
Ah, un homme qui a bâti une solide famille.	*Ha Ha, la famille vient avant son travail.*
Un grand désordre règne sur la table elle-même.	
Il est de toute évidence un grand travailleur.	*Elle doit en brasser de l'air...*
La pièce est vide.	
Il doit être en réunion, ou alors il rencontre des clients.	*Elle doit être aux toilettes, ou être en train de faire du shopping.*
Finalement l'employé(e) entre, accompagné(e) par d'autres personnes.	
Il est en train de discuter du dernier contrat qu'il a décroché.	*Elle taille une bavette.*
Il est midi, le chef apparaît à son tour et part déjeuner avec l'employé(e).	
Il est en train d'assurer sa carrière.	*Il doit y avoir quelque chose entre eux. Que dirait son mari?*
Pendant le repas, le chef formule des critiques à l'égard du travail accompli par l'employé(e).	
Il va en tirer profit pour améliorer ses performances.	*Elle est très fâchée, il semble qu'elle ait pleuré.*
L'employé(e) aura bientôt un autre enfant.	
Il lui faut une augmentation.	*Elle va coûter cher à la Compagnie.*
Finalement, l'employé(e) décide de quitter la Compagnie pour un travail meilleur.	
Il reconnaît les bonnes occasions et sait les saisir.	*Les femmes ne sont pas fiables.*

Note. — Adapté de Josefowitz (1980).

solliciter les fonds nécessaires à une cause jugée utile. Un grand nombre d'études attestent également que des traits, des émotions, etc., sont associés aux hommes ou aux femmes en fonction d'attentes de rôles. Condry et Condry (1976) montrent que les expressions faciales de bébés dont le sexe est ambigu sont interprétées comme de l'agressivité si les sujets sont amenés à penser que le bébé est un garçon, mais comme de la peur si les sujets pensent qu'il s'agit d'une petite fille. Une série de recherches présentées par Costrich, Feinstein, Kidder, Maracek et Pascale (1975) mettent en scène des hommes et des femmes qui réagissent de manières différentes lors d'une consultation psychothérapeutique. Dans l'une de ces recherches, les sujets lisent de courtes histoires dans lesquelles le patient s'exprime de manière agressive (par exemple : *Pour qui vous prenez-vous ?... Vous allez me faire éclater la tête ; je ne vais pas me laisser faire !*), ou de manière soumise et dépendante *(Pendant combien de temps encore voudrez-vous bien me voir ? Je ne sais pas ce que je ferais si vous quittiez la ville... Je voudrais vous voir plus souvent).* Or les attitudes qui contredisent le tempérament approprié sont davantage prises en considération que les autres : l'homme soumis et la femme agressive sont jugés comme nécessitant plus que les autres une thérapie de soutien. Mais la déviation du tempérament est pénalisée plus intensément lorsque la cible est une femme.

Ces résultats font apparaître une tension entre le *spécifique,* qui homogénéise les individus dans leurs groupes d'appartenance, et le *générique,* qui identifie ces individus à l'humain. Chez les femmes ou pour des cibles féminines, cette articulation génère le plus souvent des tensions. Leurs conceptions d'elles-mêmes manifestent plus vivement le rapport qui les lie à l'autre groupe. L'homme, au contraire, semble déserter les groupes, il se donne à voir comme étant plus entier, plus universel (cf. Guillaumin, 1992). La tension entre le générique et le spécifique atteste que la supériorité des uns et l'infériorité des autres n'émanent pas des caractéristiques de personnalité des individus, ni même de celles de leurs groupes. Contrairement à la croyance entretenue par la conception des tempéraments sexués, il n'y a d'inégalité entre hommes et femmes que dans leur référence partagée à une norme idéalisée de la personne *humaine.* Ce standard unique est ici apparu comme un adulte au sexe indéterminé auquel étaient identifiés les hommes mais duquel s'écartaient les femmes. La question de l'androcentrisme plonge au cœur de cette propriété constitutive de l'asymétrie des sexes.

Le mâle et le moindre mâle

> Qu'est-ce qu'une femme ? Un animal raisonnable. Bref, un Homme comme tout le monde.
>
> Badinter.

Dans *Lysistrata,* Aristophane éveille chez les femmes un sentiment de responsabilité capital : celui de faire cesser la guerre que se livrent les hommes. Mais comment s'y prendre ? La guerre ne peut être arrêtée que par la victoire d'un camp sur l'autre, et leur féminité leur ôte la capacité de réaliser cet objectif. En apparence seulement : les femmes vont *influencer* le cours des événements en se refusant à leurs maris jusqu'à ce que la guerre s'arrête. Comparons le récit d'Aristophane à un commentaire critique d'une étude récente en psychologie sociale : « [Goldberg et Lewis] ont conclu que les garçons attaquent et que les filles abandonnent. Il s'agit là d'une explication raisonnable des données qui montrent que les filles tendent à pleurer, tandis que les garçons essaient de pousser ou d'escalader la barrière. C'est également une explication qui renforce nos stéréotypes. Les auteurs n'ont pas fait état d'une explication alternative et tout aussi plausible selon laquelle les filles pleurent, non pas parce qu'elles abandonnent, mais pour attirer l'attention de ceux qui pourraient enlever la barrière. Le lecteur est donc laissé avec l'impression que l'un des sexes a cherché à *résoudre* des problèmes, tandis que l'autre ne l'a pas fait. L'impression alternative serait que les filles, comme les garçons, ont cherché à résoudre des problèmes, mais de deux manières différentes » (cité par Campbell, 1983, p. 209). Ces exemples, s'ils ont ici forme d'anecdote, illustrent cependant la question de l'androcentrisme que je vais exposer maintenant.

Un trait distinctif de l'activité scientifique est sa neutralité. Au-delà de ce consensus, toutefois, les représentations de la science se diversifient. Elles opposent notamment une science « dure », expérimentale et cognitive, et une science « molle », l'observation, l'entretien. Cette dichotomie s'insère confortablement dans le contexte plus général du symbolisme de genre. Le premier pôle est agentique. Il est concerné par la manipulation de situations, l'identification et la séparation systématique de variables, la création et le contrôle de situations, la prédiction d'effets, l'analyse quantitative de ce qui est observé. Le second est communial. Il fait appel aux compétences relationnelles du chercheur, est plus soucieux de l'histoire, encourage la participation à des situations naturelles, la compréhension intuitive des comportements des acteurs, l'analyse qualitative des phénomènes. Ces représentations de la pratique scientifique n'en sont pas moins hiérarchisées. Ce que Belenky, Clinchy, Goldberger et Tarule (1986) appellent l' « approche féminine du savoir » y apparaît finalement comme la réplique affaiblie d'une pratique qui « exprime la hantise du pouvoir et de la dominance et une attitude qui va à l'encontre de la nature en "attaquant" les problèmes afin de les "maîtriser" ou de les "contrôler" » (Lott, 1985, p. 159). Or plusieurs études, parmi lesquelles je relèverai une enquête réalisée par Goldenberg et Grigel (1991) auprès d'un échantillon représentatif de chercheurs universitaires américains, montrent que les *pratiques* scientifiques des hommes et des femmes sont similaires entre elles, et sont tournées vers le pôle agentique. Les femmes publient des articles quantitatifs en mesure sensiblement équivalente aux hommes, et ce dans la plupart des disciplines. Les auteurs suggèrent que ces résultats sont, pour une large part, l'effet de l'asymétrie des sexes dans la communauté scientifique. D'une part, les revues scientifiques acceptent plus facilement des articles quantitatifs (présumés masculins, en suivant ce raisonnement) et d'autre part, l'orientation agentique des femmes, qui occupent dans des proportions plus élevées que les hommes un statut subordonné dans l'académie, dénoterait une stratégie d'ascension sociale.

Mais cette homogénéité relative des pratiques n'est pas un simple effet d'assujettissement délibéré aux critères imposés et légitimés par les hommes. Nous touchons ici aux fondements mêmes des représentations de la culture. Simmel (1911) reconnaissait déjà que, contrairement aux apparences, la culture n'est pas asexuée : la notion d'*objectivité*, équidistante de l'unilatéralité du sexe masculin et du sexe féminin, est également la forme spécifique de réussite qui correspond à une manière d'être typiquement masculine. Elle est à la fois transhistorique, transpsychologique et masculine. Ainsi, la désignation d'un espace imprégné de connotations masculines aboutit à la représentation d'un lieu *sans* sexe, espace neutre et donc universel. C'est précisément ce à quoi réfère l'androcentrisme, qui désigne l'humain, le générique, à travers l'usage de référents propres au groupe masculin. Il s'agit en somme d'un point de vue sur l'espèce humaine à travers le filtre des qualités masculines.

La critique de l'androcentrisme rappelle le générique à sa dimension masculine. Les féministes se sont d'abord attelées à démontrer que le choix des objets et les approches utilisées par les scientifiques sont entachés de biais masculins. L'étude de l'agressivité ou de l'aptitude à commander a été pendant longtemps privilégiée au détriment de l'étude de l'équité et de la qualité des relations interpersonnelles. L'androcentrisme se manifeste encore lors de l'interprétation des résultats obtenus. Campbell (1983, p. 204) relève que les résultats d'études menées à l'aide d'échantillons exclusivement masculins (92% d'entre elles) sont néanmoins généralisés à la population dans son ensemble, alors que seules 61% des études faites avec des populations exclusivement féminines connaissent le même sort. Il s'avère que le sexe des sujets n'est mentionné *que* lorsque l'échantillon est mixte, ou alors lorsqu'il est *exclusivement* féminin. En fait, et ce jusqu'à une époque récente, une partie importante de nos connaissances de l'interaction humaine était basée sur l'étude du seul comportement masculin. Comme l'affirment Hurtig et Pichevin (1985), l'utilisation de populations masculines est censée fournir des résultats plus fiables, autorisant des conclusions dignes d'une psychologie *générale*. Outre les formes les plus manifestes d'androcentrisme, il s'en est présenté d'autres qui s'enracinent dans la formalisation de concepts et de processus scientifiques toujours en vigueur. J'en ai donné des illustrations dans un ouvrage antérieur (Lorenzi-Cioldi, 1988, p. 51-63). Il suffira de mentionner que les orientations de rôles instrumentale et expressive sont des notions élaborées à travers l'observation de comportements de dominance auprès de seuls étudiants mâles ; elles furent adaptées, plus tard seulement, au contexte de la famille nucléaire, pour y désigner les rôles masculin et féminin (Bales et Slater, 1955 ; Parsons et Bales, 1955, p. 261).

Certes, sous l'influence des scientifiques féministes, des progrès ont été réalisés dans la dissipation des formes les plus patentes d'androcentrisme. Les associations de psychologie imposent depuis quelques années des règles de recherche et d'écriture qui découragent les biais sexistes. Des revues scientifiques, comme *Psychology of Women Quarterly, Sex Roles, Signs,* et la plus récente *Feminism and Psychology,* offrent désormais des moyens d'expression à ces points de vue alternatifs. Mais l'enseignement que l'on tire de la critique de l'androcentrisme est que l'insistance sur la différence des sexes, sur leur opposition intrinsèque, a conduit à la consécration de la supériorité masculine sur le mode d'une prétendue objectivité.

Le paradigme de la différence des sexes aboutit à la mise en évidence de phénomènes regrettables, en particulier sur le bien-être individuel. La normalité psychologique se révèle être empiriquement liée, dans une certaine mesure, à la masculinité. Les bénéfices que les individus tirent de leur appartenance sexuelle s'accordent fort mal avec la théorie en vigueur qui postule les bienfaits de l'adéquation des individus au tempérament de leur sexe. L'idée de « personnalité sexuée » dévoile ses attaches avec un monde social hiérarchisé. La recherche sur les sexes va alors s'aligner sur les standards masculins ; elle va être androcentrique. Ayant sacrifié les rapports de pouvoir qui ont façonné les représentations de masculinité et de féminité, les psychologues vont accepter l'équation entre les traits masculins et les qualités « humaines ». Ceci leur permettra d'entretenir l'illusion d'un système d'oppositions cohérentes et symétriques. On retient en définitive que le paradigme de la différence des sexes enchaîne et réduit le genre culturel à une dichotomie qui est pensée comme naturelle, inéluctable, mais souhaitable. La notion d'androgynie psychologique, que l'on voit poindre à l'aube des années 1970, aura la plus grande peine à se défaire d'une vision des sexes qui, prolongeant et légitimant les représentations sociales en vigueur dans une société inégalitaire, est confortablement installée jusque dans la pratique scientifique. Mais ce serait faire tort à l'originalité de l'esprit scientifique et au dynamisme des acteurs sociaux que de conclure sur cette note maussade. L'androgynie va faire son entrée, dans les représentations quotidiennes des individus, et dans celles des scientifiques. Dans le prochain chapitre j'illustrerai la manière dont l'androgynie se manifeste spontanément dans la pensée des individus. Tout laisse à penser que nous allons y découvrir une grande complexité, celle-là même qui fait, comme on le verra par la suite, la richesse des débats sur l'androgynie en psychologie sociale.

Chapitre 3

Androgynies au quotidien (premiers résultats)

Today, androgyny is something rich and strange.

Shakespeare.

Racontée dans les mythes les plus anciens, l'androgynie resurgit par intermittence au cours de l'histoire, et transparaît, malhabilement et sans être nommée comme telle, dans les constats épars de ceux-là mêmes qui, comme Terman et Miles et comme Parsons, ont pourtant défendu avec ardeur le paradigme de la dualité des sexes. Malgré sa longévité et ses égarements ponctuels, toutefois, l'androgynie n'est ni vétuste, ni désuète. A chaque éclosion elle revêt un nouvel habit, parmi lesquels j'ai évoqué une sexualité double, une sexualité indécise, et même l'absence de sexualité. Solidement installée dans la mythologie, l'androgynie est désormais un ensemble très complexe de conceptions où s'entremêlent les propos scientifiques et le sens commun. Ceux-là tentent de s'exiler de celui-ci tout en voulant préserver l'une des raisons d'être majeures du thème androgyne, l'utopie de la fin de la guerre des sexes, et ceci au prix d'un effort intellectuel considérable : l'objectivation de l'androgynie dans la *personnalité exceptionnelle* constitue la formidable pierre d'achoppement des théories de l'androgynie.

Ce chapitre propose l'examen de réponses spontanées à la question *Qu'évoque pour vous le mot Androgynie ?* Certes, l'exercice est voué à la saisie d'éléments de surface de la représentation de l'androgynie, d'autant plus que la population interrogée, 48 étudiants universitaires, est loin de garantir une quelconque représentativité du sondage. Cet examen n'est toutefois pas un exercice inutile, ni banal, et ce pour au moins deux raisons. La première est qu'à l'opposé de bien d'autres concepts qui font partie du jargon des sciences humaines, l'androgynie se caractérise par le fait que *la plupart des individus* s'en font une idée, en élaborent une compréhension par la voie d'observations, de discussions, d'écoute des médias. L'androgynie, que certains psychologues qualifient d'image archétypale, fait partie du sens commun. La seconde raison est que cet examen devrait faire apparaître une vue d'ensemble des lignes de force autour desquelles s'organisent les représentations de l'androgynie. Il s'agira d'examiner dans les prochains chapitres le rapport qu'entretiennent ces mêmes principes organisateurs avec l'androgynie telle qu'elle surgit dans les différents champs de la psychologie, en particulier la psychologie sociale, à différents moments de son évolution.

Pour faire part de leurs conceptions de l'androgynie, les sujets disposaient d'une page entière d'un questionnaire. Celui-ci comprenait ensuite des questions fermées les amenant à préciser les cadres de référence utilisés pour répondre à la question précédente, à savoir : *Avez-vous pensé à* (un homme, une femme, une personne en général, autre), et *Avez-vous pensé à quelqu'un en particulier ?* (une connaissance, une personne célèbre, autre). Les sujets pouvaient choisir plusieurs référents en réponse à chacune de ces deux questions. J'ai d'abord fait subir une simplification minimale au corpus de mots recueillis. Ainsi tous les mots ont été mis au singulier ; les noms de personnalités médiatiques — Michael Jackson, Jane Birkin, etc. — ont été résumés par les indications *homme célèbre* ou *femme célèbre*. La simplification la plus importante a toutefois concerné les trois prépositions « ou », « et », ainsi que « ni... ». Celles-ci, comme je l'ai indiqué dans l'introduction, exemplifient à tour de rôle les trois grandes conceptions de l'androgynie qui se sont succédé en psychologie : l'androgynie comme alternance de qualités masculines et féminines, comme leur fusion, et enfin comme leur transcendance. Le corpus, après simplification, ne contient ces prépositions que lorsqu'elles renvoient de manière suffisamment explicite à ces types de liens entre les sexes ou entre les qualités sexuées (par exemple, les prépositions « et » de : « homme et femme », « force et douceur », ont été préservées). Le corpus réduit totalise près de 700 mots dont 40 % sont distincts ; 77 mots, qui apparaissent chez au moins deux répondants, ont fait l'objet de la présente analyse. Ce corpus a été soumis à une analyse factorielle des correspondances (pour une description non mathématique, voir Doise, Clémence et Lorenzi-Cioldi, 1992, p. 227 s.). L'analyse factorielle permet d'examiner les co-occurrences de mots, en positionnant en tant qu'éléments passifs, dans le plan formé par ces mots, les réponses aux deux questions fermées concernant les cadres de référence. Celles-ci pondèrent l'espace des mots — les représentations — en y superposant les dénominations de personnes invoquées par les sujets. Les résultats sont reportés à la figure 1.

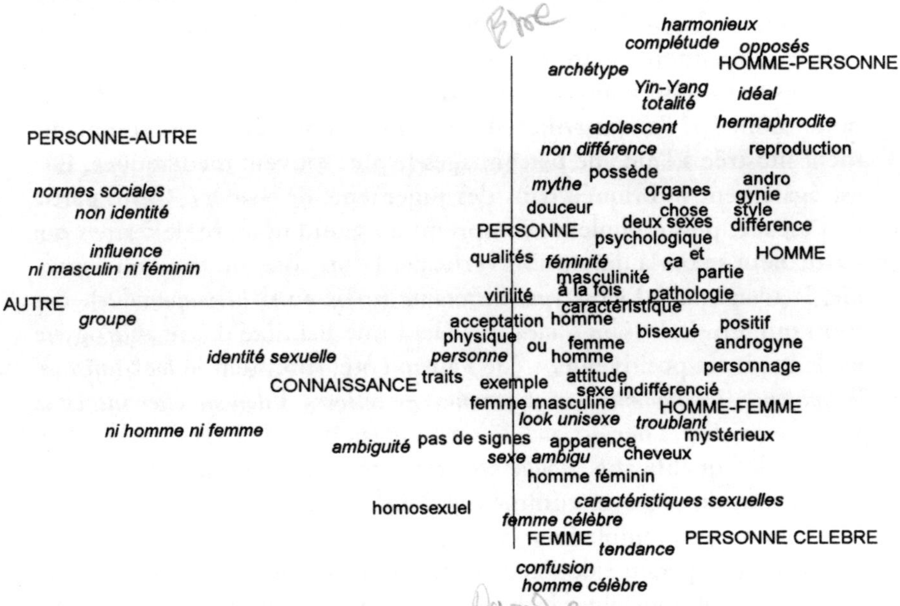

Fig. 1. — Analyse factorielle des correspondances des mots fournis en réponse à la question :
Qu'évoque pour vous le mot Androgynie ?

Italiques : contributions significatives des mots aux facteurs.
Capitales : variables passives (cadres de références fournis aux questions fermées).

Note. — Facteur 1 : 8,9% de la variance; facteur 2 : 6,2% de la variance.

La forme en « U » de la distribution des mots dans le plan de la figure 1 peut s'interpréter comme une nette opposition entre une androgynie à la fois symbolique et sociologique, vers la gauche, et une androgynie plus concrète et personnifiée, vers la droite. Au premier pôle, on trouve l'origine collective du thème androgyne, avec les *normes sociales,* le *groupe,* l'*influence.* On y trouve *ni masculin ni féminin, ni homme ni femme,* et le terme *non identité,* qui caractérisent très précisément l'androgynie par son refus de s'inscrire dans l'individu, à savoir par son abstraction, l'annulation de la sexualité. Les éléments passifs qui viennent se superposer à cet endroit de l'espace attestent cette variante d'une androgynie comme unité sublimée : on trouve ici la référence exclusive à la « personne » dans sa signification générique, ou encore la mention « autre » sans spécifications particulières.

Des termes substantivés apparaissent au pôle opposé de cette même dimension. Ici, l'androgynie est résolument concrète et est abondamment illustrée à l'aide de personnages le plus souvent médiatiques. Elle est également imbriquée dans des jugements de valeurs. Cette partie de l'espace, plus complexe, comprend un grand nombre de termes qui s'articulent selon la dimension verticale. D'un côté, on trouve l'*harmonie,* la *complétude,* l'*archétype,* la *totalité* (mais aussi *hermaphrodite*), des mots qui, en s'associant à *idéal,* révèlent une manière d'être androgyne évaluée plutôt positivement. De l'autre côté, surgissent le *look unisexe,* l'*apparence,* les *hommes* — et *femmes* — *célèbres,* l'*homme efféminé* et la *femme masculine,* l'*homosexuel,* le *sexe ambigu* ou *indifférencié,* et la *confusion,* et les qualificatifs *troublants* et *mystérieux,* ainsi que des mots à teneur plus descriptive, comme *cheveux.*

Ce contraste semble bien correspondre à une distinction entre l'intériorité et le paraître de l'androgyne, qui est aussi une séparation de ses composantes les plus abstraites et les plus concrètes. Dans la partie haute de cette dimension, l'androgynie fait appel aux mythes et à la psychanalyse (dont on sait qu'elle puise dans la mythologie grecque), donc à l'unité originelle ; à l'autre pôle, l'androgynie est rivée à la réalité quotidienne et médiatique et fait davantage penser à une unité paradoxale, bisexuée ou même sursexuée. On remarque alors, de surcroît, que cette composante paradoxale de l'androgynie est davantage le fait de l'extériorité, du repérable, que de celui d'une sorte de psychologie des profondeurs.

Il est intéressant de constater que les prépositions « et » (connotant la fusion des sexes) ainsi que « ou » (l'alternance) tendent à se placer de manière cohérente sur cette seconde dimension : « et » vers l'intériorité, « ou » vers l'apparence. En lisant la suite des mots selon leur disposition verticale on passe en effet de l'incorporation de l'androgynie, à savoir la désignation d'un système de dispositions et de potentialités jugées favorablement, à leur inscription dans des personnages qui portent les marques de l'objectivation dans le quotidien. La fusion mythique des sexes, exemplifiée par le *Yin* et le *Yang,* la Terre et le Ciel, l'équilibre des principes féminin et masculin, désigne une coalescence projetée dans une totalité désirable quoique confinée à l'intériorité. A l'opposé, le « ou » qui s'apparente, pour fixer les idées, à des stars comme Michael Jackson, rabaisse l'androgynie à ses composantes repérables, à la fois esthétiques, troublantes, ambiguës. Ici, l'androgynie est la tension qui se maintient dans l'union de choses séparées et qui demeurent potentiellement repérables au regard inquisiteur. Elle est leur réunion conflictuelle plus que l'annulation de leurs frontières.

Les réponses passives qui se dégagent dans cette portion de l'espace font apparaître des faits intéressants. Si les sujets interrogés ne se distinguent pas notablement selon leur sexe, les références à l' « homme » apparenté à une « personne » générique émergent du côté de l'intériorité. Au contraire, vers l'androgynie concrète, on trouve la « personne célèbre », mais aussi la référence exclusive à la « femme » et la désignation simultanée des deux sexes. Ce positionnement des cadres de référence permet de comprendre l'articulation des deux dimensions qui forment le plan de la figure 1. La définition la plus abstraite de l'androgynie s'isole vers la gauche de l'espace et fait écho à l'évacuation de toute référence concrète. On n'y trouve que des personnes non identifiées. Lorsque l'androgynie est caractérisée par son intériorité, le référent prototypique est l' « homme », seul ou en lien avec une « personne » en général. Enfin, lorsque l'androgynie est en quelque sorte sculptée dans le corps et dans les attitudes de personnalités, les référents portent sur la « femme », ou alors sur les deux sexes simultanément.

Cette analyse factorielle met en évidence des principes organisateurs très variés de la représentation de l'androgynie. D'une manière générale, elle montre que l'androgynie se départit difficilement d'une figure de l'individu androgyne comme d'un être ambigu, troublant, hommasse ou femme virile, ou encore homosexuel(le). Ces représentations donnent à voir les marques des théories classiques de la différence des sexes que j'ai considérées dans les chapitres précédents. Elles sont notamment tributaires de l'ambiguïté qui accable l'idée de mixité des tempéraments, et qu'elles contribuent à perpétuer. Mais l'analyse laisse néanmoins entrevoir que l'androgynie *peut* être dissociée de telles figures pour devenir plus abstraite. Ces résultats mettent également en évidence que les hommes et les femmes (ici en tant que cadres de référence) entretiennent des rapports différents avec chacune de ces représentations de l'androgynie. La personne générique et l'homme, d'une part, et la femme, d'autre part, s'associent de manières différentes à ces figures d'androgynie, en particulier selon l'axe de l'être et du paraître dont le premier terme semble être une prérogative masculine.

Ce sondage, quoique portant sur un échantillon limité, isole un certain nombre de faits intéressants qui ont trait à l'image spontanée de l'androgynie. Ces faits ont quelque chose à voir avec les deux paradoxes de l'androgynie que j'ai évoqués en introduction de ce livre. D'une part, comme le montre la distribution des mots dans l'espace de la figure 1, l'androgynie participe à l'opposition du concret et de l'abstrait, de l'image et du modèle, de l'individu en chair et en os et du symbole : cette notion doit être employée au pluriel. D'autre part, comme il apparaît à l'examen des questions passives, la solution androgyne au problème de la différence des sexes, celle d'une identité personnelle conçue comme le moyen terme entre leurs identités collectives, persiste, à l'encontre de l'espoir qui lui a donné naissance, à entretenir des rapports différents avec l'homme et la femme. L'homme demeure plus proche d'une image générique — et potentiellement androgyne — de « la personne » en général. Je vais aborder maintenant le champ des opérations de la science, pour considérer les manières dont l'androgynie est parvenue à occuper une place de premier plan dans la psychologie, et les étapes qui ont ponctué son évolution vers ce qu'elle est aujourd'hui.

Chapitre 4

Acte I : L'individu caméléon

> On peut penser à des instruments aussi différents qu'un hautbois et une clarinette. Lorsqu'on les entend de concert, le son qui en résulte n'est plus celui de l'un ou de l'autre instrument ; toutefois, l'identité de l'un et de l'autre est préservée.
>
> Gilligan.

De nombreux philosophes et historiens des mythes ont élaboré des outils conceptuels permettant de classer et de donner un sens aux multiples représentations de l'androgynie. O'Flaherty (1980), par exemple, subdivise les figures d'androgynes en fonction de trois critères : le fait que leur hermaphroditisme soit représenté de manière horizontale (le plus souvent, organes génitaux masculins et seins) ou verticale (la partie gauche du corps est masculine et la partie droite féminine), ensuite leur dominante masculine ou féminine, et enfin leur connotation plus ou moins positive. Il n'en va malheureusement pas ainsi en psychologie. Les prises de position en matière d'androgynie y sont multiples, comme dans les mythes, mais ici elles paraissent juxtaposées, irréductibles, et inclassifiables (par exemple, Cook, 1985). Or le concept de représentation sociale peut être utilement appliqué au champ lui-même des *théories* de l'androgynie. Ces théories sont, dans leur ensemble, les produits d'une tension entre l'androgynie objectivée dans une personnalité concrète, sujette à discrédit, et sa promotion conceptuelle au rang d'idéal. Sous leur évidente hétérogénéité et leur apparente incompatibilité, les modèles de l'androgynie se rattachent aux luttes menées par les acteurs du champ scientifique à l'encontre de la naturalisation de la personne androgyne.

Au cours de ces vingt dernières années, l'androgyne a connu des tribulations qui se sont traduites par de véritables métamorphoses de son être. Celles-ci ont parcouru le cheminement inverse de celui que Moscovici (1976) a décrit à propos de la psychanalyse : dans le cas de l'androgynie, les théoriciens se sont efforcés de protéger l'androgyne de sa réinterprétation en termes des données du réel — des objets et des personnes — déjà disponibles. Ils ont inlassablement modifié les théories afin de contourner leur contamination par les représentations d'une sexualité maladive. La proximité du concept et du sens commun qui est apparue au chapitre précédent s'avère d'autant plus menaçante qu'elle a été indubitablement favorisée par les théories classiques des tempéraments sexués. Je distinguerai ainsi une succession de trois Actes, qui sont autant d'approches de l'androgynie repérables dans la diachronie. Cette classification est celle des théories, mais également celle des méthodologies auxquelles ont eu recours les chercheurs dans leurs interventions. Les deux premières approches de l'androgynie, celle de *coprésence* de masculinité et de féminité (traitée dans ce chapitre) et celle de leur *fusion* (chapitre 5), mettent l'accent sur de nouvelles modalités d'articulation des *contenus* masculins et féminins dans la personnalité androgyne. Il s'agit d'un état psychologique découlant de l'incorporation par l'individu du tempérament de son sexe mais également de celui de l'autre sexe. L'approche actuelle, plus abstraite, met l'accent sur les *processus cognitifs* à l'œuvre dans les activités perceptives des individus (chapitre 6).

Afin de bien comprendre l'approche inaugurale de l'androgynie, il convient de s'arrêter sur un phénomène historique de la plus grande importance qui suggère comment le paradigme classique de la différence des sexes est redevable des représentations sociales entretenues par les chercheurs eux-mêmes sur les sexes. Une lecture de travaux des années 1960 en psychologie sociale dans un grand nombre de domaines fait clairement apparaître que les chercheurs disposaient déjà, à cette époque, des outils nécessaires pour décrire l'état androgyne. Mais ils ne l'ont pas fait : le paradigme classique de la différence des sexes était à même de résister aux pressions émanant de résultats peu conformes à ses postulats (cf. chapitres 1 et 2). En dehors du champ de la différence des sexes, on assiste donc à une véritable prolifération d'études empiriques qui montrent que les individus ne pensent pas nécessairement en termes d'oppositions, de polarités. Ce constat devient encore plus intriguant lorsque l'on pense à des notions désormais utilisées spécifiquement dans les recherches sur les sexes. Pour un grand nombre d'auteurs qui ont analysé le fonctionnement des petits groupes, et pour Bales lui-même lors de la formulation du modèle de *leadership,* les qualités instrumentales et expressives *n'étaient pas incompatibles* chez un individu donné. On pensait plutôt qu'un dosage équilibré de ces deux qualités constituait un enrichissement de la personnalité et apportait une contribution au bon fonctionnement des groupes. Mais ceci n'est plus le cas lorsque les psychologues traitent des représentations liées au sexe. Ici, leur polarité surgit avec force et s'accorde avec la biologie des individus, en contribuant à organiser à la manière d'un aimant, et à informer, des données pourtant hétérogènes et nuancées. Tout se passe comme si l'*évidence* de l'incompatibilité des genres, la densité tout à la fois sociale, psychologique et biologique du masculin et du féminin avait empêché les chercheurs d'*utiliser,* dans l'étude des sexes, des outils d'investigation plus souples, déjà forgés ailleurs.

Ce sont néanmoins les résultats obtenus dans ces domaines qui préfigurent la révolution empirique et conceptuelle de l'androgynie. La présence chez un même individu de caractéristiques antagonistes ou tout au moins discordantes est déjà reconnue, par exemple, pour ce qui est des valeurs démocratiques acceptées par des individus à la « personnalité autoritaire » (Rokeach, 1960), de la perception de la causalité du comportement en termes de personnes et de situations (Billig, 1987), de la croyance aux chances de promotion sociale pour tous et la discrimination basée sur la couleur de peau (Allport, 1954). Merton et Barber (1963) s'en prennent à l'univocité du concept de rôle social. Des normes hétérogènes gouverneraient chaque rôle, comme celui de médecin, froid et détaché de par l'exigence instrumentale de compétence scientifique, mais chaleureux et compréhensif de par l'exigence expressive de bonnes interactions avec ses patients. Si ces normes hétérogènes finissent par se hiérarchiser en une norme dominante, ici l'instrumentalité, et une norme subordonnée, la chaleur interpersonnelle, leur importance respective peut néanmoins s'inverser dans le déroulement de l'interaction. Si l'individu n'opère pas une réelle synthèse des normes qu'il intériorise, il ne fait pas montre de consistance dans ses attitudes et dans ses comportements. Ces derniers fluctuent au gré de l'interaction, et l'*alternance* de normes et de contre-normes garantit la flexibilité des individus dans les situations qu'ils rencontrent. Ce modèle, qui préfigure le vocabulaire de l'androgynie psychologique comme coprésence de qualités masculines et féminines, fait son chemin dans le domaine des attitudes. En revanche, l'étude de l'identité et des représentations sexuelles reste gouvernée par de plus anciennes croyances qui empêchent une remise en question d'un genre objectivé selon une logique binaire : les individus doivent s'identifier à leur catégorie sexuelle en excluant les attributs de l'autre catégorie.

Vers la fin des années 1960, les critiques envers la bipolarité sexuelle se font néanmoins plus insistantes. Elles puisent dans un débat méthodologique à vrai dire un peu étriqué qui fait apparaître des liens entre les différences *observées* entre les sexes et les questionnaires utilisés pour les mesurer et qui sont calqués sur le modèle du différenciateur sémantique : celui-ci accentuerait artificiellement le contraste des polarités sexuelles. Les chercheurs s'aperçoivent ainsi que les études faisant appel à des échelles de jugement bipolaires sont susceptibles de corroborer le modèle bipolaire, tandis que les études dans lesquelles ont été utilisées des échelles unipolaires ou des questions ouvertes donnent à voir des différences plus tempérées entre les sexes. Ces considérations, il est vrai, s'en tiennent strictement au plan méthodologique. Il se trouve néanmoins des auteurs qui émettent des réflexions annonçant plus directement une nouvelle théorie. On le voit par exemple chez Carlson (1972), qui tout en élaborant un inventaire de stéréotypie sexuelle selon la procédure classique, suggère que l'on pourrait concevoir la masculinité et la féminité comme des catégories qui s'impliquent l'une l'autre. L'idée commence à s'affirmer selon laquelle, dans une société en mutation, il peut être souhaitable d'entretenir une certaine confusion des rôles sexuels. La notion d'androgynie affleure dans ces travaux. Elle va éclore, selon une modalité que je désignerai par la métaphore de l' « individu caméléon ».

Alternance des sexes

Pour aisé qu'il soit de définir l'androgynie psychologique comme l'association ou la coprésence de qualités masculines et féminines chez un individu, cette notion n'en repose pas moins sur deux postulats qui ont mis du temps à s'affirmer. Premier postulat : les qualités masculines et féminines sont psychologiquement dissociées (indépendantes) l'une de l'autre. On peut alors endosser une caractéristique masculine sans pour autant renoncer à une caractéristique féminine, et *vice versa* ; ce postulat implique que la notion de tempérament est excessivement restrictive. Second postulat : les qualités sexuées ont une origine exclusivement culturelle ; elles ne sont pas liées au sexe biologique.

La masculinité et la féminité ne s'opposent pas comme les pôles d'un continuum. L'individu incorpore l'une et l'autre. Il peut être à la fois masculin et féminin, instrumental et expressif, agentique et communial, en fonction de l'à-propos des diverses qualités dans l'interaction sociale. Cette idée intègre finalement les acquis en provenance des autres domaines de la psychologie sociale que je viens d'évoquer. Elle les prolonge également, en érigeant comme *idéal* de personnalité l'hétérogénéité, l'inconsistance des traits de personnalité. L'approche de l'androgynie rénove donc, par le biais du postulat d'indépendance, les conceptions de l'identité sexuelle désirable. Mais il importe de souligner d'emblée que le *contenu manifeste* de cette identité demeure quant à lui basé sur les notions d'expressivité et d'instrumentalité qui remontent à Parsons et Bales. L'analyse factorielle sera abondamment utilisée afin de valider (avec un succès par ailleurs discutable ; cf. chapitre 11) des inventaires de qualités masculines et féminines hétérogènes. Dans ces questionnaires, il n'est plus question de comportements, d'émotions, d'intérêts, de ce qui faisait en fin de compte la richesse du questionnaire de Terman et Miles, mais uniquement de traits de personnalité. Chez Broverman et ses collaborateurs, comme dans les questionnaires de l'androgynie qui vont maintenant connaître un grand succès, la masculinité désigne l'indépendance, la prise de risques, l'agressivité, alors que la féminité suggère la dépendance, la sensibilité, l'attention prêtée à autrui.

Une innovation importante de toutes les approches de l'androgynie concerne l'origine présumée du masculin et du féminin chez l'individu, qui ne doit plus être cherchée dans le dimorphisme biologique, mais dans les *normes culturelles* qui prescrivent les rôles aux hommes et aux femmes. La théorie de l'androgynie prône en conséquence la dissociation du sexe biologique et du genre culturel : l'identité sexuelle provient de l'extérieur, de la culture, et non pas de l'intérieur, de l'individu. Dans l'approche classique, le biologique et le culturel étaient les deux faces d'une même médaille : le genre ne pouvait brouiller les frontières du sexe. Biologie et culture devaient produire des résultats convergents. Toutefois, si le rôle de la composante biologique disparaît dans les théories de l'androgynie, il s'était déjà progressivement amenuisé au fil des années précédentes.

Evoquons les étapes de ce changement d'orientation théorique. En amont, on trouve l'approche psychanalytique qui fait ressortir l'assise biologique. Considérons à titre d'exemple la description que fait Erikson (1964) de l'observation d'activités de jeu auprès d'enfants âgés de 10 à 12 ans. Ceux-ci doivent imaginer un décor. Une analyse de contenu de ces décors montre que les performances se différencient notamment pour ce qui est de la représentation de l'espace. Les filles produisent le plus souvent des scènes d'intérieur (par exemple, une chambre à coucher avec un personnage), et les garçons des scènes d'extérieur (des immeubles, une voiture de police). Or Erikson interprète ce résultat en traçant un parallèle entre le *contenu* des scènes et la *morphologie* sexuelle des sujets : « Le mâle se caractérise par un organe extérieur, érectile et envahissant, servant à canaliser les spermatozoïdes, alors que la femelle se caractérise par les organes intérieurs avec accès vestibulaire, menant aux ovules dans l'attente statique [...]. Le phénomène observé ici exprimerait alors deux principes de disposition spatiale qui *correspondent* à la morphologie masculine et féminine » (1964, p. 300-302). Cette interprétation établit donc une correspondance univoque et stable entre la morphologie et les représentations qui accompagnent cette morphologie. Elle renvoie à un modèle du type *anatomy is destiny* qui fait découler les expressions d'une identité, l'intérieur féminin et l'extérieur masculin, des caractéristiques physiologiques des individus. Plus en aval, les approches cognitives (Kohlberg, 1966) et de l'apprentissage (Mischel, 1970) font du genre une source d'identification parmi d'autres. Selon la première, la formation de l'identité sexuelle va de pair avec la capacité de l'individu à reconnaître et à catégoriser *d'autres* aspects de son environnement physique. La formation de l'identité sexuelle est un cas particulier de la formation de schèmes cognitifs qui s'appliquent à tous les domaines de la vie. L'approche de l'apprentissage amoindrit davantage encore le rôle du sexe biologique dans l'émergence de l'identité de genre. La source de l'identification sexuelle est située dans l'environnement. Le développement de l'identité n'a plus un statut privilégié par rapport à l'incorporation d'autres schèmes d'appartenances, par exemple ethniques et religieuses, et sa description n'exige pas l'emploi de concepts spécifiques. Cette approche a rencontré de ce fait la faveur des milieux féministes : les différences entre les sexes n'y apparaissent pas inéluctables, inscrites dans la biologie, mais sont homologues à d'autres processus ou encore sont gouvernées par d'autres instances et elles sont contrôlables et susceptibles de changement.

Malgré leur progressive intégration de composantes culturelles, ces trois approches sont échafaudées sur le postulat que le développement de l'individu aboutit à son identification au groupe d'appartenance sexuel. Seule, une identification catégorielle appropriée serait la source d'un bon ajustement et donc de santé psychologique. Or en insistant sur les différences entre hommes et femmes, ces théories négligent de rendre compte positivement des variations entre personnes. En totale opposition aux approches psychanalytiques et plus fortement encore que la théorie de l'apprentissage, la théorie de l'androgynie fait du genre un système organisé de principes d'auto-évaluation et de conduite appris à travers les instances de socialisation. La masculinité et la féminité, dissociées de l'état biologique, sont alors décriées. Elles deviennent les avatars de socialisations jugées intrinsèquement nuisibles, malsaines. Les individus sont éduqués à cultiver les caractéristiques dévolues à leur sexe biologique, mais nulle nécessité biologique ne préside au développement d'une identité « appropriée ». L'adéquation du sexe biologique et du genre psychologique devient arbitraire et son intensité peut varier selon les systèmes culturels et les groupes sociaux. A travers la dissociation de sexe et genre, c'est ce dernier qui est visé. C'est alors qu'à l'affirmation selon laquelle le genre ne contribue pas à la diversité humaine, mais porte préjudice à l'individu (nous sommes nés uniques, et la stéréotypie sexuelle ne peut que nous amoindrir, assure Warren, 1982), fait écho la réhabilitation des différences biologiques, proprement physiologiques, entre les sexes (Bem, 1985 ; 1989) : dans la mesure du possible, l'allocation d'activités et de rôles entre hommes et femmes ne devrait rien laisser transparaître d'autre que la biologie.

Il faut insister sur un fait important, souvent ignoré. Chez Terman et Miles, et dans une certaine mesure chez Parsons, les tempéraments des individus s'accordaient inéluctablement au dimorphisme biologique. La culture était ici la source d'une *modération* des contrastes entre les groupes et de l'éclosion de différences *parmi* les hommes et *parmi* les femmes. On pensait que l' « intelligence » et un niveau d'éducation élevé concouraient à rapprocher les sexes, à mitiger les accents de leurs tempéraments. L'accès à la culture devait élire des individus se distinguant les uns des autres par les nuances de leurs tempéraments. La culture se plaisait à reléguer ainsi la nature dans l'ordre de la nécessité. Cette dernière, sexuée, binaire et homogène, pouvait être tenue en échec par un supplément de culture. Ici, la nature édifiait, alors que la culture (un *excès* de culture ?) défaisait cette lente construction. Il en va tout autrement chez les partisans de l'androgynie. La culture y est invoquée dans la mesure où elle est responsable de fabriquer des hommes masculins et des femmes féminines. Il est urgent d'en dénoncer l'arbitraire, de brouiller ses desseins, pour permettre l'éclosion de personnalités plus riches et plus distinctes les unes des autres sur le plan psychologique, et plus affranchies sur le plan sociologique. L'androgyne, en embrassant les prescriptions de rôles des deux sexes, défie et rend caduques les frontières *culturelles* qui séparent les hommes et les femmes. Il aspire à sublimer le genre, à incarner l'idéal d'une véritable personne humaine. Il est quelqu'un qui se définit non pas au niveau du groupe, mais à celui de l'universel. L'androgynie est donc un état qui prône un esprit de réconciliation dans les relations sociales entre les sexes.

Si la personnalité androgyne réunit des qualités opposées et abrite leurs spécificités, elle concilie néanmoins les prescriptions positivement évaluées qui sont réservées à l'un ou à l'autre sexe. A l'inconsistance du tempérament, masculin et féminin, s'ajoute la cohésion de son évaluation, positive. Les androgynes miseraient sur ce qui est socialement désirable et ce faisant ils prêteraient moins d'attention à la division sexuelle représentée par les contenus des tempéraments. Ils embrasseraient des *vertus humaines* dans l'acception la plus générale de ce terme. Les qualités masculines s'associent aux qualités féminines, selon les situations. Rapportées à l'humain générique, ces qualités ne sont plus sexuées et deviennent compatibles. Elles se font vertus et se réconcilient. « Une personnalité androgyne, affirme Bem (1976, p. 51), réunit *ce qu'il y a de mieux* dans ce que la masculinité et la féminité représentent actuellement. »

L'androgynie s'affirme en psychologie à travers une reformulation de la mesure des tempéraments qui était effectuée de manière exclusive, jusque-là, à l'aide de différenciateurs sémantiques. Rappelons que dans ceux-ci, l'opposé d'une réponse masculine était considéré comme un indice de féminité. A chaque individu était finalement associé un score qui était la somme algébrique de ses réponses aux diverses questions (score MF). Les scores moyens, ni masculins ni féminins, étaient conceptuellement indéterminés. Le premier questionnaire d'androgynie, présenté par Bem en 1974 en même temps que son approche de coprésence et alternance de qualités masculines et féminines, s'écarte en tous points de ces conceptions bipolaires. L'objectif explicite de ce questionnaire est de démontrer la possibilité d'une covariation des qualités sexuées, et par là d'accorder une valeur positive à l'*indétermination* des tempéraments. Bem entend prouver que la personnalité androgyne a une existence légitime et *sui generis,* et qu'elle est plus fréquente que ne le donnent à penser les mesures classiques des tempéraments. D'où la hantise de classer les individus dans une *typologie* d'orientations sexuelles. Ce classement s'opère, pour la première approche de l'androgynie, sur la base des caractéristiques de personnalité utilisées par les individus pour décrire leur soi. La typologie doit donc permettre de séparer le plus clairement possible les personnalités sexuées, masculine et féminine, des personnalités androgynes, et ce afin de conférer, pour la première fois, un droit d'existence à ces dernières.

De l'indétermination de l' « entre-deux » à la surdétermination de l'androgyne

> Où l'on montre que l'opinion vulgaire est un préjugé, et qu'en comparant sans intérêt ce que l'on peut comparer dans la conduite des hommes et des femmes, on est obligé de reconnaître entre les deux sexes une égalité entière.
>
> Poulain de La Barre.

L'*Inventaire des rôles sexuels* (Bem, 1974 et 1979, pour une mise à jour ; voir Hurtig et Pichevin, 1986, p. 256, pour une traduction), est le questionnaire le plus fréquemment utilisé dans les études sur l'androgynie, avec plus de 1 000 applications dénombrées dans la seule littérature américaine jusqu'en 1989 (Beere, 1990). D'autres instruments, comme le *Questionnaire d'attributs personnels* (Spence, Helmreich et Stapp, 1974), apparaissent à la même époque. Le questionnaire de Bem, toutefois, offre à tous égards le prototype de la mesure de l'androgynie psychologique. Si la masculinité et la féminité y sont de nouveau caractérisées par des contenus instrumentaux et expressifs, elles y sont désormais conçues comme des dimensions indépendantes. Conséquence : les deux ensembles de traits peuvent être endossés simultanément par des individus à qui l'on demande de s'autodécrire.

Considérons les étapes décisives de l'élaboration de ce questionnaire, que l'on comparera ensuite au *Questionnaire des stéréotypes de rôles de sexe* de Broverman décrit au chapitre 1. Le point de départ de

Bem est un ensemble de 400 traits servant à décrire les hommes et les femmes. Ces traits, choisis *a priori,* entendent représenter des qualités associées à chaque sexe, leurs spécificités plutôt que leurs différences. Suivant ce principe, les traits ne sont pas disposés sous la forme d'un différenciateur sémantique, mais chacun est présenté avec sa propre échelle (*dépendant,* de « toujours vrai » à « jamais vrai »; *agressif,* de « toujours vrai » à « jamais vrai »). Plusieurs juges des deux sexes fournissent d'abord une évaluation de la désirabilité des traits en les appliquant *soit* à la cible « un homme en général », *soit* à la cible « une femme en général ». Ces jugements ne mettent donc pas en rapport les deux cibles. Il s'agit d'un contexte qui est à l'évidence plus souple que celui des précédentes élaborations de questionnaires de masculinité-féminité, et qui favorise le déploiement de différences plus *qualitatives* entre les sexes. Ainsi la femme ne sera pas inéluctablement décrite par sa « soumission », car ce jugement est en partie l'extrémisation d'un jugement comparatif selon lequel elle ne serait pas « aussi dominatrice » que l'homme. L'homme, de son côté, ne sera pas franchement « insensible », produit du jugement selon lequel il serait « moins sensible » que la femme. Selon la stratégie employée par Bem, un trait sera féminin s'il est jugé substantiellement plus désirable pour une femme que pour un homme, mais cela *par des juges différents.* Cette procédure a effectivement permis de sélectionner 20 traits à la fois masculins, instrumentaux et positifs, et autant de traits féminins, expressifs et positifs (des traits sexuellement neutres et variables quant à leur évaluation sont également retenus). Fait significatif, la masculinité n'apparaît plus comme étant comparativement valorisée, sur l'ensemble des traits, par rapport à la féminité. Les étapes de construction des deux questionnaires, classique et d'androgynie, sont résumées dans le tableau 3.

Ce tableau souligne ce qui oppose les deux manières de concevoir un questionnaire d'orientations sexuelles. Pour chaque étape qui y est rapportée, on remarque que la procédure classique induit une comparaison directe des deux sexes, tandis que la procédure adoptée par les partisans de l'androgynie garantit leur séparation. La manière d'utiliser ces questionnaires prolonge leurs différences. Le questionnaire d'an-

Tableau 3. — Résumé des étapes de construction d'un questionnaire classique *(Questionnaire des stéréotypes de rôles de sexe)* et d'un questionnaire d'androgynie *(Inventaire des rôles sexuels)*

Questionnaire classique	Questionnaire d'androgynie
Recueil de traits qui différencient les hommes et les femmes.	Recueil de traits spécifiques ou typiques à chaque sexe.
Construction du différenciateur sémantique; les échelles opposent un trait masculin et un trait féminin.	Construction du questionnaire; chaque échelle ne comporte qu'un trait, masculin ou féminin.
Descriptions comparatives de l'homme et de la femme.	Descriptions séparées de l'homme et de la femme.
Comparaisons intra-sujets des descriptions de l'homme et de la femme.	Comparaisons inter-sujets des descriptions de l'homme et de la femme.
Sélection d'échelles dont un pôle est positif et correspond au stéréotype d'un sexe, et l'autre pôle est négatif et correspond au stéréotype de l'autre sexe.	Sélection de traits positifs et spécifiques à l'un ou à l'autre sexe.

drogynie, contrairement au questionnaire classique, sera presque exclusivement employé afin de recueillir les autodescriptions des sujets sans référence à leurs groupes d'appartenance. Ceci peut paraître un truisme étant donné que ce questionnaire vise précisément la mesure de l'androgynie individuelle. Mais l'étude des représentations sociales a montré que les chances d'observer une homogénéité des images de soi des individus, une similitude entre hommes et femmes, augmente lorsqu'on omet de souligner leur appartenance sexuelle. De plus, les jugements qui portent sur le soi sont plus riches, multidimensionnels, que ceux qui portent sur les groupes d'appartenance et surtout sur les hors-groupes. Le soi est pensé dans des situations changeantes et embrasse par conséquent plus souvent des traits « logiquement », mais non psychologiquement, contradictoires.

Considérons l'attribution des scores d'orientation sexuelle. Contrairement aux procédures antérieures, le questionnaire d'androgynie permet de traiter séparément les réponses données à propos des traits masculins et féminins. Pour chaque individu, on peut calculer trois scores différents qui supplantent le score classique MF. Le score de *masculinité* correspond à la moyenne des jugements sur les traits masculins ; le score de *féminité* à la moyenne sur les traits féminins ; le score d'*androgynie,* enfin, réunit les précédents (on peut encore mentionner le score de désirabilité sociale, qui correspond à la moyenne des jugements sur les traits positifs et négatifs, mais sexuellement neutres). La manière de relier la masculinité et la féminité a toutefois évolué au cours du temps. Au départ, le score d'androgynie consiste en la simple comparaison des deux moyennes à l'aide d'un test statistique approprié. Deux moyennes similaires attestent que le répondant a endossé de la même façon les qualités des deux sexes. Cet individu est classé comme androgyne, car il satisfait à la condition d'une manière d'être qui équilibre la masculinité et la féminité. Bem (1977) ainsi que Spence, Helmreich et Stapp (1975) relèveront toutefois qu'une distinction supplémentaire dans le groupe des androgynes est souhaitable. Elle consiste à isoler les individus qui endossent *fortement* les deux qualités de ceux qui les *rejettent* tout aussi fortement. L'appellation d'androgynes sera réservée aux premiers qui, seuls, affichent une authentique coprésence des qualités sexuées, garantie présumée de leur alternance dans les comportements. Les autres individus seront classés dans un nouveau type : les *indifférenciés*. La technique de la comparaison des moyennes étant inadaptée pour effectuer cette distinction, les chercheurs adopteront celle du partage autour des médianes. Il s'agit de calculer les médianes des distributions de masculinité et de féminité pour l'ensemble des individus interrogés (ou seulement des individus de même sexe, selon une variante) et d'attribuer un type de personnalité à chaque individu en fonction de ses scores observés (pour un examen détaillé des avantages et inconvénients de différentes procédures de calcul du score d'androgynie, voir Cook, 1985, p. 54-63).

L'examen comparé des deux questionnaires des rôles de sexe, classique et d'androgynie, fait apparaître leurs différences sur bien des enjeux de la mesure des tempéraments masculin et féminin. Les mesures classiques insistent sur les contrastes entre groupes d'individus par le fait qu'elles n'offrent qu'une possibilité de réponse, masculine ou féminine, à propos de chaque qualité. L'indépendance des jugements, inscrite dans le questionnaire d'androgynie par le truchement d'échelles unipolaires et l'absence de références aux groupes d'appartenance, assouplit au contraire les différenciations entre les sexes. Il faut reconnaître que le questionnaire d'androgynie enrichit les représentations des sexes en permettant d'observer des réponses comme : « les deux qualités à la fois », ou encore : « aucune des deux ». Malgré la rigidité qu'implique nécessairement la construction de typologies, la représentation de la personnalité individuelle s'élargit en incluant désormais une composante plus situationnelle. C'est l'idée même de l'alternance des comportements qui l'exige. L'androgyne va assumer les compétences de l'un *ou* de l'autre sexe selon les situations. Dans la mesure où il endosse des traits contraires, on peut admettre que ses réponses expriment le fait qu'il s'imagine dans des contextes qui sont *eux-mêmes* différents. Masculinité et féminité sont désormais des qualités unipolaires, et leurs saillances respectives vont être du ressort des situations dans lesquelles pensent et agissent les individus.

L'adaptabilité des androgynes

L'adaptabilité des androgynes au flux des situations sociales est la principale conséquence de cette conceptualisation en termes d'alternance. Les androgynes seraient des êtres caméléon, et l'aisance avec laquelle ils s'accommoderaient à l'interaction est le leitmotiv des nouvelles recherches. L'incorporation des qualités des deux sexes les autorise à davantage de souplesse et de flexibilité. Ils disposent de répertoires d'opinions, d'attitudes, mais aussi de comportements, plus riches. Cette flexibilité multiplie les occasions de tirer un bénéfice personnel de l'interaction, bien-être psychologique et estime de soi. Les individus au tempérament masculin ou féminin ressentiraient au contraire des pressions les amenant à accomplir des tâches et à exprimer des opinions congruentes avec leur sexe. Leur groupe d'appartenance ferait écran à leurs potentialités. Ils seraient des êtres tronqués, restreints dans une mesure trop importante à l'adoption des rôles expressifs ou instrumentaux dictés par la société et qui sont en définitive ceux de la moitié des êtres humains. Les études empiriques qui accompagnent l'androgynie conçue comme alternance de qualités masculines et féminines sont très nombreuses et portent d'une part sur la flexibilité des comportements dans des contextes changeants, d'autre part sur le bien-être personnel. Elles mettent en évidence des clivages profonds entre les individus sexués et androgynes, et affichent une opposition entre, d'une part, la contrainte que fait peser l'appartenance à un groupe sur les individus qui se décrivent par un tempérament sexué, et d'autre part, la liberté qu'autorise la manière d'être androgyne. Le déroulement typique de ces études comporte deux étapes. La première, qui n'est d'ailleurs pas spécifique à cette approche de l'androgynie, consiste en la passation d'un questionnaire d'androgynie, le plus souvent le questionnaire de Bem. Cette étape met en place les deux principales variables indépendantes de l'étude : le sexe des sujets et leur orientation sexuelle ou « type de personnalité ». La seconde étape dépend plus étroitement des conceptions de l'androgynie qui ont prévalu à différentes époques. Pour ce qui est de la coprésence et alternance de qualités sexuées, elle introduit des tâches comportementales et des questionnaires mesurant directement un état psychologique (le bien-être, l'estime de soi).

Bem et ses collaboratrices (Bem, 1975 ; Bem, Martyna et Watson, 1976) ont testé l'hypothèse selon laquelle les sujets masculins et féminins (des hommes et des femmes) ne se sentiraient à l'aise, et n'agiraient en conséquence, que lorsqu'ils sont placés dans des situations qui en appellent à des comportements congruents avec leur tempérament sexué, tandis que la qualité des performances des androgynes ne serait pas modulée par ces données de situation. Dans plusieurs expériences, les auteurs manipulent des normes de comportements féminines ou masculines. L'une d'elles introduit la norme masculine d'indépendance et utilise le paradigme de la conformité de Asch. Les individus androgynes et masculins, par rapport aux individus féminins, devraient y manifester une plus grande autonomie dans leurs jugements. Les sujets doivent estimer le plaisir qu'ils éprouvent en examinant une série de 92 vignettes humoristiques. La moitié des vignettes avait été jugée comme « très drôle » par une population parente, l'autre moitié comme « pas drôle ». Après avoir présenté chaque vignette, l'expérimentateur fait en sorte que chaque sujet exprime son jugement après trois autres individus, en réalité des compères de l'expérimentateur qui sont toujours de même sexe que le sujet. Les compères donnent systématiquement des jugements contraires à l'objectivité ; ils contredisent le consensus préalable. Les résultats montrent que les appréciations des sujets féminins des deux sexes convergent effectivement, plus que celles des sujets masculins et androgynes, vers les jugements exprimés par les compères. Dans une autre expérience, les auteurs rendent saillante la norme féminine du comportement maternant. Les sujets interagissent pendant quelques instants avec un bébé. La variable dépendante est constituée ici par l'observation des comportements des sujets (quantités de sourires, de gestes dirigés vers le bébé, etc.). Or de manière analogue à l'étude précédente, les sujets féminins et androgynes des deux sexes initient plus de comportements maternants que les sujets masculins.

Une étude de Bem et Lenney (1976) apporte une confirmation décisive de l'adaptabilité androgyne et de leur meilleure estime de soi. Cette dernière devrait être fonction de la flexibilité comportementale. Les deux hypothèses testées dans cette étude sont les suivantes. D'abord, les sujets sexués, masculins ou féminins, éviteraient d'effectuer des comportements incongruents par rapport à leur sexe biologique, à l'opposé des sujets androgynes, plus flexibles. Ensuite, lorsque les sujets sexués sont néanmoins amenés à effectuer des comportements incongruents, ils ressentiraient de la gêne se traduisant par une baisse du niveau de l'estime de soi. Après la passation du questionnaire d'androgynie, l'expérimentateur informe les sujets qu'ils devront effectuer divers comportements. Afin de les impliquer dans cette tâche, il leur annonce en outre que leurs performances seront photographiées et que le but est de réaliser des photos convaincantes. Le matériel expérimental inclut une brève description de 60 activités (en parts égales : masculines — par exemple coller deux pièces de bois — féminines — repasser des habits — et neutres — aiguiser un crayon ; ces activités avaient été sélectionnées à l'aide d'une population de juges). Les activités retenues sont alors présentées par paires selon toutes les combinaisons de connotations sexuelles : des paires comportant des activités de même connotation sexuelle ou neutres et des paires conflictuelles. Chaque activité est en outre accompagnée d'une rémunération, mais les rétributions des activités incongruentes avec le sexe biologique du sujet dépassent toujours celles des activités congruentes ou neutres (dans les paires comportant deux activités congruentes ou deux activités incongruentes, les niveaux des rétributions sont aléatoirement assignés aux activités). Les sujets choisissent alors une activité dans chacune des paires. Après chaque performance, ils remplissent un questionnaire portant sur divers aspects liés à la situation et à l'estime de soi.

Les résultats sont résumés par deux indices : la proportion de choix congruents avec le sexe des sujets et l'estime de soi ressentie après avoir effectué les tâches incongruentes. On peut donc s'attendre à ce que les sujets sexués, hommes masculins et femmes féminines, rejettent plus fortement que les androgynes les activités incongruentes avec leur sexe, et qu'ils se décrivent plus négativement qu'eux après avoir effectué des tâches incongruentes. Ces attentes sont globalement confirmées. D'une part, les sujets androgynes des deux sexes choisissent moins d'activités congruentes avec leur sexe que les autres sujets. Les hommes masculins et les femmes féminines font plus de choix qui sont, respectivement, masculins et féminins. Notons que ce faisant, les sujets sexués *renoncent* à maximiser leurs gains monétaires ; le souci d'identification au tempérament approprié prime sur le gain monétaire. Aussi, les androgynes des deux sexes ne subissent pas de baisse de leur estime de soi. Après avoir effectué chacune des trois activités incongruentes, les sujets sexués expriment de la nervosité, du déplaisir, mais également le sentiment de sacrifier leur masculinité (chez les hommes) ou leur féminité (chez les femmes). Dans leur ensemble, ces résultats illustrent les effets positifs de l'état androgyne. L'androgynie comme coprésence de qualités masculines et féminines permet aux individus une meilleure adaptation aux demandes fluctuantes des situations représentées dans cette étude par les tâches sexuées. Elle les libère des pressions qui conduisent les autres individus au choix congruent, et les autorise, dans cet exemple, à maximiser leurs gains. Ces êtres caméléon alternent les deux registres en fonction des demandes de la situation, ce qui leur permet d'effectuer des tâches typiques de l'un ou de l'autre sexe sans éprouver de conséquences négatives sur le plan de leur bien-être.

La valorisation de l'inconsistance des traits de personnalité chez l'individu réhabilite l'ambiguïté de cet individu. Il s'agit donc d'une idée novatrice et riche de conséquences. Mais malgré la production de données empiriques qui mettent en évidence les effets positifs de l'état androgyne, une insatisfaction apparaît assez rapidement chez les chercheurs féministes. Le problème est que la définition de coprésence et alternance *présuppose* l'existence et l'acceptation, tacite, des qualités masculines et féminines. Ces qualités préservent leurs spécificités jusque dans cet idéal de personnalité qu'est l'androgyne. Partant, l'androgyne fortifie malgré lui la représentation d'une société sexuée... et sexiste. Solidement ancré dans une case de la typologie des orientations sexuelles, il maintient une attache avec le dimorphisme sexuel, avec l'objectivation sociale du genre. L'androgyne est masculin *ou* féminin selon l'à-propos de situations qu'il ne parvient pas à maîtriser. Les deux qualités s'y alternent, un peu comme les normes et les contre-normes oscillaient sans véritablement s'articuler dans les rôles définis par Merton et Barber (1963), faisant en définitive apparaître un être composite, aux orientations sexuelles non pas mélangées ou absentes mais, au contraire, *multiples*. Cette androgynie, c'est là l'un des paradoxes majeurs de l'être caméléon, épargne, voire même exalte la dualité combattue ; elle finit, de l'aveu de Bem elle-même, par « remplacer une prescription d'être masculin ou féminin par la prescription *doublement incarcérante* d'être masculin et féminin. L'individu a désormais non seulement une, mais deux sources potentielles de désagréments à résoudre » (1983, p. 616 ; voir aussi Bem, 1993). Cette critique fournit l'impulsion à la première métamorphose de l'androgyne.

Chapitre 5

Acte II : L'individu symbiotique

Fusion

De l'idée de coprésence de qualités masculines et féminines, la définition de l'androgynie glisse vers une conception de *fusion* de ces qualités. Celle-ci préconise un être hybride, un individu qui réalise la symbiose des qualités sexuées, qui intègre les tempéraments de manière harmonieuse et en opère une synthèse nouvelle. L'androgyne devient un « être symbiotique ». Ici, hommes et femmes sont des personnes amalgamant les deux genres dans des manières d'être singulières, originales, que le langage, reposant sur des polarités, peine à exprimer. Plusieurs auteurs commencent à distinguer une androgynie « sexuée » ou « duelle » — la coprésence, finalement proche de la conception classique de la différence des sexes — et une androgynie plus authentique, davantage hybride [*blending* ou *hybrid androgyny*] (Kaplan, 1979). Cette mutation conceptuelle s'amorce au moment où les critiques s'en prennent avec vivacité à la réification et à l'immobilisme des composantes masculines et féminines impliquées dans l'approche inaugurale de l'androgynie : « L'idéologie des rôles sexuels basée sur les notions de qualités féminines et masculines, soit coexistantes comme dans l'androgynie [de coprésence], ou séparées, doit être éradiquée. Et, dans ce processus, l'énorme superstructure de règles, de rituels, d'interdictions, de biais et de croyances stéréotypées, qui est fondée sur le sexe biologique et nous étouffe tous et toutes, se dissout et les rôles sexuels sont transcendés » (Pyke, 1980, p. 30-31). Les féministes arguent que l'idée de présence simultanée de masculinité et de féminité, ces expressions culturelles du sexe biologique, entretient l'objectivation de l'androgyne à travers la promotion d'un individu concret, familier, et empreint de traditions. Voulant combattre les stéréotypes qui emprisonnent les individus, les féministes se sont retrouvées aux prises avec une personne *qui les contient tous*. La théorie de l'androgynie est incommodante, car elle « rénove plutôt qu'elle ne remplace les présuppositions rejetées concernant l'ontologie, la structure et la désirabilité des caractéristiques de genre » (Morawski, 1985, p. 214). Les stéréotypes, par le biais de ce que l'on appelle les qualités sexuées, continuent d'être les seuls critères de perception de soi et d'évaluation des individus. Il est donc absurde de penser que ces stéréotypes puissent un jour devenir moins saillants et ne plus fournir de justifications à l'inégalité des sexes. Au courage de commander s'opposera à nouveau le courage d'obéir, à l'agressivité dans les affaires celle dans la défense des enfants, à la loyauté envers l'employeur celle envers la famille. La reformulation théorique et méthodologique de l'androgynie en termes de fusion est le premier tournant d'une mutation radicale qui aboutira à une conception encore plus abstraite de l'être androgyne, et que je développerai au prochain chapitre.

La figure hybride, expression conceptuelle d'un débat aux colorations politiques et stratégiques, a joué un rôle capital de transition vers l'approche actuelle. Elle ne fut toutefois que rarement adoptée dans la recherche empirique. Ses tribulations sont imputables à l'impraticabilité de cet idéal de fusion dans une société qui persiste à proposer des rôles et des modèles de comportements sexués. La conception de l'individu caméléon était en ce sens bien moins exigeante. Ici au contraire, l'androgyne ne peut survivre que s'il n'est pas constamment confronté aux pressions dictant la conformité à des comportements sexuellement appropriés. L'exposition répétée à des inconsistances entre l'unicité du soi (découlant de la fusion) et les rôles sociaux (qui suscitent la dichotomie) risque de se faire au détriment du bien-être individuel. Bem admet que « les comportements et les attributs de personnalité *devraient* cesser d'être sexués [...] ; quand ce sera le cas, nous accepterons comme un fait que nous sommes un homme ou une femme comme nous acceptons tous, à l'heure actuelle et de manière inconsciente, que nous sommes des êtres humains » (Bem, 1981, p. 363). Mais le problème reste de savoir comment ces comportements et ces traits de personnalité perdront leurs marques sexuelles. La théorie de la fusion nous éloigne un tant soit peu d'une personnalité dont le contenu est élaboré socialement et n'a pas de prise sur des processus situés au niveau macrosocial. Tout amène ainsi à penser que l'androgyne lui-même endosse l'entière responsabilité du changement social.

Les comportements novateurs

Si selon la conception de coprésence, les qualités masculines et féminines préservaient leurs distinctions et leurs utilités au sein de la personne androgyne, et si elles intervenaient dans des situations *dont la teneur sexuée n'était pas remise en cause,* selon la conception de fusion, masculinité et féminité interviennent *simultanément* pour caractériser des comportements originaux, singuliers, que l'androgyne devrait déployer dans *toute* situation. Cette conception de l'androgynie corrige la précédente en y ajoutant le postulat de *consistance situationnelle* de l'individu. Dans la manière d'être qui fusionne qualités masculines et féminines, le soi n'est plus modulé en fonction des contraintes imposées par les situations, leurs connotations masculine ou féminine notamment. Les recherches de cette seconde période de l'androgynie sont plus clairsemées que celles de la période précédente ; ici, l'effort se situe davantage sur le plan des idées. Peu d'études convaincantes ont été réalisées à l'aide de cette notion de fusion. Heilbrun (1986), toutefois, présente une étude qui opérationnalise de manière précise la fusion et vise à redéfinir le contenu de la personnalité androgyne. L'auteur élabore un questionnaire qui comprend, d'une part, une liste de situations interpersonnelles dans lesquelles le répondant est potentiellement impliqué. Ces situations s'apparentent à une échelle de distance sociale (*Avec un enfant ; Avec un ami* (pour un homme), *une amie* (pour une femme) ; *Avec une personne que vous aimeriez mieux connaître ; Avec votre employeur*). Le questionnaire comporte, d'autre part, une liste de 10 traits masculins et 10 traits féminins. Les sujets doivent ordonner les 20 traits depuis celui qui s'applique le mieux *(le plus caractéristique)* à celui qui s'applique le moins bien *(le moins caractéristique)* à chacune des situations interpersonnelles qui leur sont présentées. Le score de fusion d'un individu est l'addition, pour chaque situation interpersonnelle, des rangs attribués aux traits masculins d'une part, et de ceux attribués aux traits féminins d'autre part (on peut ensuite agréger les scores issus de toutes les situations). Si les sommes de ces deux séries de rangs sont similaires, le répondant est classé comme androgyne. Ici, l'androgynie découle d'un mélange de qualités sexuées. L'androgyne fusionne ces qualités, car malgré leur « inconsistance » (ses réponses alternent les traits masculins et féminins), ces qualités le décrivent dans une situation donnée *quelle que soit* la connotation sexuelle « objective » de cette situation. On apprécie alors la nouveauté de ce score. Selon la logique de coprésence, l'androgyne *perçoit* la nature stéréotypique de la relation — plutôt masculine pour la relation employeur/ouvrier, et plutôt féminine pour la relation avec un enfant — et il actualise le tempérament approprié. Selon la logique de fusion, l'inconsistance des traits de personnalité déployés dans chacune des relations sociales stimule (ou découle de) une représentation originale de ces relations, non plus en termes sexués, mais de dimensions qui les mélangent ou les transcendent et qui restent à découvrir. Heilbrun et Mulqueen (1987) comparent les résultats obtenus à l'aide de ce questionnaire et de celui de Bem. Ils montrent que leur mesure de la fusion permet de prédire un bien-être psychologique plus important.

On comprend sans doute mieux maintenant que la viabilité de cette définition de l'androgynie dépend des pressions que subissent les individus à appréhender leur environnement en fonction de la stéréotypie sexuelle. Des études ont effectivement montré que les individus sexués, plus que les androgynes, perçoivent les comportements *eux-mêmes* comme étant teintés de connotations sexuelles. Les androgynes seraient *protégés* dans une certaine mesure contre un environnement social qui met en avant la sexuation des rôles et des comportements. Deaux et Major (1977), par exemple, mettent en évidence que les individus sexués qui sont amenés à découper une bande vidéo qui montre des interactions sociales en unités les plus courtes possibles mais faisant néanmoins sens, produisent davantage de segments qu'ils interprètent en termes de la dichotomie du masculin et du féminin. Lippa (1978) montre, d'une part, que les androgynes perçoivent les comportements d'autrui comme étant neutres et, d'autre part, qu'ils sont eux-mêmes perçus par tous les sujets comme déployant des comportements plus neutres. Une étude de LaFrance et Carmen (1980) examine la nature même de la fusion des comportements. Dans leur recherche, qui prolonge celle de Lippa, des dyades d'étudiants des deux sexes, masculins, féminins, ou androgynes, étaient filmés au cours d'une discussion. Celle-ci avait un caractère instrumental (fournir des arguments pour et contre la légalisation de la marijuana) ou expressif (échanger les souvenirs de leur arrivée sur le campus). Deux codeurs ignorant les buts de l'étude examinaient scrupuleusement les bandes vidéos, et codaient les comportements non verbaux décrits dans la littérature comme étant plus fréquemment associés à l'un ou à l'autre sexe : le sourire et le regard (féminins), et les interruptions de la discussion et les interjections (« ah-ah », « uhmm » : masculins). Les résultats montrent que les fréquences de comportements non verbaux masculins et féminins n'entretiennent aucune corrélation avec le sexe des discutants lorsque ceux-ci sont androgynes ; les corrélations sont en revanche élevées pour les discutants sexués. Les discutantes féminines, par exemple, font passablement de sourires mais peu d'interjections. Les androgynes des deux sexes émettent les deux types de comportements dans des proportions équivalentes. Ce constat reçoit une confirmation dans deux études présentées par Frable (1987) dans lesquelles les sujets, sexués et androgynes, observent le mouvement corporel d'autres individus eux-mêmes sexués ou androgynes. L'observation s'effectue dans un contexte particulier : les individus cibles, vêtus de noir, se déplacent dans une pièce obscure. Ils portent toutefois des sources lumineuses aux articulations (coudes, genoux, etc.). Dans ces conditions, les sujets ne peuvent discerner au mieux que des suites de déplacements plus ou moins coordonnés de points lumineux, mais ils ne peuvent reconnaître les individus cibles eux-mêmes. Les sujets sont invités à juger le degré de masculinité et de féminité des mouvements observés, ainsi qu'à deviner le sexe des cibles. Les résultats font intervenir l'orientation sexuelle des cibles et celle des sujets. D'une part, les déplacements des cibles sexuées sont effectivement jugés comme étant plus masculins ou féminins que ceux des autres cibles. D'autre part, les sujets sexués utilisent de manière plus exclusive des qualificatifs masculins ou féminins pour décrire les déplacements. En outre, ils devinent plus souvent le sexe des cibles.

Dans leur ensemble, ces résultats ne me semblent toutefois pas inciter à un optimisme excessif. On n'y trouve pas de réponse claire et définitive à une question importante que pose l'idée de fusion ou de synthèse des tempéraments : les comportements des androgynes sont-ils moins stéréotypés parce qu'ils puisent simultanément dans les contenus des deux qualités (comme le laisse penser la recherche de LaFrance et Carmen) ou parce que, en tant que comportements novateurs, ils échappent à une appréhension sur la base des stéréotypes (comme le postule l'approche de Heilbrun) ? Dans la recherche de Frable, par exemple, il aurait été intéressant d'étudier l'originalité androgyne en cherchant à comprendre *quel type de réalité* ces sujets ont perçue et/ou construite à l'opposé des autres sujets. En définitive, la conception de l'individu symbiotique, contrairement à celle de l'individu caméléon, confère un rôle plus actif à l'individu en tant que tel. L'androgyne fait ici bien davantage que de s'adapter aux impératifs dictés par les situations qu'il rencontre. Mais cette conception oblige alors à reconsidérer l'action de la société elle-même sur les individus. L'androgyne n'est plus masculin ou féminin, il déploie des comportements novateurs qui s'appuient sur la coalescence de ces qualités. Ces comportements sont fatalement incompatibles avec la stéréotypie que véhiculent les relations sociales. L'idée de fusion mène au non-sens dans la mesure où sa viabilité *présuppose* une société libérée du genre, ou encore, dans la mesure où elle donne à penser que la société idéale, libérée des pressions du genre culturel, se ramène à la juxtaposition des activités d'individus « inclassables », tous différents les uns des autres, et dont l'exceptionnalité n'entraîne cependant pas de stigmate.

Chapitre 6

Acte III : L'individu angélique

Le chapitre précédent a exposé la métamorphose de l'être androgyne qui s'est avérée nécessaire pour écarter l'objectivation produite par l'idée de coprésence de qualités masculines et féminines. L'être caméléon était excessivement paré des travestissements culturels du sexe biologique qui en faisaient la proie du dimorphisme et de la naturalisation. Il était ainsi apprivoisé. Mais si le nouvel être symbiotique paraît contourner ce danger — car le masculin et le féminin n'y sont plus repérables comme tels — le doute émerge en ce qui concerne sa viabilité. Ses prérogatives paraissent aussitôt douteuses dans une société qui demeure basée sur la division du travail entre les sexes. La déception est telle que, pour un temps, les chercheurs féministes s'accommodent de déclarations invoquant un futur hypothétique où, lorsque les concepts de masculinité et de féminité cesseront d'avoir le contenu qu'ils ont actuellement, le concept d'androgynie lui-même aura été transcendé (Bem, 1976). L'androgyne assume le rôle d'une figure de transition. Il n'y aura plus de raisons de le nommer comme tel dès lors que l'idéal qu'il véhicule aura accédé au royaume des normes sociales qui valorisent une manière d'être et des comportements *non sexués*. Mais nous n'en sommes manifestement pas encore là. Les tribulations que connaissent les partisans de l'androgynie, qui s'occupent du psychologique, provient du fait qu'ils ne savent que faire des dynamiques qui relèvent d'une étude de la société. Dès lors, la solution qui s'impose consiste à poursuivre la voie inaugurée par l'idée de fusion : la notion d'androgynie doit continuer à se vider de sa substance. Si elle ne peut plus renvoyer à l'être au sein duquel sont mélangés les contenus masculins et féminins, elle peut alors désigner l'être au sein duquel ils *disparaissent.* L'accent est alors porté sur *autre chose,* sur un objet d'étude radicalement nouveau : « Bien que l'enthousiasme initial pour le concept d'androgynie ait été très vif, il tendait malheureusement à souligner les attributs superficiels de l'individu androgyne, plutôt que le processus sous-jacent qui permet aux attributs masculins et féminins de coexister chez le même individu » (Bem, 1985, p. 191).

Des manières d'être aux manières de penser

L'androgynie achève sa mutation en évoluant vers l'étude des *processus cognitifs* mis en œuvre par les individus sexués et androgynes. Ici, elle désigne un état basé sur la *transcendance* des qualités masculines et féminines. Elle est l'*absence* ou le non-emploi d'un schème de catégorisation basé sur la dichotomie du masculin et du féminin : non pas le masculin *et* le féminin, comme dans la fusion, mais *ni* le masculin *ni* le féminin. Le piège de la réification semble définitivement escamoté par une définition qui appréhende l'être androgyne par la négative, par ce qu'il *n'est pas.* Il quitte le registre du repérable, d'une personne qui *possède* des qualités qui sont elles-mêmes solidement enracinées dans la société, et se tourne vers l'abstraction. La métaphore de l'Ange me semble résumer adéquatement cette mutation. D'une part l'Ange accomplit, dans un seul mouvement, l'harmonisation du masculin et du féminin et l'annulation de toute sexualité démarquée. Il est la conciliation de la puissance et de la grâce. D'autre part, son a-sexualité ne lui interdit pas d'être à la fois autoritaire, garant de la loi, mais aussi protecteur et enveloppant. L'androgyne de transcendance est bien un « être angélique », qui n'est plus aussi aisément réductible à l'hermaphrodite, ni même à l'homosexuel(le). En évacuant non seulement l'idée d'équilibre de masculinité et de féminité, mais également celle de leur coalescence, il ne peut plus être rapporté à des mythes qui, comme celui de Platon, faisaient précisément des androgynes des hommes-femmes, des êtres doubles. On s'aperçoit que le dilemme politique posé par la naturalisation androgyne reçoit une solution à l'intérieur même du champ scientifique. Cette nouvelle métamorphose de l'androgyne se fait en effet dans les termes du paradigme de la cognition sociale qui s'impose à cette même époque en psychologie, d'abord aux Etats-Unis, puis en Europe. L'androgynie accède à l'appellation scientifique contrôlée tout en se dépouillant quelque peu de son message utopique. Certes, elle peut se soustraire plus aisément au sens commun, à l'objectivation dans une personnalité insolite, voire déviante, mais elle est désormais définie à l'aide d'un bagage notionnel identique à celui appliqué à n'importe quel autre comportement individuel étudié par les psychologues de la cognition sociale : le *schème de genre,* qui constitue la notion clé de cette période de l'androgynie, renvoie au processus par lequel un individu découpe le monde en deux classes d'équivalence sur la base du genre; il ne concerne plus le contenu de ces classes (pour un historique de la notion de schème de catégorisation, cf. Fiske et Taylor, 1991). On assiste alors à un déplacement de l'intérêt des chercheurs. Alors même que la « personne androgyne » se vide de contenu, celle d' « individu sexué », définie par l'*emploi* de ce schème cognitif aux conséquences néfastes, surgit une fois encore au premier plan : « Dans la [nouvelle] théorie, le personnage central est l'individu sexué, un changement de cap par rapport à mon travail précédent dans lequel l'individu non sexué — l'androgyne en particulier — occupait le devant de la scène » (Bem, 1983, p. 615). Ce sont bien les individus masculins ou féminins qui font plus souvent appel à la dichotomie des tempéraments sexués. Transcendance signifie au contraire le dépassement de ces tempéraments et l'indifférence des individus aux stéréotypes sur le plan de leur activité cognitive; une terminologie négative qui dénote la mise au second plan de la personnalité androgyne. Il ne sera pratiquement plus question des avantages de l'état androgyne (même si, bien entendu, la nouvelle approche ne rejette pas ce postulat) mais des effets néfastes de l'emploi d'un schème de catégorisation de genre. Une quantité impressionnante de travaux vont examiner finement la nature de ce schème. Plusieurs modalités de son fonctionnement seront imaginées. Les modèles proposés auront, toutefois, une portée de plus en plus restreinte, et contribueront inéluctablement à édulcorer l'utopie qui avait fait la force des approches précédentes de l'androgynie.

Le schème de genre est une propension généralisée à encoder et à organiser l'information selon les définitions culturelles de la masculinité et de la féminité. Il a ceci de particulier qu'il décrit leurs relations d'exclusion mutuelle. Il est donc *bipolaire,* comme l'étaient antérieurement les représentations de la différence entre les sexes et du bon ajustement individuel (Bem, 1974, p. 158). Ce schème filtre l'information en provenance de l'environnement, en privilégiant celle qui est congruente avec sa structure, et en l'organisant pour la figer à la manière d'un aimant. Parfois, le schème supplée à l'information manquante en enrichissant ou en déformant celle qui est disponible, car les éléments dont il est composé sont activés en même temps que ce qui est effectivement perçu. Une illustration empirique peut être utile ici pour mettre en évidence les implications d'une approche en termes de schèmes de catégorisation. Dans plusieurs recherches visant à étudier les poids respectifs de l'âge et du sexe dans les activités de catégorisation, des enfants âgés de 7 à 12 ans observaient dans un premier temps douze paires de visages et d'objets (Lorenzi-Cioldi et Dafflon, 1992). Les visages étaient des photographies d'adultes et d'enfants des deux sexes, en proportions équivalentes. De manière analogue les objets, représentés sur des photographies, étaient stéréotypiquement masculins (par exemple, une boîte à outils) ou féminins (une machine à laver) ; ces objets correspondaient à l'âge adulte ou à celui des enfants (par exemple, la machine à laver était représentée comme un objet utilitaire pour l'adulte, ou comme un jouet pour l'enfant). Dans une condition expérimentale, que j'appelle *traditionnelle,* les visages de sexe féminin étaient appariés avec les objets féminins, et les visages de sexe masculin l'étaient avec les objets masculins. L'autre condition, *non traditionnelle,* présentait les paires opposées. Les sujets devaient mémoriser ces paires, puis l'expérimentateur regroupait les visages d'un côté et les objets de l'autre. La tâche proposée aux enfants était alors de reconstituer les couples préalablement examinés. Les résultats montrent que les enfants ont de meilleures performances de mémoire dans la condition *traditionnelle.* Il apparaît en effet que dans la condition *non traditionnelle,* ils tendent à replacer les visages et les objets de manière congruente avec les stéréotypes. Ils positionnent donc un certain nombre de visages féminins sur des objets féminins et un certain nombre de visages masculins sur des objets masculins. Il s'avère ainsi que la possession d'un schème lié à la division du travail des sexes amène les individus à recréer la réalité qui fait défaut dans le matériel présenté mais qui correspond à la division du travail au sein de la famille. La mémoire qu'ont les individus, dans ce cas des enfants, ne fait donc pas appel exclusivement à l' « ici et maintenant »; elle est une construction sociale. Le schème, appréhendé dans ce cas à l'aide de performances de mémoire, instigue la reproduction d'une réalité apprise au cours de la socialisation même lorsque cette réalité diffère de celle à laquelle les sujets avaient été confrontés. La présence du schème augmente ainsi l'uniformité des réponses d'un individu malgré la variabilité des situations. Or il importe que l'usage fréquent du schème inhibe la diversité perçue dans l'environnement social et culturel, et ce phénomène, à son tour, suspend l'évolution des individus vers des manières d'être plus souples. Mais, affirment les partisans de l'androgynie, un schème de perception, quel qu'il soit, assume des intensités variables selon les individus. Présent chez tout le monde, car appris à travers les instances de socialisation, la famille et l'école en particulier, le schème de genre ne se manifesterait pas de manière uniforme. La théorie prédit que les individus se distinguent par le degré auquel ce schème leur est *accessible.* Les individus sexués feraient précisément un plus grand usage de ce schème, qui est pour eux la grille privilégiée d'interprétation du réel. Leur environnement serait calqué sur la dichotomie du masculin et du féminin, et donc selon *la division du groupe d'appartenance et du hors-groupe.*

Examinons les approches méthodologiques qui ont accompagné la mise en place de la nouvelle théorie de l'androgynie. Celles-ci vont s'efforcer de départager les individus sexués (désormais nommés *sché-*

matiques) et les androgynes *(a-schématiques)* sur la base des processus cognitifs supposés spécifiques à chacun de ces types de personnalité. Les androgynes, en particulier, ne feraient pas usage de la bipolarité sexuelle et ce *quels que soient* les domaines de contenu pris en considération. Si la répartition des individus dans la typologie d'orientations sexuelles s'opère le plus souvent à l'aide des questionnaires d'androgynie, l'orientation sexuelle des individus peut être déterminée à l'aide de n'importe quel instrument, pourvu que celui-ci établisse si le concept de soi et les comportements d'un individu s'organisent en fonction des définitions culturelles de la masculinité et de la féminité. Selon Bem : « La théorie qui sous-tend l'*Inventaire des rôles sexuels* [son questionnaire d'androgynie] pose que les individus sexués se conforment à *n'importe quelle* définition de la masculinité et de la féminité fournie par la culture » (Bem, 1979, p. 1049). Ces individus imposent un sens dichotomique à la réalité. « Pour utiliser une métaphore de libraire, ce qui compte ce n'est pas la quantité d'information ni les items particuliers contenus dans les rayonnages de notre tête ; ce sont les étiquettes que nous trouvons sur ces rayonnages, et le système de classification que génèrent ces étiquettes » (Bem, 1987, p. 269). La nouvelle approche de l'androgynie a une portée manifestement plus générale que les précédentes. Elle s'accompagne d'une nouvelle épistémologie des interventions empiriques. Une critique adressée au questionnaire de Bem illustre cette mutation. Etant donné l'indépendance des traits masculins et féminins dans ce questionnaire (cf. chapitre 4), des objections ont été émises à l'encontre de son emploi en vue de repérer les individus schématiques (Spence, 1991). Le schème de genre, dichotomique, bipolaire, serait appréhendé de cette manière par le biais d'un questionnaire unipolaire et par conséquent inadéquat. Voici comment Bem décrit son questionnaire, conformément à la définition *désormais révolue* de l'androgynie comme alternance : « Le questionnaire d'androgynie a été conçu pour estimer jusqu'à quel point les définitions culturelles appropriées du genre sont *incorporées* dans les descriptions de soi des individus » (1985, p. 194). Mais voici comment Bem poursuit sa description dans la tentative de défendre la compatibilité de ce questionnaire avec l'approche du schème de genre : « Autrement dit, le questionnaire d'androgynie a été conçu pour proposer aux individus une collection hétérogène de caractéristiques, et pour déterminer dans quelle mesure ces individus répartissent ces caractéristiques dans deux catégories que la culture définit comme masculine et féminine. » Cette mesure indirecte, qui correspond à la manière dont l'individu classe les traits, devient l'indicateur de la présence du schème de catégorisation de genre. Si le questionnaire que Bem avait présenté en 1974 perd ainsi son monopole de « détecteur d'androgynes », son emploi est néanmoins rendu compatible avec la nouvelle conceptualisation.

Malgré leur portée plus restreinte, il convient néanmoins de rendre justice à ces mesures indirectes de l'androgynie qui interviennent pour résoudre un problème qui traverse la littérature sur les tempéraments sexués. Il s'agit d'une difficulté que Terman et Miles avaient rencontrée pour la première fois lors de l'administration de leur *Test d'attitudes et intérêts*. Après avoir répondu une première fois à ce questionnaire selon la consigne classique (réponses spontanées), les sujets y répondaient à nouveau, mais étaient maintenant incités à produire le tempérament le plus masculin ou le plus féminin possible. Les réponses de cette seconde phase indiquent que les hommes et les femmes sont en mesure de produire un score typique de l'autre sexe qui est *plus extrême* que ceux produits par les membres de ce sexe en situation de réponses spontanées (p. 76 s. ; 453). Par exemple, avec une consigne leur demandant de se décrire à l'aide d'un tempérament masculin, les femmes produisent un score de masculinité plus élevé que celui des hommes qui répondent en l'absence de cette consigne. Ce phénomène fait penser que les tempéraments sexués sont l'objet d'une connaissance et que les individus peuvent, dans une certaine mesure, les maîtriser. L'évidence des tempéraments inscrite dans les questionnaires amène alors le risque que les individus répondent à la consigne d'autodescription — basée sur une mesure directe du tempérament — en exprimant leur *connaissance* des tempéraments et non leur *propre* tempérament. Les partisans de l'androgynie ont donc ressenti la nécessité de développer d'autres approches empiriques des tempéraments. Ce sont précisément des mesures plus indirectes de ces tempéraments qui vont régir le classement des individus dans la typologie d'orientations sexuelles (une tâche qui par ailleurs ne va pas cesser de hanter les chercheurs). Notons toutefois que l'adoption des mesures indirectes conduit à une révision de la définition même des types de personnalité : la distinction entre les types androgyne et indifférencié — importante à l'époque de coprésence — s'estompe (rappelons que les indifférenciés sont ceux et celles qui rejettent fortement les qualités masculines et féminines). Les uns comme les autres sont a-schématiques, car ils n'assortissent pas les traits des questionnaires d'androgynie en fonction de leur connotation sexuelle. Ils ont donc en commun, comme l'affirme Bem (1977, p. 204) le fait de *ne pas être sexués*.

Qu'en est-il alors de ces êtres a-schématiques ?, que font-ils au juste ?, comment peut-on les caractériser ? S'il paraît légitime de poser ces questions dans la mesure où les androgynes continuent d'occuper une place bien définie dans la typologie d'orientations sexuelles, une réponse nette n'est pas possible dans le cadre de la théorie actuelle de l'androgynie. Selon Bem, les androgynes utiliseraient d'*autres* formes de catégorisation. Ils donneraient à voir des distinctions entre *eux-mêmes* et d'autres *personnes,* ainsi qu'entre ces personnes en tant que telles. Ils souligneraient en somme des distinctions individuelles et assoupliraient l'opposition des sexes. Cette division entre le soi et des autrui atomisés devrait supplanter celle entre hommes et femmes et, idéalement, entre tous les groupes d'appartenance et les hors-groupes (Bem, 1983, p. 613 ; 1985, p. 217). Mais ce schème de différences individuelles reste, fondamentalement, une « absence » de schème de genre. Les androgynes sont *supposés* s'engager dans des manières de penser plus novatrices, créatives et originales, qui ne seront toutefois jamais étudiées en tant que telles.

Comment les androgynes découpent le monde

Les études récentes sur l'androgynie psychologique font appel à une grande variété de dispositifs expérimentaux qui, sans exception, visent à décrire des processus d'ordre résolument intrapsychique (cf. Doise, 1993). Plus précisément, elles ambitionnent de montrer, d'une part que les individus sexués emploient plus fréquemment et plus intensément que les autres le schème de genre, et d'autre part que ce schème a des répercussions négatives sur leur bien-être. Une étude de Lippa (1977) porte sur les liens entre le niveau de préjugé des individus et leurs propensions à distinguer les membres de différents groupes. Des travaux antérieurs avaient déjà montré que les sujets les plus antisémites opèrent de fortes distinctions entre des photographies de visages selon les critères d'appartenance « Juifs/non-Juifs ». De manière analogue, les individus sexués, contrairement aux androgynes, devraient utiliser fortement la dimension bipolaire « masculin/féminin ». Les sujets de cette étude devaient juger douze écritures manuscrites. Celles-ci provenaient en parts égales d'hommes et de femmes issus des trois principales orientations sexuelles selon leurs réponses à l'*Inventaire des rôles sexuels*. Les sujets jugeaient d'abord le degré de similitude de chaque écriture avec toutes les autres sur des échelles d'intensité en sept points. Ils exprimaient ensuite le degré de masculinité *versus* féminité de chaque écriture. Ils étaient enfin informés que les écritures provenaient des deux sexes, et devaient deviner cette provenance en répartissant les écritures en deux tas. Considérons d'abord les jugements stéréotypiques des écritures. On peut penser que l'emploi d'une dimension bipolaire se répercute, pour un sujet donné, dans une variation élevée de ses jugements à propos des douze écritures. Les résultats montrent que les sujets sexués polarisent fortement leurs jugements sur la dimension masculin-féminin, contrairement aux androgynes qui donnent des réponses dont la faible dispersion traduit leur indifférence à cette opposition. L'examen des jugements portés sur chaque écriture, ainsi que les résultats de la troisième tâche, révèlent en outre que les sujets sexués distinguent plus correctement les écritures d'hommes et de femmes. Une analyse multidimensionnelle des jugements de similitude recueillis lors de la première tâche montre enfin que les réponses des sujets sexués s'accordent davantage entre elles que les réponses des androgynes. Ainsi, les sujets sexués différencient mieux, et de la même manière, les écritures des hommes et des femmes. L'étude de Lippa préfigure la théorie du schème de genre, centrée sur l'examen des activités cognitives des individus. Les dispositifs expérimentaux vont toutefois innover davantage. En puisant dans le bagage notionnel du courant de la cognition sociale, ils reposeront exclusivement, comme je l'ai signalé, sur l'emploi de mesures indirectes. Celles-ci n'indiquent pas de manière explicite les comportements des individus, mais elles permettent d'*inférer* l'existence de processus cognitifs et notamment le schème de genre. Je vais présenter maintenant les principaux acquis des études empiriques faites dans le cadre de la troisième approche de l'androgynie, la transcendance. Je considérerai successivement l'utilisation de trois paradigmes cognitifs : le temps de réaction, le rappel libre d'informations et le rappel indicé.

Temps de réaction. L'utilisation des temps de réaction (ou latences) dans l'étude de l'androgynie a concerné avant tout les descriptions de soi des sujets. Considérons l'exemple du comportement d'une femme féminine qui doit décider, pour chaque trait de l'*Inventaire des rôles sexuels,* s'il s'applique ou non à elle-même. Les jugements *consistants* avec le schème de genre sont composés ici de l'acceptation de traits féminins (le tempérament approprié) *et* du refus de traits masculins (le tempérament inapproprié). Si ces réponses seront vraisemblablement majoritaires, d'autres réponses surgiront également dans la plupart des cas. Celles-ci correspondent aux jugements *inconsistants* (le rejet de traits féminins et l'acceptation de traits masculins). L'ensemble de ces réponses, résumées par la variable de consistance, annonce le schème de genre. La femme féminine de notre exemple devrait traiter l'information consistante *plus rapidement* que l'information inconsistante. La première est congruente avec le schème ; elle ne requiert pas, contrairement à l'autre, un effort de recherche et de vérification dans l'expérience mémorisée. Cette femme devrait dire rapidement « s'applique à moi » au trait *sensible* ou « ne s'applique pas à moi » au trait *agressive* (information consistante) ; en revanche, elle devrait hésiter davantage à refuser le trait *chaleureuse* ou à accepter le trait *indépendante* (information inconsistante). Bem (1981) part de l'hypothèse que les sujets sexués ont des temps de réaction élevés pour traiter l'information inconsistante et que les androgynes ne font pas cette différence. Les sujets répondent d'abord à l'*Inventaire des rôles sexuels* qui sert à les répartir dans la typologie d'orientations sexuelles. Ils doivent ensuite se décrire une fois encore à l'aide de ce questionnaire, mais les traits leur sont maintenant présentés sur un écran d'ordinateur. Le clavier comporte deux boutons : sur l'un est inscrit « s'applique à moi », sur l'autre « ne s'applique pas à moi ». Les sujets pressent le bouton qui leur convient à l'apparition de chaque trait. A leur insu, l'ordinateur enregistre le temps écoulé entre l'apparition d'un trait et la production de la réponse correspondante. Les variables dépendantes de ce dispositif sont bien entendu les latences moyennes pour les deux types d'informations, consistante et inconsistante. Les résultats montrent que les sujets schématiques des deux sexes, contrairement aux a-schématiques, traitent l'information consistante plus rapidement que l'information inconsistante.

Cette étude illustre l'implication très importante du « new look » des études sur l'androgynie que j'ai mentionnée plus haut. La prédiction d'un effet concerne essentiellement les sujets schématiques : ce sont eux qui produisent un écart dans les temps de réaction des informations consistante et inconsistante. La variable dépendante est conçue pour mesurer *leurs* comportements et attitudes sous-jacentes. Les androgynes et les indifférenciés ne mettent pas en œuvre le schème de genre ; par conséquent, les processus qui informent leurs jugements ne sont pas spécifiés. Ils représentent en quelque sorte l' « hypothèse nulle » de l'intervention empirique. Ils sont supposés, *a contrario*, utiliser un schème de différences individuelles. Toutefois le chercheur ne s'efforce pas de décrire ce schème en des termes positifs. Il apparaît clairement que les recherches en matière d'androgynie ne sont plus focalisées sur la flexibilité comportementale et sur le sentiment de complétude et de bien-être des androgynes.

Catégorisations spontanées (le rappel libre). Ce dispositif est plus riche que la mesure des temps de réaction en ceci qu'il permet d'introduire simultanément et de contrôler plusieurs formes de classification de l'information. Il serait donc susceptible d'amener une meilleure compréhension de l'état androgyne, mais les partisans de l'androgynie ne l'ont jamais employé à cette fin. Les sujets des deux sexes répondent d'abord au questionnaire d'androgynie dans le but classificatoire habituel (Bem, 1981). L'expérimentateur leur présente ensuite des mots. Chaque mot est reproduit sur une diapositive, et ces diapositives sont projetées les unes après les autres sur un écran, rapidement et dans un ordre aléatoire. Ces mots relèvent de quatre champs sémantiques : des prénoms, des noms d'animaux et d'habits, et des verbes. Dans chaque ensemble, on trouve en parts égales des noms qui ont une connotation masculine (respectivement : *Léopold, gorille, pantalons, frapper*), d'autres qui ont une connotation féminine *(Joséphine, papillon, bikini, rougir)* et, à l'exception des prénoms, d'autres encore qui sont neutres *(fourmi, pull-over, marcher)*. (La liste originale des mots étant en langue anglaise, les noms d'animaux et d'habits ne sont pas classés en fonction de leur genre grammatical ; la connotation sexuelle de chaque mot a été déterminée à l'aide d'une population de juges.) Les 61 mots retenus se répartissent donc selon deux critères, connus et contrôlés, à savoir le champ sémantique et la connotation sexuelle. Ces deux critères, et bien entendu leur combinatoire, permettent de classer tous les mots dans des groupes qui font sens pour le chercheur. Après la présentation des mots, les sujets disposent de quelques minutes pour transcrire librement sur papier ceux dont ils se souviennent. Leurs réponses sont ensuite examinées à la lumière des structures d'ordre correspondant aux critères sémantique et sexuel. L'idée qui sous-tend cette manipulation est que le fait de penser à un contenu lié au schème de genre, ici la connotation sexuelle d'un mot, devrait amener les sujets à associer d'autres contenus liés à ce schème. Des *suites* de mots de même connotation sexuelle devraient ainsi apparaître plus fréquemment chez les sujets sexués que chez les androgynes. Chez ces derniers, les suites devraient s'accorder davantage aux champs sémantiques, ou alors à d'autres critères faisant appel à des rapprochements originaux (mais ceux-ci seront ignorés par les chercheurs). Il convient de considérer plus en détail la manière dont Bem calcule les indices d'ordre qui révèlent l'emploi du schème de genre. Il s'agit de compter le nombre de *paires* de mots qui se suivent *et* qui ont la même connotation sexuelle. Les « intrus » — des mots rapportés par les sujets mais qui ne figuraient pas dans la liste de départ — seront eux-mêmes reclassés par deux juges en masculins, féminins, ou neutres, et seront inclus dans le calcul du score. Afin d'asseoir le critère de genre, mais également l'emploi concomitant du genre et du champ sémantique, Bem calcule deux scores pour chaque sujet : un score *intra*-champ, par exemple : *gorille-éléphant* (des mots de même genre — masculin — et qui ressortissent au même champ sémantique — les animaux); et un score *inter*-champs : *Léopold-gorille* (des mots masculins, mais issus de champs différents). Chaque score est finalement exprimé comme le pour-cent du total des paires fournies par chaque sujet (cette transformation rend les scores insensibles à d'éventuelles différences individuelles dans la quantité de mots rappelés). Les scores de catégorisation intra- et inter-champs expriment chacun à leur manière le degré de sensibilité des individus à la catégorisation sexuelle. On peut penser que le score inter-champs exprime le *degré maximum* de sensibilité à la catégorisation de genre. En effet, ce score signale des suites de mots qui ont une même connotation sexuelle mais des significations hétérogènes : le genre, seul, organise le rappel des mots. Le score intra-champs, au contraire, tient également compte des spécificités sémantiques des mots : le genre est dans ce cas moins exclusif, car il autorise l'emploi d'autres critères et donc le respect de la variété des mots (la comparaison des résultats issus de ces deux indices sera exposée au chapitre 10).

Les sujets de cette étude, quels que soient leur sexe et leur orientation sexuelle, ont fourni approximativement la même quantité de mots. Des différences importantes apparaissent toutefois en considérant la structure du rappel. Les sujets schématiques, conformément aux attentes, fournissent des suites de mots qui correspondent à un ordre lié à l'emploi de la catégorisation sexuelle. Ils donnent, plus que les autres sujets, des suites de mots de même genre. Ils sont donc davantage attentifs aux différences entre les connotations sexuelles des mots, alors que les sujets a-schématiques sont plus sensibles à leurs significations. Notons que contrairement à l'étude précédente, dans laquelle la variable dépendante (les descriptions de soi à l'*Inventaire des rôles sexuels* à l'aide d'un clavier d'ordinateur) était redondante avec la variable indépendante (les réponses à ce même questionnaire servant à les classer dans la typologie d'orientations sexuelles), cette étude porte sur la manière dont les sujets découpent leur environnement à partir de leur position dans la typologie. L'identité du soi apparaît intimement liée à ces performances : le découpage du monde est isomorphe à la perception de soi.

Qui a dit quoi ? (le rappel indicé). Dans une étude utilisant le rappel indicé, Frable et Bem (1985) examinent la mémoire pour des individus membres de l'intra- et du hors-groupe. Les sujets sont d'abord répartis dans la typologie d'orientations sexuelles. Les expérimentateurs leur annoncent ensuite qu'ils vont entendre l'enregistrement d'autres étudiants (3 hommes et 3 femmes) qui discutent de leur vie quotidienne sur le campus. Chaque discutant prononce, en alternance avec les autres, 12 phrases au total. Lorsque les sujets entendent une phrase, le portrait du locuteur apparaît sur un écran. En réalité, ces portraits ont été soigneusement choisis au préalable à l'aide d'une population de juges dont les réponses ont notamment permis de retenir des visages ne prêtant pas à confusion quant au sexe. Les phrases sont par ailleurs assignées aléatoirement aux discutants. Aucun d'eux n'assume de prise de position qui le singulariserait par rapport aux autres. Après avoir écouté la discussion, les sujets reçoivent l'ensemble des phrases qui ont été dites, et les portraits des participants. Leur tâche consiste à se rappeler de *Qui a dit quoi*. L'examen des résultats se fonde sur le raisonnement suivant. Il est tout naturel que lorsqu'ils effectuent la tâche de rappel, les sujets commettent des erreurs. La quantité d'erreurs importe peu, mais la *structure* des erreurs revêt une importance capitale pour l'étude du schème de genre. Les sujets perçoivent vraisemblablement que les personnes appartiennent à des groupes distincts, les hommes et les femmes. En accordant leur attention à ces appartenances, ils feront plus d'erreurs lorsqu'ils attribueront les phrases aux personnes d'un même groupe (erreurs *intra*-sexe), que lorsqu'ils attribueront ces phrases aux personnes issues de groupes distincts (erreurs *inter*-sexe). La saillance de la catégorisation en groupes fait que les sujets confondent fréquemment les informations à propos de personnes qui se ressemblent du point de vue de leur appartenance, tout en séparant avec plus de succès les informations à propos de personnes qui appartiennent à des groupes différents. La notion de schème de genre, et *a contrario* celle d'androgynie, rendent compte des variations individuelles de ces performances de rappel. L'emploi du schème, élevé chez les sujets sexués, devrait précisément se manifester par une prépondérance de confusions à l'intérieur des groupes de sexe (ce qui traduit leur relative indifférence aux particularités individuelles) et par de bonnes performances dans la séparation des deux sexes. Au contraire, l'absence du schème, ou mieux la présence d'un schème de différences individuelles, chez les androgynes, devrait conduire au résultat inverse, ou du moins à un équilibre des erreurs dans et entre les groupes.

Les résultats de cette étude sont toutefois plus complexes que ne le prédisaient les auteurs. Ils indiquent d'abord que *tous* les sujets font davantage d'erreurs intra-sexe : ils confondent les hommes entre eux et les femmes entre elles plus que les hommes avec les femmes. Les sujets font donc usage de l'appartenance sexuelle des discutants. Mais lorsqu'on opère une distinction supplémentaire parmi les erreurs intra-sexe, et que l'on compare les erreurs qui se rapportent au groupe d'appartenance (discutants de même sexe que le sujet) avec celles qui se rapportent au hors-groupe (discutants de l'autre sexe), on remarque une prépondérance d'erreurs à propos du hors-groupe. Autrement dit, les hommes mélangent plus souvent ce qui se rapporte à deux femmes différentes que ce qui se rapporte à deux hommes différents, et les femmes, à l'inverse, mélangent plus souvent ce qui se rapporte à deux hommes que ce qui se rapporte à deux femmes. Voyons ce qu'il en est des sujets sexués et androgynes. La prise en compte de cette variable précise les résultats précédents : ce ne sont que les sujets schématiques qui font plus de confusions lorsqu'ils traitent les phrases qui avaient été dites par les membres du hors-groupe. Les androgynes ne commettent pas plus d'erreurs dans un cas que dans l'autre. Le titre de l'article de Frable et Bem résume ce phénomène : *If you are gender-schematic, all members of the opposite sex look alike.* Les sujets qui font usage du schème de genre perçoivent les cibles du hors-groupe comme plus similaires entre elles que les cibles du groupe d'appartenance. Les résultats de cette étude ne valident donc pas les attentes initiales des chercheurs qui posaient une différence entre sujets sexués et androgynes quant à l'ensemble des erreurs commises *dans* les groupes par rapport à celles commises *entre* les groupes. Mais leur résultat inattendu, qui concerne la modulation des confusions entre les membres du groupe d'appartenance et de l'autre groupe, permet de préciser utilement les processus cognitifs à l'œuvre chez les sujets en fonction de leur orientation sexuelle : le schème de genre occasionne une *homogénéité relative du hors-groupe.*

Une illustration intéressante de ce qui se passe chez des sujets androgynes, mais malheureusement dans une population exclusivement féminine, est fournie par une étude de Tunnell (1981). Les femmes de cette recherche, après avoir répondu à l'*Inventaire des rôles sexuels,* pensent à 9 hommes et à autant de femmes impliqués dans différents rôles (*Mère, Frère, Un homme avec lequel je me sens à l'aise, Un enseignant qui a des opinions contraires aux miennes,* etc.). L'expérimentateur propose ensuite 18 dyades (12 dyades unisexe et 6 dyades mixtes). Les sujets doivent indiquer si les personnes impliquées dans les dyades sont « différentes » ou « similaires ». Considérons les fréquences des jugements de similitude en fonction de l'orientation sexuelle des sujets et du type de dyade concerné par les jugements. Les femmes féminines perçoivent plus fréquemment des similitudes dans les dyades composées d'hommes — le hors-groupe. Par ailleurs, elles établissent aussi souvent des différences entre les dyades de femmes qu'entre les dyades mixtes. Elles font donc autant de distinctions intra-groupes qu'intergroupes. Les femmes androgynes ont des moyennes moins polarisées et qui s'écartent significativement des précédentes. Elles perçoivent plus souvent des différences dans le hors-groupe que dans leur propre groupe ou même qu'entre les groupes. En fait, chez elles, les hommes et les femmes se ressemblent plus fréquemment que ne se ressemblent les hommes entre eux, ce qui témoigne de la compatibilité, voire de l'interchangeabilité qu'entretiennent à leurs yeux les deux sexes. L'androgynie conduit les sujets, ici des femmes, à modifier la manière dont elles structurent leur champ social. La problématique de l'homogénéité du hors-groupe relève désormais de l'androgynie. Elle aura des conséquences importantes sur son développement. Celles-ci seront traitées de manière plus approfondie dans la seconde partie de ce livre.

Les trois derniers chapitres ont brossé l'évolution du vaste domaine de réflexion sur l'androgynie en psychologie sociale jusqu'à la conception actuelle de la transcendance ou de l'angélisme. Les scientifiques, chaque fois qu'ils ont proposé une nouvelle approche de l'androgynie en provoquant la métamorphose de l'*être* androgyne, se sont tout naturellement référés aux concepts de leur discipline, en l'occurrence ceux qui relèvent du courant de la cognition sociale. Une définition évolue car elle présente, au départ, des problèmes à la fois idéologiques, politiques et conceptuels qui doivent néanmoins être résolus à l'aide des moyens dont disposent les scientifiques.

Mais c'est précisément parce que l'androgynie relève simultanément d'un grand nombre de champs, pas uniquement du psychologique, que son évolution telle que je l'ai tracée dans ces chapitres s'insère dans un horizon trop limité. Il me paraît donc utile de placer cette notion dans le contexte plus général du politique et de la littérature que j'ai, entre autres, évoqués dans l'introduction de ce livre. Dans le prochain chapitre, je traiterai donc de ces types de productions « non scientifiques » dans lesquelles, toutefois, l'androgynie présente des visages remarquablement analogues à ceux qu'elle a assumés dans le champ de la psychologie sociale.

Chapitre 7

Chiasme

E forse la difficoltà a riconoscere quanto le immagini possano mentire è la stessa che si prova a riconoscere le menzogne del Potere.

Eco.

L'androgynie est omniprésente. Elle a défié les mutations qui en ont affecté la valeur et l'ancrage dans une réalité biologique, sociale, ou psychologique. Son histoire alterne des hésitations (comme lorsqu'elle est maladroitement assimilée à l' « indétermination » des tempéraments), des rejets (lorsqu'elle est stigmatisée dans la sexualité maladive) et des affirmations péremptoires, lorsqu'elle est propulsée pour représenter un idéal de personnalité. Notion mouvante, instable, elle semble néanmoins avoir atteint aujourd'hui une nouvelle apogée. L'androgynie fait partie des représentations des individus, et redonne de la vigueur à des êtres qui étaient pointés comme les ratés du système. Cette résurgence du thème androgyne s'est légitimée à travers une progressive abstraction de son contenu qui en a expulsé le stigmate et exalté le rôle actif de l'individu. Je subdivise les images de l'androgyne en faisant usage de la figure du chiasme : l'androgynie oscille entre l'abstrait et le concret, entre l'utopique et le monstrueux. Le premier aspect de cette opposition semble s'appliquer aussi bien à la description des ancêtres mythiques qu'aux formulations les plus récentes de l'androgyne en psychologie. Les hommes et les femmes se sont pourtant employés pendant longtemps et à l'aide de stratégies renouvelées à bâillonner ce symbole dans l'être en chair et en os. « Dès qu'elle quitte ses gîtes — comme est celui de la rêverie profonde —

l'androgénéité devient déséquilibrée. Elle est livrée alors à des oscillations » (Bachelard, 1960, p. 51). Lorsqu'il s'exile du plan des symboles, l'androgyne fait ressortir ce que W. Benjamin appelait une « teneur chosale » — qu'il opposait à la « teneur de vérité » — et il acquiert l'aspect d'une figure aberrante, monstrueuse. La permanence du thème androgyne n'exclut par ailleurs pas la mobilité de son ancrage dans des réalités qui relèvent de registres hétérogènes. Selon un mythe des Desana, une peuplade de la forêt amazonienne (rapporté par Reichel-Dolmatoff, 1981), la voie lactée est une ligne de démarcation entre deux sphères célestes : l'une se voit attribuer des qualités masculines (la terre, la lumière et le symbole), l'autre des qualités féminines (l'eau, l'obscurité et le concret). Or le mythe enjoint aux individus de refléter et d'articuler les deux sphères, et cette intégration du monde cosmique se base sur la croyance que le cerveau humain est structuré par une opposition analogue. Pour les Desana, qui ignorent bien entendu les théories psychologiques récentes sur la latéralisation du cerveau, cette intériorisation des deux principes sexués, ce dépassement du dualisme, est la prérogative de l'harmonie et surtout de la *conscience de soi*. Dans un tout autre registre, le sexe biologique et le genre culturel ont tour à tour offert, au cours de notre histoire, un point d'ancrage à l'idée d'androgynie. Jusqu'à la Renaissance, la femme était conçue comme une simple variante de l'homme qui en dénaturait toutefois la perfection : son anatomie était représentée comme fondamentalement identique à celle de l'homme, mais « inversée » vers l'intérieur (Laqueur, 1992). Ici, le sexe biologique avait quelque chose à voir avec l'androgynie alors que les frontières entre les genres étaient clairement délimitées et codifiées par des règles étroites. Le paradigme qui s'affirme au XVIIIe siècle est, à l'opposé, celui de la différence biologique et d'une amorce de rapprochement des genres, celui-là même qui se poursuit à l'heure actuelle. Ici, c'est le genre culturel qui évolue vers davantage de souplesse et donc d'androgynie.

Les psychologues ont d'abord fait chanceler des théories solidement établies qui ancraient les tempéraments dans le dimorphisme biologique et qui reléguaient leur mixité dans ce *no man's land* de l'indétermination. La voie était alors tracée pour une compréhension positive de l'état androgyne. Dans un premier temps, l'androgyne se départit de la biologie pour juxtaposer les deux tempéraments, pour les assembler, mais sans véritablement les concilier. Cette conception d'un individu caméléon était alors défendue presque exclusivement par des femmes, scientifiques et militantes, comme Sandra Bem, Mamie Clark, ou Carolyn Sherif, qui racontent dans leurs biographies qu'elles doivent leur réussite académique, en partie, à l'élaboration de stratégies fondées sur la flexibilité et l'adaptabilité à des contextes hostiles, entre autres à l'encontre de leurs éminents... maris (voir O'Connell et Russo, 1983, 1988). Ces stratégies comportementales s'accompagnent d'une représentation idéalisée de l'interaction humaine dans laquelle l'alternance psychologique de qualités masculines et féminines avantage l'individu au point qu'il peut choisir une place dans la société en fonction de critères qui échappent à la classification par le genre et font appel à ses intérêts et à ses penchants. Plus en profondeur toutefois, cette androgynie entretient au lieu de désavouer le caractère binaire des représentations sur les sexes : « Aussi longtemps que l'on est obligé d'exprimer le concept de l'androgynie en référence aux vertus sexuelles stéréotypées, on entretient l'impression que l'androgynie est contre nature, qu'elle est quelque chose qui requiert des hommes et des femmes de se comporter de manière contraire à leurs dispositions naturelles » (Warren, 1980, p. 25). Cette conception populaire de l'androgynie, que O'Flaherty (1980) qualifie de « pseudo-androgynie », « possède un contenu sexuel ambigu ou équivoque [... incluant] l'eunuque, le travesti [...], le transsexuel, l'homme enceint » (p. 284). De la nature *in*déterminée de l'individu dans les approches classiques, conséquence de l'occupation d'un lieu sans dénomination dans le continuum des tempéraments masculin et féminin, on évolue ainsi vers la *sur*détermination de la mixité des tempéraments dans la nouvelle typologie des personnalités androgynes et sexuées.

Afin de résoudre cette inconsistance, les scientifiques vont inventer une nouvelle androgynie en soudant mieux les termes du dimorphisme sexuel. Celle-ci, plus ineffable, doit réaliser la symbiose du masculin et du féminin. Le genre devient fluide, en attendant de se dissiper dans l'être angélique qui recouvre le symbole et s'évade du stigmate que lui fait porter le jugement social. Les concepts viennent même à manquer pour en définir la nature spécifique : non pas « andro + gyne », mais « a-schématique ». Ici, l'être qui l'incarne n'évoque plus inéluctablement une sexualité double, ni même indécise[1]. Or il est intéressant de relever comment les trois prises de position théoriques sur l'androgynie que j'ai distinguées, coprésence, fusion et transcendance coexistent le plus souvent *chez un même auteur* qui réorganise les pièces de son modèle théorique au fil du temps. J'illustre ci-dessous la coexistence de ces prises de position chez Bem.

Coprésence (équilibre et alternance de masculinité et féminité : flexibilité et adaptabilité comportementales). L'androgyne est un *individu caméléon,* tantôt masculin, tantôt féminin, selon l'à-propos des situations. CITATION ILLUSTRATIVE : De nombreux individus pourraient être « androgynes », c'est-à-dire qu'ils pourraient être *à la fois* masculins et féminins, sûrs d'eux-mêmes dans leurs affirmations et accommodants, instrumentaux et expressifs, en fonction de l'à-propos de ces différents comportements [...]. Ainsi, alors qu'un concept de soi rigoureusement masculin pourrait inhiber des comportements stéréotypiquement féminins, et un concept de soi rigoureusement féminin inhiber des comportements stéréotypiquement masculins, un concept de soi mixte ou androgyne permettrait à l'individu de s'engager librement dans des comportements masculins et féminins (1974).

Fusion (mélange de masculinité et féminité ; émergence de comportements novateurs et originaux). L'androgyne est un *individu symbiotique,* il est masculin et féminin dans un comportement singulier.

1. Il est tentant d'établir un parallèle entre cette progressive abstraction de l'androgynie et l'alternance historique de l'iconoclastie et de l'iconographie chrétienne. Durant le haut Moyen Age, les représentations de Dieu (icônes) était chosifiées au point qu'elles en venaient à assumer des pouvoirs magiques ; c'est ainsi que des prêtres frottaient les images du Christ sur le calice utilisé pour la communion des fidèles pour en extraire les facultés de guérison, etc. (voir *Beaux Arts,* 1992). Le fétichisme de l'image, cette confusion du symbole et de sa représentation, sera vigoureusement réprimé dès le VIIIe siècle, et ce pendant plus d'une centaine d'années, par l'élite temporelle et spirituelle.

CITATION ILLUSTRATIVE : L'individu androgyne mêle ces modalités complémentaires que sont la masculinité et la féminité dans un comportement unique, étant capable, par exemple, de licencier un employé si les circonstances le justifient, mais de le faire en étant sensible aux émotions qu'un tel acte engendre inéluctablement (1976).

Transcendance (indifférence aux qualités sexuées ; étude des modalités de traitement cognitif de l'information). L'androgyne est un *individu angélique* ; il ne fait pas usage du schème de genre, mais déploie un schème de différences individuelles. Cependant, les individus sexués sont les acteurs qui occupent les devants dans cette théorie. CITATION ILLUSTRATIVE : Les individus sexués diffèrent des autres non pas selon la quantité de masculinité et de féminité qu'ils/elles possèdent, mais selon que leurs concepts de soi et leurs comportements sont ou ne sont pas organisés en fonction du genre (1981).

Cette taxonomie montre que les conceptions de l'androgynie articulent de manières différentes plusieurs niveaux d'analyse. Dans la définition de coprésence, l'individu androgyne incorpore les définitions consensuelles des sexes. La distinction du masculin et du féminin y est toujours à l'œuvre et par conséquent l'androgynie est la société tout entière, avec ses inégalités, faite individu. Celui-ci attend d'expliciter les caractéristiques inscrites dans les situations qu'il rencontre et dans lesquelles il peut donc s'engager avec une aisance accrue. « La vie recule d'un degré », pour utiliser une métaphore de Caillois (1938), auprès d'un être caméléon qui fait corps avec le milieu où il vit : « Autour de lui et en lui, on constate la présence des mêmes structures et l'action des mêmes lois. Si bien qu'à vrai dire, il n'est pas *dans* un « milieu », il *est* encore ce « milieu » et l'énergie même qui l'y découpe, la volonté de l'être de persévérer dans *son* être, se consume en s'exaltant et l'attire déjà secrètement à l'uniformité que scandalise son imparfaite autonomie » (p. 122). L'annihilation de la tension du masculin et du féminin que réalise l'androgynie de fusion est, à l'opposé, le gage d'une autonomie plus authentique et de l'originalité. Etre hybride, l'androgyne se sépare du dimorphisme sexuel que lui renvoie cependant sans cesse la société. Avec la transcendance des tempéraments, au pôle le plus abstrait du continuum qui oppose la séparation et la réunification des sexes, l'androgyne se joue d'une société devenue le dernier refuge de la division des sexes. La possibilité de comportements alternatifs y est suggérée par l'emploi de modalités de pensée, le schème de différences individuelles, qui exaltent la personnalité de chacun. En même temps qu'il évolue du concret à l'abstrait, l'androgyne s'évade de sa société pour produire, informé par le seul libre arbitre, des comportements novateurs.

Or, ce ne sont pas seulement les psychologues qui œuvrent au devenir d'une androgynie conçue comme pure abstraction, au désancrage du genre par rapport au dimorphisme biologique. Loin s'en faut. Le monde des lettres, par exemple, abonde de productions qui expriment la quête de l'idéal androgyne. Berta (1985) montre que trois conceptions distinctes de l'androgynie, analogues à celles que j'ai distinguées et qu'il dénomme l'hermaphrodite, le bisexuel et le « vrai » androgyne, se disputent le premier rôle dans un même roman, et jusque chez un même personnage au fil de ce roman (chez Zola : Nana et Germinal ; chez Woolf : Orlando). De manière analogue, Heilbrun (1964) parcourt la littérature pour y chercher le « fleuve caché » de l'androgynie (lire : l'androgynie symbolique) ponctué ici et là d'une « chute d'eau » ou d'un « puits » (l'androgynie objectivée). J'entends maintenant montrer que ce voisinage de conceptions hétérogènes de l'androgynie en littérature n'est pas plus pacifique qu'il ne l'est dans les mythes ou en psychologie. Le plus souvent, trois conceptions s'ordonnent sur un axe à la fois temporel et évaluatif. Passons maintenant à deux illustrations de cet aspect dynamique de la notion d'androgynie, l'une tirée d'un contexte idéologique-politique, l'autre de la littérature.

Entre monstres et chimères

L'androgynie joue des rôles distincts en fonction des acteurs qui la revendiquent et des circonstances. Sa position toujours instable sur le continuum de l'abstrait et du concret autorise autant la célébration que la dénigration de l'acteur social. En me basant sur des écrits aux confins du pamphlet politique et de la littérature, j'illustre ce qui m'est finalement apparu comme une totale *réversibilité* des visages idéologiques de l'androgynie. Ce commentaire nous transporte au XVIIe siècle, au cours duquel deux ouvrages remarquables invoquent l'androgynie mais de deux manières diamétralement opposées.

1605 : Artus Thomas publie *L'île aux hermaphrodites*. Cet essai ethnographique affiche pour but la description des habitants du Nouveau Monde, mais il a en réalité une visée politique : il abrite une dénonciation virulente des vices de la cour d'Henry III, fils d'Henry II et de Catherine de Médicis, roi de France réputé incapable, et dont la vie dissolue et l'homosexualité (qui l'avaient amené à s'entourer de favoris) suscitent la crainte de la déchéance du royaume. Thomas ne peut s'attaquer directement à la cour royale. Il déguise alors son propos en empruntant à une croyance largement répandue en Europe qui avait germé à la fin du siècle précédent. Celle-ci faisait des habitants du Nouveau Monde, découvert par Colomb, des hermaphrodites scandaleusement voués à tous les plaisirs, oisifs et sans pudeur. Les femmes avaient des mamelles si petites et desséchées (comme les sorcières dans l'imagerie médiévale) qu'elles devaient confier la tâche d'allaiter leurs enfants aux hommes qui, tout à l'opposé, étaient pourvus de mamelles gorgées de lait. Les Indiens étaient donc des créatures monstrueuses. Cette croyance remplissait une fonction idéologique qui apparaît désormais évidente. Comme le soutient Lionetti, qui n'hésite pas à la qualifier de « mythologie des conquistadors » dans *Le lait du père* (1988), elle aurait permis de justifier le pillage et la colonisation de ceux que nous appelons plus respectueusement, à l'heure actuelle, les *Native Americans*. Soumis à Satan, les Indiens nécessitaient au minimum leur mise sous tutelle mais de préférence leur extermination. Un tableau montrant ces Indiens (reproduit par Zolla, 1989, p. 50-51) présente des êtres aux visages d'hommes ou de femmes, mais aux organes génitaux des deux sexes. L'hermaphroditisme, expression la plus concrète de l'androgynie lorsque de surcroît celle-ci ne concerne précisément que les organes génitaux, ne peut assurément être tenue pour la réminiscence d'un état ancestral convoité. Elle justifie plutôt l'humiliation de ces peuples, leur rabaissement à l'état d'animalité et d'instruments des pulsions les plus honteuses, et innocente la discrimination et le génocide entrepris par les Européens. Ainsi, cette manière de concevoir une humanité vicieuse et dépravée et de la situer sur une île lointaine, cette description censément ethnologique d'une culture où l'ambiguïté sexuelle est au fondement de la dégénérescence des coutumes, constituait la meilleure arme venant au secours de la morale au profit de la société française. Le Nouveau Monde était l'envers du monde souhaité.

1676 : second repère dans ce XVIIe siècle où tous les points de vue s'affrontent. Gabriel de Foigny, moine, libertin et épicurien français, trouvant refuge à Genève, publie *La Terre australe connue.* Ce récit lui occasionnera les pires ennuis en provenance de la Vénérable Compagnie, le pouvoir religieux en place dans cette ville. Le récit narre un autre « envers » de ce monde, mais ici l'être supérieur est l'hermaphrodite qui habite les Terres australes, et le monstre est l'être sexué qui incite Jaques Sadeur, explorateur et écrivain présumé du roman, lui-même hermaphrodite, à quitter l'Europe. Dans un premier temps, Sadeur est bien accepté par les habitants de cette terre car, naufragé, il se présente nu et affiche son hermaphroditisme. Mais, au vu des questions qu'il pose inlassablement, le vieil Australien qui assume le rôle d'informateur lui déclare qu' « On ne doute plus que tu ne sois des monstres ; ton esprit malin et tes *mauvaises parolles* t'ont fait connoître et détester des nôtres. *Nous n'avons jamais veu un inventeur de crime comme toy* » (p. 96 ; je préserve, ici et dans la suite, l'orthographe de Foigny). L'intrigue oppose alors deux genres : non pas les hommes et les femmes, d'ailleurs qualifiés dans leur ensemble de demi-hommes, mais les « hommes » et les « monstres ». Cette dichotomie ressemble singulièrement, certes à travers un langage et avec une forme littéraire d'une époque révolue, à celle qui a animé les écrits des partisans de l'androgynie : l'androgyne fait face *aux* êtres sexués comme le bien fait face *au* mal. Toute résonance négative de l'état androgyne est bannie, et il est important d'évoquer le chemin qu'emprunte Foigny pour parvenir à cette transfiguration positive de l'hermaphrodite, ce renversement de la pensée binaire pourtant solidement enracinée dans sa société. Si, de prime abord, on y relève une nette influence du récit d'Aristophane sur la puissance des ancêtres (les Australiens ont les deux sexes, mais également des membres longs et dépliables, six doigts de mains et de pieds), on remarque que l'auteur s'abstient de souligner la simultanéité physiologique masculine et féminine des Australiens. Lachèvre (1922) commente avec raison que si les androgynes de Platon étaient des êtres à la morphologie double, « Foigny n'a pas été jusque-là » (p. 95). Mais la question intéressante surgit au terme de cette remarque : pourquoi n'a-t-il pas été « jusque-là »? Ce manquement ne peut être imputé à une lacune dans ses connaissances philosophiques. Foigny fait la preuve de son érudition à d'autres endroits du roman. Il est permis de penser, au contraire, que l'auteur évite soigneusement d'encombrer son récit d'observations sur la physiologie des Australiens afin de préserver le message utopique et de garantir l'acceptation des androgynes dans *sa propre* société. Foigny prend donc le contre-pied de la démarche de Thomas : il porte secours à l'idéal en le dépouillant de l'icône. L'hermaphroditisme à peine esquissé annonce un symbole qui est plénitude, bonheur et éternité. L'Australien est « autosuffisant », car il est affranchi des passions qui obligent les demi-hommes européens à se chercher les uns les autres — ce peuple a su bâtir une société idéale qui se révèle être, aux yeux de Sadeur, une sorte de communisme primitif. L'informateur à Sadeur : « Tu n'accorderas jamais l'usage du raisonnement avec l'exclusion des deux sexes [...]. Le premier fruit du raisonnement est de se connoître; et cette connoissance comporte par nécessité deux choses : l'une que pour *faire* un homme, il faut qu'il soit entier [hermaphrodite] ; l'autre, *qu'il raisonne, ou du moins qu'il puisse raisonner librement et quand il luy plait*. Vous manquez au premier puisque tous vos hommes sont tous imparfaits; vous manquez au second puisque vous n'avez que peu de personnes qui puissent raisonner » (p. 98).

On remarque alors que, quand la promotion de son idéal n'en est pas entravée, Foigny demeure résolument fidèle au mythe platonicien. C'est le cas, par exemple, lorsqu'il fait dire à son informateur que « [...] la nature qui a besoin des deux ensembles pour produire, les oblige [les hommes et les femmes] de se rechercher, faisant que l'un soit en langueur autant de tems qu'il est absent de l'autre » (p. 100) ;

ou encore lorsqu'il oppose dans une description — cette fois minutieuse — la nudité des Australiens et les habits nécessaires aux Européens (« ces marques de notre désobéissance », p. 105) pour masquer leur blessure originelle (cette blessure est manifestement analogue à la punition divine chez Aristophane). L'androgyne de Foigny est donc finalement un être plus ouvertement symbolique, prioritairement voué aux choses de l'esprit. « *Leurs parties* [organes génitaux] *sont fort petites* » (p. 119), nous prévient-il comme pour empêcher notre imagination d'emprunter le chemin du concret. Les androgynes allient la force et le courage masculins à la beauté et à la fécondité féminines : « [...] leur *constitution* [...] fait paraître une douceur mêlée de gravité qui *ne serait pas commune en Europe* » (p. 119).

L'habitant de la Terre australe nous est donc dépeint de manière laconique en ce qui concerne ses traits physiques mais avec une abondance de qualités morales. Il articule l'abstrait et le concret, l'a-sexualité et la sursexualité, mais l'accent est mis sur le premier terme de chaque opposition. Il approche la fusion des sexes et semble goûter à la « saveur » de son identité personnelle. Sadeur lance la question suivante — qui résonne comme la dénonciation du stigmate qu'il incarnait lui-même dans son milieu d'origine, et qui en fait à son tour un être excessivement ambigu, à la lisière de deux manières d'être (voir sa répulsion vis-à-vis de la nudité) : « [...] la confusion des deux sexes dans une même personne devroit plutôt passer pour *défectueuse et* monstrueuse, que pour un degré de perfection ». Le vieil Australien réplique que « L'union de ces deux parties est telle que l'une est *absorbée* dans l'autre » (p. 99). Le message est clairement énoncé : il s'agit d'une « absorption » d'un sexe dans l'autre, et non de leur juxtaposition comme chez Thomas. Comme l'affirme Ronzeaud (1982), pour Foigny « ce n'est pas une opération chirurgicale implantant un deuxième sexe aux Européens, ni la construction d'une quelconque phalanstère utopique sur le modèle austral, qui pourront permettre à l'homme incomplet de se sauver : c'est la dissipation, en lui, des obscurités de ses instincts et de sa culture, qui le lui permettra, grâce à la lumière d'une raison qui le convaincra du bien-fondé d'une explication déiste du monde et d'une morale issue d'un stoïcisme rationalisé »

(p. 70). Le récit s'achève sur une note pessimiste qui, en retour, préserve la charge utopique de l'intrigue. Malgré les trente-deux années passées en Terre australe, Sadeur devra se résigner à rester un être irrémédiablement inachevé : *il n'est androgyne que de par son hermaphroditisme.* Il n'accédera donc pas à la paix de l'esprit et persistera à se désigner comme quelqu'un d'ambigu. Il reviendra finalement en Europe sans avoir pu assimiler complètement la vision du monde des Australiens et pour y revêtir à nouveau l'animalité proscrite.

Les récits de Thomas et de Foigny se repoussent ainsi comme les deux pôles d'un aimant sur toutes les questions essentielles, sauf pour ce qui est de leur description, néanmoins plus ou moins minutieuse et appuyée, de l'hermaphroditisme des habitants de ces terres lointaines. Chez le premier, l'hermaphroditisme représente la déchéance humaine, chez le second, sa perfection. La monstruosité physique et surtout morale des êtres dépeints par Thomas nous fait même hésiter à employer le terme d'androgynie à leur égard. Si son récit décrit des êtres « nouvellement observés », le récit de Foigny nous livre une représentation de l'humanité « à venir » et par là même ressemble davantage à une remontée dans le temps, à un *retour à l'androgynie.* Tout les sépare, mais force est de reconnaître que ces récits nous mettent en présence d'un thème unique dont les variations prennent racine dans la tension du concret et de l'abstrait, du négatif et du positif. Les deux récits visent à dénoncer, par le biais de l'idée de la réunion des sexes, la déchéance ou l'incomplétude des relations entre les hommes et les femmes.

Séraphîtüs-Séraphîta

La pluralité conflictuelle des conceptions de l'androgynie est admirablement représentée dans un récit qui compte à mon sens parmi les plus accomplis de ce point de vue : *Séraphîta,* de Balzac. Paru en 1835, le récit décrit le devenir mystérieux et exceptionnel d'un androgyne aimé à la passion à la fois par Minna qui s'adresse à Séraphîtüs comme à un homme et par Wilfrid qui s'adresse à Séraphîta comme à une femme. Se refusant à l'une et à l'autre, vivant en solitaire dans un fjord norvégien, cet être à l'aspect fragile n'a jamais fréquenté le monde, ni côtoyé les sciences, et pourtant il — ou elle — incarne pour les autres la toute-puissance : les qualités de Séraphîtüs-Séraphîta sont celles que la psychologie sociale vantera beaucoup plus tard chez l'androgyne. Il en va ainsi de la force de Séraphîta dite par Wilfrid : « Que vous dirai-je, que vous ne sachiez ? D'ailleurs votre demande est une raillerie. Vous n'admettez rien du monde, vous en *brisez* les nomenclatures, vous en foudroyez les lois, les mœurs, les sentiments, les sciences, en les réduisant aux proportions que ces choses contractent quand on se pose en dehors du globe » (p. 175). Cette force lui vient de ce qu'en lui ou en elle s'alternent les deux principes de la grâce et de la vigueur qu'on retrouve, séparés, chez Wilfrid et Minna (« Vous êtes tous veufs et veuves », s'écrie-t-elle, p. 264), et c'est Wilfrid qui s'exclame : « Qui est-elle ? L'avez-vous vue jeune ? Est-elle la *conjonction* de la glace et du soleil ? Elle glace et brûle, elle se montre et se retire comme une vérité jalouse, elle m'attire et me repousse, elle me donne tour à tour la vie et la mort, je l'aime et je la hais. Je ne puis plus vivre ainsi, je veux être tout à fait, ou dans le ciel, ou dans l'enfer » (p. 190). Mais Séraphîta est aussi un être de fusion, un être inexprimable, inexpliqué, incompréhensible, Balzac souligne l'originalité de l'individu par l'emploi de ce vocabulaire tout au long du conte. Car le mystère de cet être « qui tient de tous » ne se dissipe point de son vivant. Au contraire, tous s'emploient, de différentes manières, à conjurer son étrangeté. Après l'avoir écoutée discourir longuement de philosophie, Becker, le pasteur, et Wilfrid, plongent dans un traité philosophique pour tenter de s'expliquer le phénomène et y déceler un aspect familier ; « A la cinquième tasse de thé que prirent ces deux philosophes, *la mystérieuse soirée devint naturelle.* Les vérités célestes furent des raisonnements plus ou moins forts et susceptibles d'examen. Séraphîta leur parut être une fille plus ou moins éloquente ; il fallait faire la part à son organe enchanteur, à sa beauté séduisante, à son geste fascinateur, à tous ces moyens oratoires par l'emploi desquels un acteur met dans une phrase un monde de sentiments et de pensées, tandis qu'en réalité souvent la phrase est vulgaire » (p. 267-268). Le non familier est ramené au familier, il est perçu et compris par rapport à des rencontres ou des modèles précédents : « Même si une personne ou un objet n'est pas conforme de manière précise au modèle, nous le forçons à assumer une forme donnée, à entrer dans une catégorie, en fait à devenir identique aux autres, au risque de n'être ni compris, ni décodé » (Moscovici, 1984, p. 7). Cette « domestication de l'étrange » se traduit également par une distanciation des personnages et du narrateur par rapport au sujet représenté. La ballade des genres, de Séraphîtüs et de Séraphîta, orchestrée par Minna et Wilfrid, répond à celle de l'auteur qui, dans son récit, accentue l'éloignement de cette personne en la conjuguant exclusivement au féminin. Tous participent de l'incapacité des hommes et des femmes à comprendre l'originalité androgyne autrement que sur le mode de la variété des rôles assumés par l'individu ; tous accusent l'insoutenable impuissance du langage à exprimer l'arrière-plan symbolique de l'originalité androgyne. Ainsi domestiquée, l'androgynie de Séraphîtüs-Séraphîta devient celle de Séraphîtüs *ou* de Séraphîta, et est reconduite dans les catégories qui tissent le sens commun. Elle s'insère alors confortablement dans les croyances conservatrices, dénuées d'utopie. Cette androgynie objectivée nous rappelle que l'être exceptionnel qui se présente à nous est en fin de compte, selon le hasard des circonstances, un homme efféminé ou une femme virile.

Séraphîtüs-Séraphîta, cet être bizarre, aura néanmoins préservé son mystère aux yeux de Minna et de Wilfrid jusqu'à son agonie, lorsque « à l'instant où Séraphîta se dévoilait dans sa vraie nature, ses idées n'étaient plus esclaves des mots humains » (Balzac, p. 289). Séraphîta est donc également un être angélique. « Wilfrid et Minna comprirent alors quelques-unes des mystérieuses paroles de Celui qui sur la terre *leur était apparu à chacun d'eux sous la forme qui le leur rendait compréhensible,* à l'un Séraphîtüs, à l'autre Séraphîta [...] » (p. 294). Ils trouvèrent « le principe des mélodies en entendant les chants du ciel qui donnaient les sensations des couleurs, des parfums, de la pensée, et qui rappelaient les innombrables détails de toutes les créations, comme un chant de la terre ranime les infimes souvenirs de l'amour » (p. 295). L'androgyne dépeint par Balzac illustre l'idée d'une progressive abstraction de l'être humain. Le récit se développe à travers des *images verticalisantes,* selon l'expression de Bachelard (1970), qui annoncent l'assomption de l'androgyne caméléon, un être en chair et en os (le premier chapitre du récit est intitulé Séraphîtüs, le suivant Séraphîta ; le récit s'achève sur Séraphîtüs-Séraphîta). « L'androgyne de Balzac efface radicalement, pour finir, toute référence à la sexualité humaine. Et cet effacement, significativement, devient l'accès à une béatitude, dont la volupté charnelle n'était que le reflet, ou plutôt l'écran » (Libis, 1991, p. 157). L'androgyne exauce ainsi la prière que Musil, dans *L'homme sans qualités,* met dans la bouche d'Agathe, la sœur hermaphrodite d'Ulrich, selon laquelle l'Homme, comme l'eau, devrait comporter au moins trois états, prélude au déploiement de capacités nouvelles.

De l'abstrait au concret, puis de nouveau à l'abstrait, le chiasme androgyne, cette orchestration de symboles et d'images empruntées au quotidien, soumet l'inerte à l'actif, le mépris à l'admiration. Il informe dans tous les cas les figures d'androgynes, et en impose la hiérarchie car, en psychologie comme ailleurs, mais à l'opposé des mythes, l'individu androgyne évolue en évacuant la société dont il est le produit. Or cette pluralité de l'androgyne correspond aussi dans une certaine mesure à la variété des orientations de la psychologie qui l'élisent comme objet d'étude. La tension entre l'individu et la société qui est sous-jacente aux représentations de l'androgynie se double ainsi de débats qui expriment des points de vue propres aux différentes disciplines des sciences humaines. Le prochain chapitre détaille ces débats.

Chapitre 8

Androgynies et psychologies

La notion d'androgynie en psychologie est complexe et polymorphe, comme en témoignent les métamorphoses successives de l'androgyne. Au chapitre 3, j'ai illustré la multiplicité des représentations spontanées de l'androgynie. L'analyse factorielle montrait que ces représentations s'organisent autour de quelques lignes de force, l'abstrait et le concret, l'intériorité et l'extériorité, la mythologie ancienne et le monde médiatique. Mais ces images de l'androgyne s'associaient à leur tour à des acteurs distincts, d'une part la « personne » en général et l' « homme », d'autre part la « femme » et les deux sexes simultanément. La discussion menée jusqu'ici suggère que ces lignes de force s'appliquent également aux enjeux de la formulation scientifique de l'androgynie. Il convient donc de considérer plus précisément la manière dont cette notion occupe le champ de la science elle-même ; y est-elle effectivement caractérisée par des tensions analogues ? Quels rapports entretiennent les deux sexes avec les conceptions savantes de l'androgynie ?

Pour ce faire, je vais faire appel à nouveau à l'analyse factorielle. Ici, le matériel analysé n'est pas constitué par les opinions des individus mais par un échantillon de publications qui relèvent des principales orientations de la psychologie actuelle. Cet examen poursuit plus spécifiquement deux buts. Il s'agit d'abord de voir dans quelle mesure l'androgynie articule plusieurs niveaux d'analyse, intrapsychique, interindividuel, situationnel et idéologique (Doise, 1993). Tout amène à penser que l'androgynie peut être abordée de différentes manières dans différents champs des sciences humaines, et il m'importe de mettre en évidence comment ces disciplines, psychologie clinique, féministe, du travail, culturelle, neurosciences, et en particulier la psychologie sociale, se sont appropriées de cet objet et l'ont modelé à leur manière. Le second but consiste à voir si, au terme de plusieurs métamorphoses de l'androgyne, il subsiste néanmoins des liens de parenté entre les représentations spontanées de l'androgynie et ses descriptions savantes. Avant d'entamer, dans les prochains chapitres, une discussion des effets de l'asymétrie des relations entre les sexes sur les représentations de l'androgynie, il nous faut amener une ébauche de réponse à la question de savoir si cette notion, dans l'usage qui en est fait en psychologie, est effectivement, comme l'affirment ses partisans, une solution à la différence des sexes se situant à des distances égales de l'homme et de la femme.

La consultation d'une base de données couramment utilisée en psychologie (PSYCHLIT, période 1972-1990) a fourni un échantillon totalisant 566 publications comprenant le mot « androgynie » ou « androgyne » dans le titre, les mots clés, ou le résumé. Une majorité d'articles rapportent des études empiriques (ci-après : groupe *empirique,* 422 articles), les autres consistent en des synthèses théoriques ou méthodologiques, des notes de lecture, des analyses secondaires d'études existantes et des méta-analyses (groupe *théorique,* 144 articles). Au vu de leur hétérogénéité, les deux groupes d'articles ont fait l'objet de codages et d'analyses séparées. Une grille thématique comprenant 10 thèmes qui totalisent 91 rubriques a d'abord été mise au point. Cette grille a ensuite été appliquée aux résumés des articles du groupe *empirique* et, après les modifications nécessaires, à ceux du groupe *théorique.* (Je remercie A.-C. Dafflon pour l'aide apportée à la réalisation de cette analyse de contenu.) Lorsqu'un résumé ne fournissait pas toutes les informations nécessaires à son classement, le texte de l'article a été consulté.

Les disciplines de la psychologie

La grille d'analyse des articles faisant partie du groupe *empirique* comprend en premier lieu un certain nombre d'informations générales : année de parution, type de journal scientifique (par exemple, féministe, psychologie sociale, clinique, cognitive), type d'échantillon (unisexe, hommes et femmes, couples mariés), l'âge de la population et son origine ethnique, ainsi que sa place dans le cycle de vie (par exemple, études, formation, vie active, foyer). La grille cerne ensuite les caractéristiques des études empiriques : l'approche (l'utilisation d'un questionnaire d'androgynie avec ou sans autres questionnaires, l'enquête, l'entretien et l'observation, le plan expérimental), les variables indépendantes (par exemple, le sexe biologique, l'orientation de rôles sexuels, l'âge, les mesures physiques ou physiologiques), et les variables dépendantes (par exemple, le bien-être psychologique et la santé mentale, l'estime de soi, les rôles familiaux, les qualités sexuées — instrumentalité, expressivité — les normes morales, les processus d'attribution et de catégorisation). Toutes les rubriques ayant une fréquence supérieure à 5 ont été traitées par l'analyse factorielle en tant que modalités actives. Elles sont au nombre de 45. La figure 2 présente les modalités les plus significatives de l'espace formé par les deux premiers facteurs.

Les modalités d'information générale (journal, cycle de vie, type d'échantillon et âge de la population), les modalités qui décrivent les recherches (approches, variables indépendantes et dépendantes) et celles qui concernent les dates de publication se positionnent les unes par rapport aux autres dans un espace qui comprend trois pôles. Vers la droite de cet espace, on trouve un pôle clinique (en bas), mais aussi un pôle neurosciences (en haut) ; vers la gauche, à mi-chemin sur une sorte de continuum, on trouve un pôle plus spécifiquement psychosociologique. Le pôle clinique est composé de fortes contributions pour les articles de la première période de l'androgynie (1974-1980, 95 articles), publiés dans des journaux à orientation clinique bien sûr, mais également dans les domaines des différences culturelles, de la sociologie de la famille, et des méthodes. Cette époque, comme le signalent

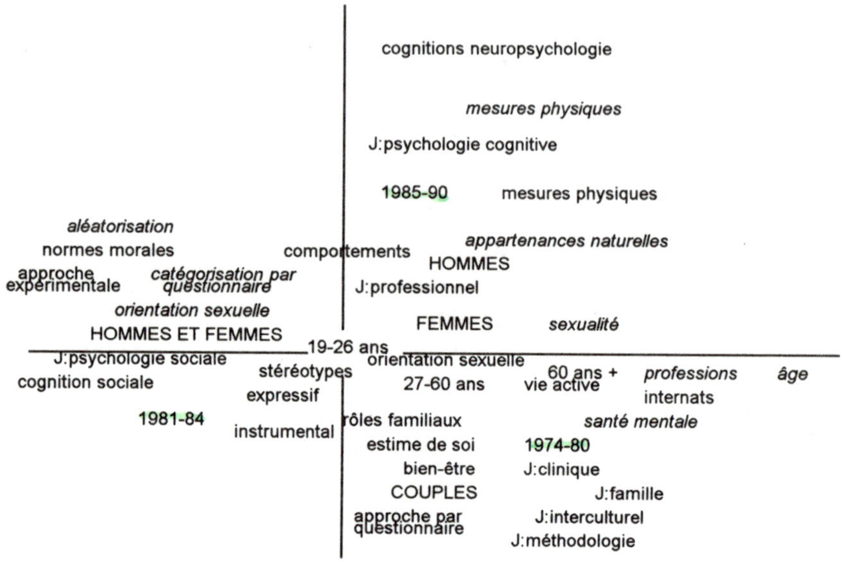

Fig. 2. — Analyse factorielle des correspondances
du groupe d'articles empiriques.
Positions des catégories de contenu actives et illustratives

Caractères standard : variables dépendantes.
Italiques : variables indépendantes.
Capitales : populations.
Les journaux scientifiques sont précédés par « J ».

Note. — Facteur 1 : 10,3% de la variance; facteur 2 : 7,7% de la variance.

les catégories situées dans cette portion de l'espace, connaît les débats sur la validation de nouveaux questionnaires, sur les manières de calculer le score d'androgynie et de classer les sujets dans la « meilleure » typologie possible d'orientations sexuelles. Ce pôle est aussi caractérisé par les populations de 27 ans et plus, les cycles de vie active et de foyer familial (les sujets sont souvent des couples mariés), et les populations d'internats (prisons, hôpitaux psychiatriques, hospices, etc.). Les variables manipulées dans ces études sont le bien-être, l'estime de soi, la santé mentale, les différences culturelles, l'orientation sexuelle ainsi que les rôles professionnels et familiaux. On reconnaît ici un vecteur important des études sur l'androgynie de la période de coprésence et d'alternance de qualités masculines et féminines, à savoir la flexibilité comportementale et la désirabilité associées à l'état androgyne (cf. chapitre 4). Lisons l'espace en parcourant le cercle approximativement formé par le placement des années de publication. La période 1981-1984 est la plus prolifique. Elle correspond à la formulation de la théorie du schème de genre et se trouve vers la gauche de l'espace, dans le pôle défini par la psychologie sociale. Ici émergent l'approche expérimentale et la cognition sociale. L'identité des sujets (sexués et androgynes, ou plus exactement, à partir de cette époque, schématiques et a-schématiques) assume un rôle résolument prédictif (variable indépendante), tandis qu'elle semblait jouer un rôle plus symétrique à celui d'autres variables dans le pôle clinique. Jusqu'aux années 1980, les études soulignaient en effet de simples liens entre le bien-être psychologique et la manière d'être androgyne. C'est au cours de la période suivante de l'androgynie, lorsque l'attention se focalise sur les méfaits de l'emploi du schème de genre, que les individus sexués viennent occuper le devant de la scène (cf. chapitre 6). L'orientation sexuelle figurera de plus en plus fréquemment comme la cause de l'emploi de diverses formes de catégorisations, schème de genre ou différences individuelles. La période actuelle se distingue enfin par l'accentuation des aspects neuropsychologiques liés à l'androgynie. On est vers le haut de l'espace de la figure 2, où prédominent la psychologie cognitive, les mesures physiques et physiologiques (par exemple, la concentration d'hormones telle la testostérone). Mais la lecture des publications situées dans cet espace suggère que l'importance relative de la notion d'androgynie s'amenuise : elle est désormais considérée comme une caractéristique de personnalité parmi d'autres (on examine les liens entre le type de personnalité androgyne et d'autres types de personnalité comme l' « indépendant du champ », l' « interne » dans ses attributions, etc.). Bien que les études publiées récemment soient toutes positionnées dans cette portion de l'espace, notons que leur représentation numérique est faible (une vingtaine seulement). En fait, on découvre ici la particularité de l'étude de l'androgynie comme processus cognitif. L'approche neuropsychologique, celle de la « psychologie comme mode d'emploi du cerveau », est une extension de la cognition sociale vers la psychologie cognitive (curieusement, il s'agit dans leur majorité de travaux menés en Europe, notamment en Allemagne). Considérons les modalités placées au centre du graphique. A l'opposé de celles qui saturent fortement les facteurs et qui représentent les traits distinctifs d'une époque, les modalités centrales décrivent le profil moyen des études sur l'androgynie. Ces modalités font apparaître des populations d'étudiants universitaires, âgés de 19 à 26 ans, d'origine américaine, ainsi que la rubrique des qualités instrumentales et expressives. Cette caractérisation correspond effectivement au prototype des travaux sur l'androgynie, réalisés dans les campus américains. Beere (1990) relève que 60 % de l'ensemble des travaux sur les rôles sexuels y compris l'androgynie utilisent des populations d'étudiants. C'est vraisemblablement auprès de ces échantillons que les « déclarations » d'androgynie sont les plus répandues. Plus éduqués et de statut social plus élevé, les étudiants ne représentent vraisemblablement pas la population dans son ensemble. Terman et Miles montraient déjà que culture et « intelligence » atténuent la sexuation des tempéraments. L'administration de leur questionnaire à un large éventail de populations leur avait permis de conclure que les étudiants universitaires ont des tempéraments peu prototypiques. J'ai constaté des particularités analogues du monde estudiantin par rapport à celui de la vie active (Lorenzi-Cioldi, 1991*b*) : si les représentations du travail chez les éducateurs praticiens sont fortement ancrées dans la dichotomie des sexes, celles des étudiants en formation dans le même domaine sont organisées selon une pluralité de critères de catégorisation qui ne se limitent pas au genre.

Pour conclure cette analyse du groupe *empirique,* il convient de souligner la place occupée par la psychologie sociale — en l'occurrence américaine, et qui est confondue avec la psychologie de la personnalité — dans les applications de l'androgynie psychologique. Si, comme cette analyse le confirme, l'androgynie est une notion éminemment interdisciplinaire, différentes disciplines s'imposent néanmoins selon les époques et orientent la manière de poser les problèmes, le choix et l'opérationnalisation des variables, etc. L'analyse dégage une première dimension qui regroupe le clinique et le neuropsychologique, et les oppose à la psychologie sociale qui inclut la majorité des recherches empiriques. Comme le montre clairement la figure 2, l'isolement relatif de cette dernière conforte l'argument qui fait de la collusion entre un paradigme, la cognition sociale, et une utopie sociale, une société sans groupes faite d'individus à part entière, la consécration de l'androgynie psychologique comme objet de science, mais sa perte comme objet concret, tangible. Car, en effet, le pôle à dominante clinique est manifestement le plus riche et le plus varié en termes des populations, des cycles de vie et des variables manipulées[1]. Dès la fin des années 1980, l'androgynie est formalisée dans le cadre plus large de théories sur les processus cognitifs. Les paradigmes se multiplient, comme nous l'avons vu au chapitre 6, mais les objets deviennent plus abstraits. Finalement, l'étude de l'androgynie, dans le champ des neurosciences, aboutit au versant le moins sociologique qu'elle n'ait jamais connu.

Androgynie et androcentrisme

Considérons maintenant le groupe *théorique*. Il s'agit d'articles de synthèse, d'analyses secondaires de travaux expérimentaux et d'enquêtes, de commentaires méthodologiques, etc. La grille thématique appliquée à ces articles inclut des catégories déjà utilisées pour l'autre groupe (les échantillons utilisés dans les études qui sont elles-mêmes traitées dans ces articles de synthèse, les journaux, etc.), mais aussi des

1. J'incite toutefois à la prudence quant à l'interprétation de ces résultats. Les distinctions entre disciplines que met en évidence cette analyse reflètent forcément l'état des institutions académiques au moment où paraissent les articles ; ainsi, l'article où Bem présente son *Inventaire des rôles sexuels* est publié en 1974 dans le *Journal of Consulting and Clinical Psychology* ; on peut penser qu'un tel article paraîtrait à l'heure actuelle dans un journal de psychologie des différences individuelles, ou dans un journal féministe, peu nombreux à l'époque.

catégories spécifiques, comme les thèmes traités et les buts méthodologiques et théoriques poursuivis dans les articles.

L'analyse factorielle de cet ensemble de modalités fournit une première dimension qui oppose les thèmes et buts méthodologiques à tous les autres (25 % de la variation totale). La dimension suivante (15 %) fait apparaître des distinctions parmi ces derniers. Les articles à teneur technique et statistique (l'évaluation de différents questionnaires d'androgynie, la comparaison des techniques de calcul du score d'androgynie et les essais comparés de validation de la typologie d'orientations sexuelles) s'isolent sur la première dimension. Au vu de la spécificité qu'ils accusent, et afin de mieux comprendre l'articulation des autres thèmes, il convient de refaire l'analyse en excluant ce pôle méthodologique. Le plan des deux premiers facteurs issus de la nouvelle analyse factorielle est représenté à la figure 3. Les modalités qui se projettent sur cet espace entretiennent des similitudes avec celles qui forment l'espace du groupe *empirique,* mais aussi des différences importantes. En particulier, les périodes de l'androgynie repérées par les dates de publication des articles (qui orientaient fortement celui-là) sont apparues ici à l'origine des axes et ne sont pas reportées sur la figure 3. Les lignes de force qui se dégagent sur ce plan ne détaillent donc pas la succession temporelle des contenus des articles de synthèse. Deux autres tensions structurent cet espace. D'une part, les domaines de la psychologie forment trois ensembles distincts : les neurosciences et la clinique vers la gauche, le champ professionnel vers la droite, et la psychologie générale et développementale au centre. D'autre part, le rôle organisateur qui était dévolu aux dates de publication dans l'analyse précédente est manifestement assumé ici par les échantillons de populations des études dont traitent ces articles.

Vers la gauche du plan apparaissent les échantillons de populations composés exclusivement d'hommes, tandis que vers le champ des rôles professionnels et des qualités instrumentales et expressives émergent les échantillons composés exclusivement de femmes. Les études examinées dans ces articles de synthèse utilisent des populations unisexes, respectivement masculines lorsqu'ils traitent d'aspects

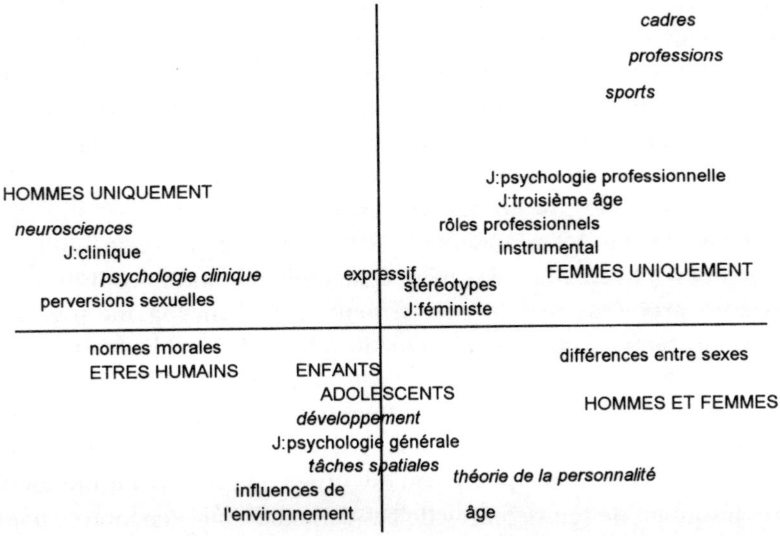

Fig. 3. — Analyse factorielle des correspondances
du groupe d'articles théoriques
(à l'exclusion des catégories méthodologiques).
Positions des catégories de contenu actives et illustratives

Caractères standard : thèmes.
Italiques : buts.
Capitales : populations.
Les journaux scientifiques sont précédés par « J ».

Note. — Facteur 1 : 16,8% de la variance; facteur 2 : 13,1% de la variance.

généraux du fonctionnement cognitif, et féminines lorsqu'ils considèrent les individus en tant qu'ils sont insérés dans des rôles professionnels (par exemple, les conflits entre rôles familiaux et activité professionnelle, notamment les femmes cadres ou engagées dans la recherche scientifique). De surcroît, les articles qui traitent du fonctionnement cognitif et qui utilisent des populations mixtes, sans toutefois invoquer des différences entre les sexes, sont attirés vers le premier pôle (voir l'emplacement de « êtres humains »), alors que ceux traitant explicitement des différences entre hommes et femmes, notamment selon l'âge ou la profession, se placent résolument dans le pôle féminin. Pour étonnant que cela puisse paraître, ces résultats corroborent notre discussion des biais d'androcentrisme dans les travaux classiques sur les tempéraments (cf. chapitre 2), qui faisaient des hommes, pour reprendre la formule de Hurtig et Pichevin, les seuls êtres dignes d'une psychologie générale.

Il s'avère que les représentations de l'androgynie, non seulement spontanées (cf. chapitre 3), mais également savantes, continuent de poser un problème majeur précisément là où l'androgynie psychologique est censée apporter un remède : la division des sexes et leurs relations souvent conflictuelles dans l'appropriation d'une manière d'être promue au rang d'idéal. Masculinité et féminité, hommes et femmes, ne semblent pas se placer à des distances égales de ce troisième terme censément neutre qu'est l'androgynie (mais notre discussion, jusqu'ici, ne témoigne-t-elle pas de la difficulté rencontrée par les scientifiques à définir une neutralité « authentiquement » neutre, c'est-à-dire guérie de l'androcentrisme ?). L'idée d'humain générique, qui accompagne l'utopie de la fin de la « guerre des sexes », conserve dans les discussions sur l'androgynie une association préférentielle à l'homme. Les disciplines qui privilégient l'examen des styles cognitifs et des différences individuelles interviennent auprès de populations masculines, mais gomment le sexe des sujets en faisant référence à des individus génériques. Ce fait est d'autant plus important que, comme je l'ai noté précédemment, ces études sont surreprésentées dans les travaux empiriques les plus récents sur l'androgynie. Dans un premier temps, elles mettent en avant ce que partagent les individus masculins et féminins des deux sexes et ce qui les oppose, ensemble, aux hommes et aux femmes androgynes : les comptes rendus des résultats de recherches faites par les partisans de l'androgynie ne détaillent que rarement les réponses des hommes et des femmes. Après la mise en place de la théorie du schème de genre, une telle agrégation des réponses va porter sur tous les individus schématiques, non seulement hommes et femmes, mais aussi masculins et féminins, car tous font usage du schème, quelle que soit par ailleurs leur prise de position dans l'éventail des orientations sexuelles. Les références au sexe biologique d'abord, culturel ensuite, se font rares, et la typologie d'orientations sexuelles devient plus simple tout en étant censée prédire les comportements des individus.

Effets objectivants de la typologie androgyne

Une question surgit : sommes-nous ramenés, après tant d'efforts empiriques et tant de débats théoriques, au point de départ ? L'androcentrisme qui se fait jour dans les travaux sur l'androgynie est-il un symptôme de l'échec d'un programme utopique, ou est-il plus simplement l'effet d'un emploi erroné de l'androgynie auquel une réforme conceptuelle pourrait mettre fin ? Les prochains chapitres vont attaquer ces questions. Pour ce faire, je réhabiliterai ce qui se passe en amont de l'omniprésente typologie des individus androgynes et sexués, et prêterai l'oreille aux relations sociales qui se nouent entre individus, mais surtout entre groupes. Les partisans de l'androgynie semblent avoir oublié un aspect essentiel des relations entre hommes et femmes : le pouvoir, dont les effets rendront intelligibles les principales difficultés que connaît aujourd'hui l'androgynie.

Bon nombre de perplexités suscitées par l'emploi de toutes les conceptions de l'androgynie proviennent de l'usage de la typologie d'orientations sexuelles séparant les personnalités sexuées et androgynes. Moyennant des révisions mineures comme celle consistant à annexer les androgynes et les indifférenciés dans le type « a-schématique », l'approche typologique a survécu à toutes les métamorphoses, pourtant laborieuses, de l'être androgyne ; c'est en définitive la seule composante des théories de l'androgynie qui ait bravé ces métamorphoses. La personne androgyne est trahie par cette approche typologique qui réinstaure deux antinomies. D'une part, cette approche est en porte à faux avec l'idée d'alternance et de variabilité des comportements, ainsi que d'originalité et d'imprévisibilité des activités cognitives individuelles. D'autre part, elle désavoue une personnalité qui ne devrait pas être inscrite dans le registre du repérable. Paradoxalement, la typologie annihile le travail que les scientifiques eux-mêmes ont accompli en parallèle pour combattre l'objectivation androgyne. La promotion de « types de personnalités » résolument distincts affermit en effet les identités individuelles et consolide la « matérialité » d'individus dès lors dénommés androgynes, indifférenciés, schématiques, a-schématiques, et ainsi de suite. L'androgyne est à nouveau prisonnier d'une naturalisation que la typologie cautionne en donnant à voir des groupements d'individus aux personnalités homogènes. La typologie confère une essence à leurs manières d'être qui ne sont plus de réelles alternatives aux conventions, mais qui se réduisent à un type de personnalité consistant, stable, ayant une existence *sui generis,* et repérable comme tel. C'est ainsi qu'en réitérant la figure concrète de l'androgyne, la théorie transfigure ses propres idéaux. Emprisonnés dans la typologie, les androgynes ne peuvent échapper au stigmate de la figure bizarre, voire monstrueuse et aberrante. Le placement de l'individu dans un type limite inéluctablement sa marge de manœuvre et dirige l'attention sur les qualités essentielles de sa personnalité. D'une manière générale, l'élaboration d'une typologie conduit l'observateur à privilégier les attributs les plus consistants et prédictibles de la psychologie de ses membres, au détriment des fluctuations qui apparaissent au gré des situations dans lesquelles évoluent ces individus. La qualité de membre d'un type est censée assurer que le comportement caractéristique de ce type (la conformité ou l'originalité, selon le type) se manifeste indépendamment des situations sociales : d'où le rôle de variable indépendante qu'assume la position des individus dans la typologie, dans pratiquement toutes les études sur l'androgynie. Comme le soutient Wicklund (1990) en décrivant ce qu'il appelle des « théories ne comportant pas de variables » *(zero-variable theories),* la figure — la personne androgyne — prime sur le fond — le contexte d'interaction, les appartenances sociales. L'individu se nantit d'une cohérence qui est pensée comme inscrite dans sa personnalité. Les androgynes sont ainsi substantivés car, une fois classés dans un type, « ils possèdent, par définition, l'*essence* dont on dit qu'elle caractérise les membres de la catégorie [...]. L'essence remplace ensuite une analyse des facteurs psychologiques qui agissent sur les individus indépendamment de leur catégorie d'appartenance » (p. 40).

Le relatif isolement des androgynes dans la typologie accroît leur spécificité et leur visibilité. Certes, il atténue les désagréments qu'encourent les individus dont l'orientation sexuelle est indéterminée (l'une des finalités des travaux sur l'androgynie est précisément d'asseoir l'occurrence du type androgyne dans la population). Mais les androgynes paient cher leur droit à exister. Occupant une position clairement délimitée dans la typologie, forcés de revendiquer la faveur du nombre pour légitimer leur avenir, ils tendent à apparaître comme le fruit d'une inscription de qualités sociales dans la psychologie individuelle. Ces êtres nouveaux sont contraints, dans un climat intellectuel et social qui reste entaché des théories classiques, à se démarquer constamment des individus considérés jusque-là comme les seuls représentants autorisés de la normalité.

Or, il est bien évidemment absurde d'enfermer l'originalité androgyne dans les frontières étroites d'une case de la typologie. Les androgynes — caméléon, symbiotique, ou angélique — y semblent paradoxalement dotés de prédictibilité, de cohérence et de consistance. Nous devons donc réintroduire la dimension sociale, la scène sur laquelle cet androgyne tient des groupes sociaux, pense et agit. Nous y découvrirons, pour paraphraser O'Flaherty (1980), qu'en faisant miroiter la douce promesse de l'égalité et de l'équilibre, de la symbiose et de la réciprocité, l'androgyne, après une analyse plus fine, donne l'amer témoignage d'un conflit et d'une agression, d'une tension et d'un déséquilibre, entre l'homme et la femme, et entre l'humain et le divin. Les quatre chapitres qui vont suivre montrent comment les frontières entre les « types de personnalités » qu'instaurent les partisans de l'androgynie sont en réalité fort perméables. Le pouvoir heuristique de la typologie d'orientations sexuelles est remis en question. Les trois derniers chapitres tenteront enfin d'offrir une explication psychosociologique des dynamiques complexes d'identification sexuelle et androgyne, à l'aide de concepts qui relèvent des relations entre groupes et qui font singulièrement défaut dans les théories de l'androgynie que j'ai examinées. Mais pour ce faire, il est nécessaire de quitter l'optique qui est celle des partisans de l'androgynie pour considérer des variables que ceux-ci se sont employés à conjurer. Ces variables sont situées en amont de leurs interventions et contribuent à rendre compte de ce qui régit l'accession des individus à l'état androgyne et l'abandon, qui n'est qu'apparence, de leurs appartenances sociales.

Chapitre 9

L'androgynie : Une qualité masculine ?

> Il suffit de dire d'un homme, pour le louer, que « c'est un homme ».
>
> Bourdieu.

Selon toutes les théories de l'androgynie, l'appartenance au groupe est foncièrement mauvaise. Lorsque les hommes et les femmes tiennent à se définir et à percevoir leur environnement à l'aide des qualités masculines et féminines, le groupe ferait écran à leur réalisation personnelle. Les androgynes feraient l'économie de ces références au groupe, ils cultiveraient l'indifférence envers les tempéraments. Ils seraient ainsi plus aptes à remarquer des distinctions entre personnes, leur variété, la richesse de leurs personnalités. Sous l'emprise d'un schème de différences individuelles, ou « libérés » du schème de genre, ils seraient hétérogènes, voire inclassables. Cette idée contraste avec la consistance de l'individu que réclame son appartenance à un « type de personnalité ». Mais c'est précisément à propos des frontières entre les compartiments de la typologie que l'évidence empirique pose le plus grand nombre de problèmes. Les manières d'être androgynes ne sont jamais étudiées en tant que telles. Les caractéristiques dévolues à leur type suffiraient à en rendre compte. A l'exception des remarques formulées à propos de la flexibilité comportementale et du bien-être psychologique, les androgynes ne sont finalement décrits que par leur opposition aux individus usant du schème de genre. L'insistance sur une dichotomie entre des collectifs homogènes et dépréciés et des personnes originales et valorisées oblitère les effets de l'appartenance sexuelle et, plus généralement, de l'insertion des individus dans des groupes aux privilèges et aux prestiges inégaux. Or dans ces mêmes études sur l'androgynie, on voit poindre ici et là des différences entre les sexes ou entre les tempéraments masculin et féminin, pourtant assimilés dans la typologie, qui cadrent mal avec les attentes des chercheurs. Si ces résultats ne remettent pas nécessairement en question les bénéfices qu'apporte l'état androgyne ils désavouent, en amont, l'un des principaux postulats sur lesquels est bâtie la théorie : l'idée selon laquelle l'insertion de l'individu dans un groupe est inéluctablement une menace, voire un obstacle à l'affirmation de sa singularité. Du fait de ce postulat, les théories de l'androgynie posent que les individus accèdent à l'état androgyne tout à fait indépendamment de leur sexe et des circonstances dans lesquelles ont lieu leurs interactions.

Nous avons déjà rencontré un premier embarras pour la notion de schème de genre lorsqu'est apparu un effet d'homogénéisation des membres du hors-groupe par rapport aux membres du groupe d'appartenance (chapitre 6). La théorie de l'androgynie, qui oppose différenciations interpersonnelles et intergroupes, ne peut guère prédire l'émergence simultanée de l'indifférenciation du hors-groupe et de l'individualisation dans le groupe d'appartenance, c'est-à-dire d'une forme de personnalisation qui respecte les frontières entre les groupes. Hommes et femmes ont-ils des propensions similaires à l'androgynie? qui sont au juste ces androgynes? qu'est-ce que le schème de différences individuelles? Ces questions font appel à un nombre extraordinaire de variables qui de surcroît interagissent de manière complexe. Ces instigateurs de typologies que sont les partisans de l'androgynie n'ont cure de cette complexité. Il leur importe bien davantage de plaider en faveur de la spécificité et de la positivité de l'état androgyne que d'élucider la trame de relations sociales qui donne naissance à la coalescence des sexes et qui en assure la compréhension par les individus.

La cloison qui sépare les personnalités sexuées et androgynes dans la typologie entretient une confusion entre les jugements évaluatifs et utilitaires qui s'appliquent aux tempéraments sexués. La distinction de ces sources de jugements équivaut à une première remise en question du postulat d'interchangeabilité des tempéraments masculin et féminin. Les partisans de l'androgynie établissent une équation *fonctionnelle* entre les deux tempéraments. Ces manières d'être sont réunies dans leur opposition à la manière d'être androgyne. Le tempérament sexué, masculin ou féminin soit-il, s'organiserait autour d'un assortiment de traits, d'attitudes et de comportements, qui dénotent l'appartenance sociale. Ce tempérament est d'origine collective à l'opposé de la manière d'être androgyne qui emprunte à la composante résiduelle de l'individu qu'est, ou est supposée être, sa personnalité. L'opposition proclamée entre androgynes et sexués est donc basée sur une opposition plus générale entre individus et groupes. Lorsque les individus sont conçus comme les membres d'un groupe, les relations que ce groupe entretient avec d'autres groupes ne sont toutefois pas prises en compte. La suppression du rapport social s'appuie nécessairement sur un postulat de symétrie des appartenances aux groupes de sexe, et ce postulat, me semble-t-il, est la condition même de l'émergence de l'androgynie comme concept unificateur des hommes et des femmes.

J'ai évoqué comment le rapport social se dérobait jusque dans la construction même des questionnaires d'androgynie. Dans l'*Inventaire des rôles sexuels,* il suffisait qu'un trait soit davantage désirable pour une femme que pour un homme, indépendamment de son évaluation en termes absolus, pour que ce trait fasse partie du tempérament féminin (cf. chapitre 4). Le questionnaire incluait ainsi des traits plutôt négatifs (*a une âme d'enfant, crédule,* pour la féminité, et *individualiste, agressif,* pour la masculinité). Mais Pedhazur et Tetenbaum (1979) ont montré que des traits à la désirabilité douteuse sont présents en plus grand nombre dans l'ensemble féminin. Ces auteurs ont répliqué les étapes de la construction de ce questionnaire en y ajoutant la cible « un adulte en général ». Or les jugements des cibles « homme » et « adulte » sont très similaires, mais diffèrent de ceux à propos de la cible « femme ». Comme je l'ai considéré au chapitre 2, les représentations du bien-être résultent en grande partie de l'individuation ou de la personnalisation que les individus puisent plus aisément dans la masculinité que dans la féminité.

Il est toujours bon de sourire...

La théorie de l'androgynie, dans sa formulation en termes de coprésence de tempéraments mais également dans ses versions successives, doit postuler que les deux tempéraments sexués ont des impacts additifs, *pareillement positifs,* sur le bien-être de l'individu. Mais c'est précisément à propos de cet impact, lorsqu'il est mesuré directement comme une corrélation entre les scores de masculinité ou de féminité et différentes mesures d'estime de soi, que les recherches apportent des conclusions équivoques. En effet, même si les caractéristiques féminines n'ont pas une moindre valeur, elles ont une moindre *utilité* dans bon nombre de situations qui se présentent dans une société valorisant la compétition, l'efficacité, l'affirmation du soi. Déjà, Broverman *et al.* (1972, p. 334) rendaient compte de cette asymétrie en affirmant que : « Si les caractéristiques féminines paraissent avoir moins d'importance dans la personnalité, c'est peut-être parce qu'elles sont d'une utilité moins évidente dans les conceptualisations communément admises d'une société compétitive. » Or ce constat est important, car il nous invite à réinjecter dans la mesure de l'androgynie une composante sociologique, voire idéologique, extérieure à l'individu. Je vais illustrer cette conjecture à travers des études qui montrent les poids respectifs de la valeur et de l'utilité qui sont associées à ces manifestations extrêmement riches de toute communication que sont les expressions faciales. Dans plusieurs études, Dafflon et moi-même avons recueilli des jugements de prototypie et des associations libres à propos de dessins représentant des visages d'hommes et de femmes. Dans une condition, appelée *expressive,* l'une des cibles de chaque sexe souriait, l'autre avait une expression neutre. Dans l'autre condition, *abstraite,* les cibles de chaque sexe étaient différenciées par un critère non pertinent, à savoir des pointillés de densité variable. Après avoir examiné ces visages, les sujets répondaient à plusieurs questions servant à déterminer la prototypicalité de chaque visage (des échelles allant de « très masculin » à « peu masculin » pour les visages d'hommes, et de « très féminin » à « peu féminin » pour les visages de femmes), et son évaluation (échelles analogues allant de « me plaît beaucoup » à « ne me plaît pas du tout »). Il leur était enfin demandé d'associer librement des mots (adjectifs ou phrases) à chaque visage. Les résultats aux questions fermées portant sur la prototypicalité et l'évaluation montrent, comme on pouvait s'y attendre, que les sujets ne différencient pas les deux visages d'hommes ou les deux visages de femmes dans la condition *abstraite*. En revanche, des jugements modulés apparaissent dans la condition *expressive*. Quant à l'évaluation, on remarque que tous les sujets préfèrent les visages souriants aux visages neutres, mais les femmes significativement plus que les hommes. Autrement dit, les femmes polarisent davantage les évaluations des visages en fonction de leur expression. Quant à la prototypie, les résultats montrent que tous les sujets, mais à nouveau les femmes plus que les hommes, considèrent que la *femme souriante* et l'*homme neutre* sont de meilleurs exemples de leurs catégories respectives, féminine et masculine. Ces deux visages sont l'un et l'autre autant prototypiques de leurs catégories, comme l'indique la similitude des moyennes des jugements qui s'y rapportent. Toutefois, l'homme *souriant* est bien moins éloigné du prototype de l'homme que ne l'est la femme *neutre* du prototype de la femme ; les sujets différencient moins intensément les deux visages d'hommes entre eux. La tâche d'associations libres de mots à chaque visage précise ces différences. Les 153 mots différents recueillis dans les deux conditions ont été insérés dans un tableau qui les croise avec les visages auxquels ils ont été associés et le sexe des sujets. Ce tableau a été soumis à une analyse factorielle des correspondances. La figure 4 reporte les mots (tous les mots rapportés sur cette figure ont des contributions aux facteurs très élevées), l'emplacement moyen des visages dans chaque condition expérimentale et le sexe des sujets.

Les deux facteurs retenus dans cette analyse (37 % de la variation totale) séparent les mots en fonction des conditions expérimentales. Le premier facteur concerne la condition *expressive* et oppose les associations pour les visages neutres (par exemple, *réservé(e), introverti(e), indifférent(e), impassible*) aux associations pour les visages souriants *(amical(e), ouvert(e), sociable)*. On y relève que les réponses fournies par les femmes délimitent plus fortement que celles des hommes le sourire et la neutralité des visages, ce qui témoigne de l'implication plus

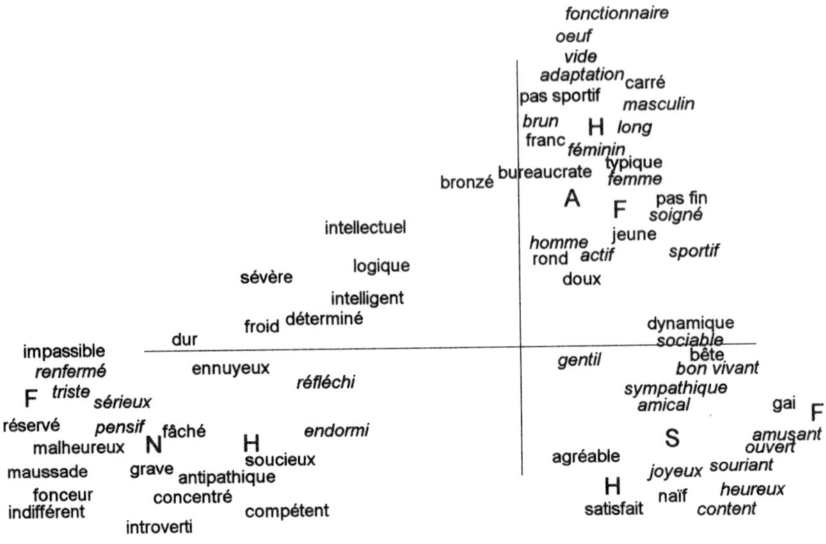

Fig. 4. — Analyse factorielle des correspondances
de la tâche d'associations libres aux visages
dans les conditions *expressive* et *abstraite*.
Positions des mots associés, des visages stimuli et des sujets selon leur sexe

A : visages de la condition *abstraite*.
S et N : visages souriants ou neutres de la condition *expressive*.
H et F : sujets hommes ou femmes.

Notes. — Facteur 1 : 24 % de la variance ; facteur 2 : 13 % de la variance.
Tous les mots ont été mis au singulier et au masculin avant d'effectuer l'analyse factorielle.

intense des femmes dans une différenciation de nature expressive. Mais le contenu des traits imputés aux visages apporte une autre modulation intéressante. Si le prototype de l'homme est neutre et celui de la femme est souriant, la transgression est davantage pénalisée pour la cible femme que pour l'homme. La femme à l'expression neutre est *triste, dure, renfermée, sévère* — l'homme neutre étant *sérieux, déterminé, réfléchi, fonceur, concentré* et *intelligent*. Mais l'homme souriant n'est pas aussi fortement déprécié ; s'il est *naïf*, il est également *satisfait, ouvert, bon vivant* et... *souriant* — la femme souriante étant *gentille, heureuse* et *dynamique.* Le facteur 2 de cette analyse regroupe les réponses de la condition *abstraite.* Le critère non pertinent associé aux visages (la densité des pointillés) ne génère pas de différences entre les mots évoqués (*vide, œuf, long, carré,* des termes descriptifs, s'appliquent à tous les visages). Mais un fait intéressant est que cette fois les projections des sujets de sexe masculin sont plus extrêmes sur l'axe que celles des sujets de sexe féminin. Ces résultats montrent que la charge expressive véhiculée par un sourire est valorisée de manière quasi unanime, mais que ceci est davantage le cas lorsque la cible est une femme. Si toutefois le sourire féminin est apprécié par tous les sujets, la neutralité masculine l'est encore davantage, mais ici c'est manifestement son utilité sociale qui prime sur son évaluation (comme le signalent des termes comme *déterminé* et *fonceur,* associés au visage neutre de l'homme). De surcroît, c'est à propos de cet enjeu d'utilité sociale que la femme, lorsqu'elle a une expression neutre, est le plus fortement blâmée. L'homme semble, quant à lui, autorisé à une latitude plus ample d'expressions.

Utilité sociale et évaluation

Le point focal de cette discussion est que l'appréciation de l'utilité sociale des tempéraments doit être distinguée de celle qui porte sur leur évaluation. Même si les traits féminins ne comportent pas d'évaluation péjorative, ils peuvent avoir des implications discriminatoires lorsqu'ils sont attribués à un groupe qui a traditionnellement été restreint au rôle nourricier. Si Terman et Miles valorisaient l' « esprit d'aventure » masculin, ils estimaient que son absence *protège* les femmes, manifestement jugées plus fragiles, envers la criminalité. D'une manière générale, les traits ne véhiculent pas seulement une évaluation des membres d'un groupe ; ils signifient également leurs positions respectives dans la société. La question de l'évaluation des qualités sexuées semble dans cette optique subordonnée à celle de leur utilité sociale. Jones, Chernovetz et Hansson (1978) ont réalisé l'une des rares études qui met en évidence l'asymétrie des utilités sociales de la masculinité et de la féminité. Après avoir classé les sujets en masculins, féminins et androgynes, les auteurs ont mesuré leur propension à assumer des rôles différents. Les sujets qui s'adaptent le plus aisément aux changements de rôles sont, dans l'ordre décroissant, masculins, androgynes et féminins. Au cours de la dernière phase de la recherche, les sujets répondent une nouvelle fois au questionnaire d'androgynie mais en fonction d'une consigne nouvelle : ils doivent indiquer s'ils préfèrent être « plus », « moins » ou « la même chose » à propos de chaque trait du questionnaire. En leur donnant la possibilité de changer leurs opinions, les auteurs s'attendaient à observer le déplacement des sujets vers l'identité plus confortable que représente l'androgynie. Les résultats indiquent bien un déplacement, mais celui-ci s'effectue vers les traits masculins, manifestement plus utiles en vue de l'accomplissement des comportements demandés. Or ce sont les femmes féminines mais aussi, quoique plus faiblement, tous les sujets androgynes, qui expriment ce déplacement.

Il ne s'agit donc pas de nier que l'expressivité féminine puisse amener, en tant que telle, une valorisation de l'individu. Les travaux de Eagly (par exemple, Eagly et Mladinic, 1994) réalisés auprès d'étudiants universitaires, attestent que les évaluations des tempéraments masculin et féminin tendent à l'heure actuelle à évoluer vers davantage d'équilibre : la communialité féminine est parfois prisée aux dépens de l'agentique masculin. Dès lors que l'on amène les sujets à ancrer leurs jugements dans un critère exclusivement évaluatif, la norme féminine est clairement valorisée par rapport à la norme masculine. La dévalorisation relative de l'instrumental provient peut-être du fait que ces contenus sont associés à l'exercice d'une domination sur laquelle les féministes ont contribué à jeter le discrédit. Le problème est qu'ici, comme dans les études sur l'androgynie, les paradigmes n'invoquent pas les contextes (de compétition, de coopération, etc.) dans lesquels les caractéristiques masculines et féminines sont mieux adaptées. Or les contrastes en termes d'utilité sociale des qualités sexuées témoignent de la persistance de l'asymétrie des appartenances sexuelles. Certains de mes travaux expérimentaux font appel à des variables de contexte qui permettent de resituer ces résultats. Dans une première étude,

100 étudiants des deux sexes se décrivaient à l'aide de plusieurs traits expressifs (par exemple, *tendre, chaleureux, sensible*) et instrumentaux *(résolu, dominateur, athlétique)* soit de manière « objective », soit de la manière la plus « favorable » possible. Si les résultats montrent que les femmes utilisent plus que les hommes les traits expressifs et que ces derniers se définissent à l'aide des deux ensembles de traits (et sont donc plus androgynes), ils indiquent aussi que les hommes et les femmes placés dans la situation de favorabilité utilisent les traits expressifs plus intensément que ceux placés dans la situation d'objectivité. Dans cette étude, toutefois, les contextes des jugements n'entretenaient pas de rapport avec la division des sexes. Cet aspect des contextes était introduit dans la seconde étude, où 163 étudiants devaient s'imaginer en train de préparer une fête de classe de fin d'année. Dans une condition, la consigne mentionnait que la réussite à cette tâche dépendait de la nature des communications dans le groupe (norme de comportement féminin) ; dans une autre condition, qu'elle dépendait de l'efficacité de ce groupe (norme de comportement masculin). Les sujets devaient ensuite évaluer des caractéristiques de personnalité à l'aide d'échelles graduées. Quatre ensembles étaient proposés : des qualités masculines (désirables : par exemple, *déterminé, indépendant*; indésirables : *agressif, autoritaire*) et des qualités féminines (désirables : *amical, affectueux*; indésirables : *inquiet, jaloux*). Les résultats montrent à nouveau que les traits féminins sont, dans leur ensemble, mieux évalués que les traits masculins. Mais ils montrent également un effet du type de contexte sur les deux ensembles de traits masculins : dans le contexte d'efficacité, les composantes indésirables de ce tempérament sont jugées *plus* favorablement que dans l'autre contexte tandis que ses composantes désirables tendent à l'être moins. En soulignant une norme d'efficacité, les qualités masculines sont donc moins polarisées par l'évaluation, ce qui signifie que leur évaluation devient moins pertinente.

Bien que moins souvent positives que les qualités féminines, les qualités masculines favorisent l'accomplissement de buts. Lorsque leur utilité sociale est reconnue, le jugement évaluatif perd de son importance. Ce phénomène reproduit, d'une autre manière, les résultats obtenus aux jugements de prototypicalité et d'évaluation des sourires et des expressions neutres. Il ne faut donc pas prêter une attention exclusive aux variations évaluatives de la masculinité et de la féminité. Ces jugements ne sont qu'un aspect des choses et leurs variations sont mal connues à l'heure actuelle. On comprend néanmoins qu'il est impropre de restreindre l'étude des tempéraments à leur facette évaluative alors que la visée de la théorie de l'androgynie est bien plus vaste lorsqu'elle propose une société dans laquelle régnerait la flexibilité comportementale et cognitive, la dissemblance des personnes, la liberté dans l'accomplissement de tâches diversifiées. Certes, la composante masculine de l'androgynie n'est pas toujours mieux évaluée que la composante féminine. Mais tout laisse à penser que celle-là est plus appréciée que celle-ci dans une société qui gratifie plus souvent des comportements qui lui sont davantage consonants. On constate ainsi que les bénéfices que les individus tirent de l'androgynie se réduisent pour une part à l'incorporation de la composante masculine (Antill et Cunningham, 1979). Taylor et Hall (1982) signalent que la quasi-totalité des études indiquent un lien entre le score de masculinité obtenu à l'*Inventaire des rôles sexuels* et le bien-être psychologique, mais 79% des études seulement montrent un lien, d'ailleurs parfois négatif, entre la féminité et le bien-être. L'utilité sociale de l'androgynie est déjà, en quelque sorte, inscrite dans la masculinité. La perméabilité des frontières entre « types de personnalités » commence à affleurer.

Chapitre 10

La revanche des groupes

Pour que la notion d'androgynie réalise l'utopie d'une société égalitaire, et pour qu'elle maintienne sa promesse de faire l'économie de la différence des sexes, elle doit surgir comme un point d'équilibre entre la masculinité et la féminité, équidistant de ces deux pôles. Les résultats présentés au chapitre précédent jettent un doute sur le bien-fondé de ce postulat. Or ce postulat s'accompagne d'une autre croyance, selon laquelle les hommes et les femmes ont la même propension à l'androgynie. Quel est, à son tour, l'à-propos de cette croyance ?

Hommes, femmes et androgynes

Je considère d'abord l'une de mes passations de l'*Inventaire des rôles sexuels*. Une version réduite de ce questionnaire, comprenant les 8 traits masculins et les 8 traits féminins les plus fortement sexués d'après les recherches classiques, a été administrée à 156 étudiants des deux sexes. Leurs autodescriptions ont été soumises à une analyse factorielle. Les deux facteurs retenus (près de 30 % de la variance) mettent respectivement en évidence les qualités expressives *(chaleureux, compréhensif, sensible, empressé à alléger les peines d'autrui, va vers les autres, accommodant* et *affectueux)* et les qualités instrumentales *(indépendant, sûr de soi dans ses affirmations, confiant en soi, individualiste* et *dominateur)*. Les résultats montrent que les hommes et les femmes endossent dans une égale mesure les contenus expressifs du premier facteur, mais les hommes seulement adhèrent aux contenus instrumentaux dégagés par le second facteur. Les femmes se définissent ainsi à l'aide du tempérament approprié tandis que les hommes intègrent la masculinité et la féminité. Dans une autre étude, 84 sujets devaient juger la masculinité, la neutralité, ou la féminité de chaque attribut du questionnaire d'androgynie, et l'applicabilité de chaque attribut à soi. Une différence significative sépare à nouveau les réponses des hommes et des femmes. Alors que les premiers endossent la majorité des traits masculins (65%) mais aussi féminins (53%), les femmes endossent principalement les traits de leur sexe (71% contre 41%). Les femmes semblent ainsi plus sensibles aux frontières entre les groupes ; elles tiennent davantage compte des spécificités des deux tempéraments. Dans l'article où elle présente son questionnaire, Bem (1974) fait état d'une propension générale des sujets à l'androgynie. Mais une modulation de ce phénomène apparaît dans ses résultats. Si le tempérament approprié constitue le résultat majoritaire (52% de chaque sexe), les hommes sont plus souvent androgynes que les femmes (respectivement 36% contre 29%), alors que celles-ci endossent plus fortement que les hommes les traits du hors-groupe (respectivement 19% contre 12%). Les femmes se placent tendanciellement sur une dimension bipolaire, partagées entre l'autodéfinition conforme à leur groupe et l'attraction que semble exercer sur elles l'autre groupe. Les hommes oscillent entre l'identification à leur propre groupe et l'endossement simultané des traits des deux groupes, l'androgynie psychologique (ce type de résultat a reçu de nombreuses confirmations ; Bem, par exemple, dans une étude publiée en 1975, trouve que 34% des hommes mais seulement 27% des femmes sont androgynes). Les tempéraments exprimés par les femmes s'enracinent plus profondément dans une relation entre groupes, revêtant tantôt l'aspect féminin, tantôt l'aspect masculin. Ceux des hommes sont plus directement basés sur le groupe d'appartenance ou alors sont davantage mélangés. Dans les différents questionnaires d'androgynie psychologique, les corrélations entre les scores obtenus aux deux ensembles de traits — masculin et féminin — sont légèrement mais systématiquement plus élevées chez les hommes que chez les femmes. Dans l'*Inventaire des rôles sexuels,* la corrélation est souvent proche de zéro ou positive chez les hommes, mais négative chez les femmes. Dans le *Questionnaire d'attributs personnels,* les liens sont tous positifs, mais de nouveau plus élevés chez les hommes que chez les femmes. Ceci indique plus de variation concomitante de la masculinité et de la féminité chez les hommes que chez les femmes. Ces résultats doivent inciter à la prudence quant à la formulation d'une propension à l'androgynie uniformément répartie parmi les individus. Une typologie d'orientations sexuelles qui oppose sujets sexués et androgynes indépendamment de leur sexe ne repose pas sur une base suffisamment solide.

Plusieurs études permettent d'estimer l'importance attachée par les hommes et les femmes à la représentation bipolaire des sexes, une perception de soi et d'autrui qui s'apparente au schème de genre. Au vu de ce qui précède, ce type de représentation devrait être plus saillant dans la pensée féminine. Dans l'une de ces études, Gonen et Lansky (1968) proposent à des hommes et à des femmes de juger le degré de masculinité ainsi que le degré de féminité d'un certain nombre de comportements effectués par des hommes et par des femmes. Les sujets lisent une série de propositions décrivant une cible (par exemple, « Il aime fumer la pipe »; « Elle aimerait être libraire ») et estiment si l'homme (ou la femme) qui accepte (ou refuse) d'effectuer le comportement en question est masculin(e) *et/ou* féminin(e). Les jugements bipolaires (par exemple, une cible décrite comme très masculine et peu féminine) constituent près de 60% de la totalité des réponses. Toutefois, les réponses unipolaires (les cibles décrites comme masculines et féminines) sont plus fréquentes chez les hommes que chez les femmes. Les hommes semblent ainsi faire un moindre usage de ce qui, quelques années plus tard, sera appelé le schème de genre. Dans leur discussion de ce résultat qualifié de « surprenant », les auteurs font néanmoins preuve d'originalité en formulant un lien entre les structures cognitives individuelles et les positions sociales des hommes et des femmes.

Leur idée est que la réponse unipolaire autorise une plus grande flexibilité par rapport aux images traditionnelles de la masculinité et de la féminité. Un homme, par exemple, peut être perçu comme « peu masculin » sans pour autant être caractérisé comme « très féminin ». Ainsi, une réduction du tempérament approprié ne conduit pas forcément à une élévation du tempérament inapproprié. Les jugements sur les membres du groupe d'appartenance se nuancent sans pour autant compromettre l'identité sociale de ce groupe. L'interprétation de la réponse bipolaire fait directement référence au statut des groupes. Etant donné l'asymétrie sexuelle, il est probable que les femmes privilégient les traits typiques de l'autre sexe et laissent à l'arrière-plan les traits de leur tempérament qui ont une moindre utilité sociale. Le jugement unipolaire permet au contraire aux hommes d'endosser les caractéristiques féminines (souvent perçues positivement, cf. chapitre 9) sans pour autant s'identifier à elles seules. Il apparaît ainsi que la flexibilité inhérente à un schème de différences individuelles est surtout le fait des hommes.

Ces résultats ont trouvé des confirmations dans d'autres études, dont celle de Foushee, Helmreich et Spence (1979), qui teste directement la polarité des représentations sexuelles. Les sujets reçoivent la description d'un groupe d'hommes ou de femmes en termes de caractéristiques masculines ou féminines. Ils doivent alors juger le degré auquel la cible possède les traits correspondant à l'autre sexe. La bipolarité est ici élevée si, par exemple, les femmes présentées comme féminines sont décrites comme étant peu masculines ou si, présentées comme peu féminines, elles sont décrites comme masculines. Tous les sujets, mais de nouveau les femmes plus que les hommes, privilégient les jugements bipolaires, c'est-à-dire l'exclusion mutuelle des descriptions masculines et féminines. Si l'on considère les stimuli congruents (cibles : hommes-masculins et femmes-féminines), on s'aperçoit que les jugements unipolaires des hommes se font en termes d'*association positive* du masculin et du féminin (forte présence des deux), tandis que l'unipolarité exprimée par les femmes, plus rare, se fait au mieux en termes de leur *indépendance* (forte présence de l'un et indétermination du jugement sur l'autre).

Ces illustrations suggèrent que l'approche classique des tempéraments en termes de différences entre groupes *n'est pas nécessairement biaisée*. En effet, elle s'accorde parfois avec les comportements observés chez les femmes tandis que la théorie de l'androgynie, basée sur les différenciations entre individus, s'accorde mieux avec ceux des hommes. Le but d'une autre expérience (Lorenzi-Cioldi, 1991*a*) était de vérifier que la conception bipolaire des représentations sexuelles est une expression de l'asymétrie des sexes et apparaît plus fortement chez les femmes que chez les hommes. Les sujets, 48 étudiantes et 36 étudiants, devaient se décrire en utilisant le questionnaire de Bem. Dans une situation, les sujets apprenaient que l'étude portait sur les différences entre *individus,* dans l'autre qu'elle portait sur les différences entre *hommes et femmes*. Un ordinateur enregistrait le temps de réaction pour chaque réponse. Les sujets jugeaient également la masculinité, féminité, ou neutralité de chaque trait ainsi que sa désirabilité sociale. On dispose des latences moyennes pour les traits que le sujet a jugés masculins ou féminins, positifs ou négatifs, et que le sujet a acceptés ou refusés dans la tâche d'autodescription. Comme on pouvait s'y attendre, dans la situation *individus* les latences sont faibles pour l'endossement des traits évalués positivement et le rejet des traits négatifs, mais élevées pour les jugements contraires, ce qui indique une stratégie de présentation de soi positive. Dans l'autre situation, par contre, le schème de genre émerge au premier plan. Conformément à mon attente, toutefois, celui-ci apparaît exclusivement, et très fortement, chez les femmes. Ce type de résultat, que d'autres ont été surpris d'obtenir (par exemple, Heilbrun, 1986), montre que l'identité de genre bipolaire est plus saillante dans la pensée féminine que masculine. Le genre structure davantage leurs réponses, leur soi étant fondé sur une opposition entre les qualités masculines et les qualités féminines. Le genre apparaît chez les femmes, pour utiliser l'expression de Hurtig et Pichevin (1990), comme un *marqueur d'identité*. Leur soi est en quelque sorte plus prototypique de leur appartenance catégorielle que le soi masculin ne l'est de l'appartenance masculine. Les femmes se décrivent rapidement à l'aide de l'information consistante, parce que cet ensemble de caractéristiques fournit un cadre référentiel adéquat à leurs conceptions d'elles-mêmes. Loin d'être une disposition individuelle, une qualité intrapsychique, le schème apparaît finalement comme le produit de la rencontre entre des positions sociales — le sexe — et des situations qui facilitent son émergence.

Asymétries

Si l'androgynie n'est pas une manière d'être uniformément répartie entre les sexes, il reste encore à voir si elle entraîne des conséquences identiques chez les hommes et les femmes. Ceci n'est pas toujours le cas, comme l'attestent les exemples suivants, tant au niveau de la mesure de la flexibilité des comportements (l'androgynie comme alternance des tempéraments) qu'à celui des activités de catégorisation (l'androgynie comme transcendance).

Considérons d'abord la flexibilité des comportements, en évoquant à nouveau la recherche de Bem et Lenney (1976) présentée au chapitre 4. Rappelons que leurs résultats vérifiaient l'attente selon laquelle les sujets sexués opèrent plus fréquemment que les androgynes des choix d'activités congruentes avec leur sexe. Un examen plus approfondi des résultats obtenus par ces auteurs fait toutefois apparaître une modulation des comportements que le modèle de l'androgynie psychologique ne peut expliquer. Tous les sujets, indépendamment de leur sexe et de leur type de personnalité, manifestent une préférence pour les activités masculines. Ce résultat n'est pas compatible avec le postulat de symétrie des appartenances sexuelles, car il introduit une modulation des utilités sociales des activités des deux sexes. Rappelons que les choix proposés par Bem et Lenney comportaient des rémunérations et que, dans les paires opposant activités masculines et féminines, les activités incongruentes avec le sexe des sujets étaient mieux rémunérées. Il semblerait donc que les femmes, en effectuant des choix massifs pour les activités masculines, ont tout simplement cherché à maximiser leurs gains. Mais cette explication s'avère insuffisante. Dans les paires d'activités neutres ou ayant les mêmes connotations sexuelles, les niveaux des rémunérations étaient assignés de manière aléatoire : ici ce sont les hommes qui maximisent les gains. L'explication ne se réduit donc pas au postulat d'un simple utilitarisme. Elle renvoie plutôt au fait que, d'une manière générale, des activités masculines comme *huiler l'engrenage d'une machine* sont objectivement plus souvent rémunérées que des activités féminines situées dans le contexte familial comme *préparer un biberon de lait*. Or le choix des femmes pour les activités masculines, mieux rémunérées, est un choix « logique » ou « réaliste » dans une structure sociale hiérarchisée en termes de dichotomie du public et du privé où les tâches maternantes ne font pas l'objet d'une comptabilisation monétaire. Manifestement, le modèle de l'androgynie sous-estime la signification sociologique des activités masculines et féminines, et donc des traits de personnalité qui leur sont consonants.

Une réplique de cette recherche, avec quelques variantes, a été présentée par Helmreich, Spence et Holahan (1979). L'expérimentateur annonce aux sujets qu'avant d'effectuer un certain nombre de comportements (tirés de Bem et Lenney, 1976) face à un public composé d'autres étudiants, ils doivent indiquer leurs préférences pour chacune des activités de la liste. Il leur est également demandé d'anticiper, pour chacune des activités choisies, le degré de bien-être éprouvé lorsqu'ils auront à les effectuer. Chez les hommes comme chez les femmes dans leur ensemble, les activités congruentes sont plus souvent préférées et suscitent plus de confort que les activités neutres et incongruentes. Les auteurs calculent alors des scores globaux de préférence (choix congruents moins choix incongruents) et de bien-être (somme des conforts anticipés) pour l'ensemble des activités. Or les sujets androgynes et masculins, qui ont les valeurs les plus élevées de bien-être, s'opposent aux sujets féminins et indifférenciés, avec les valeurs les plus faibles. La corrélation entre ces mesures globales de bien-être et de préférence est négligeable chez les hommes, et est négative chez les femmes : l'augmentation de choix congruents est indépendante du confort anticipé par les hommes, tandis qu'elle tend à le faire *diminuer* chez les femmes. Les choix appropriés semblent donc problématiques pour le bien-être féminin. On voit se dessiner à nouveau une ligne de démarcation entre sujets androgynes et masculins d'un côté, et féminins et indifférenciés de l'autre, surtout sur le plan du bien-être.

Si les études sur la flexibilité des comportements, durant la première période de l'androgynie, laissent transparaître l'asymétrie des sexes, celles de la période actuelle donnent également à voir des modulations des activités cognitives imputables au sexe des sujets. Considérons d'abord l'étude de Bem (1981) portant sur le rappel libre d'information présentée au chapitre 6. Rappelons que les sujets examinaient dans un premier temps des mots qui pouvaient être répartis selon leur connotation sexuelle et quelques champs sémantiques. Ils devaient ensuite retranscrire librement, en quelques minutes, tous les mots dont ils se rappelaient. Les sujets schématiques fournissaient plus que les autres des suites de mots de même connotation sexuelle. Mais les résultats présentés par Bem comportent à nouveau un aspect peu compatible avec les postulats de la théorie de l'androgynie. Cet aspect émerge en examinant la structure du rappel en fonction des deux indices de catégorisation de genre intra-champs (correspondant à des suites de mots de même genre dans un domaine donné, par exemple *Joséphine, Marianne, Valérie*) et inter-champs (des suites de mots de même connotation sexuelle mais dans des domaines distincts, *Joséphine, papillon, bikini*). Les *hommes masculins,* plus que les autres hommes, génèrent des suites de mots intra-champs. Leurs réponses tiennent compte à la fois du domaine sémantique et de la connotation sexuelle des mots. Ce faisant, les hommes masculins font preuve d'une certaine « objectivité », car ils reproduisent l'intégralité des critères catégoriels introduits par l'expérimentateur. Mais on peut également penser qu'ils sont en quelque sorte *déjà* un peu androgynes, car ils s'autorisent à mitiger le genre par un autre critère catégoriel. En revanche les *femmes féminines,* plus que les femmes androgynes, appliquent des catégorisations inter-champs. Elles ne prêtent pas attention aux champs sémantiques ; elles semblent en ignorer les frontières, mais elles préservent une distinction nette des connotations sexuelles des mots. Cette modulation des activités de catégorisation dénote une plus grande saillance de l'appartenance sexuelle dans la pensée des femmes.

Considérons à titre de dernière illustration une étude de Park et

Hahn (1988) qui utilise les temps de réaction. Les auteurs demandent aux sujets d'appliquer des traits tirés de l'*Inventaire des rôles sexuels* à plusieurs cibles parmi lesquelles deux chanteurs et deux chanteuses très populaires, typés sexuellement (il s'agit de *Bruce Springsteen* et de *Olivia Newton-John*) et « androgynes » *(Prince* et *Bette Midler)*. Un résultat imprévu apparaît en ce qui concerne les proportions de traits masculins et féminins imputés à ces cibles. Si les cibles sexuées sont décrites par le stéréotype approprié, les cibles « androgynes », homme ou femme, sont unanimement décrites par davantage de traits masculins que féminins. Des personnages médiatiques réputés androgynes — et populaires parmi les sujets qui étaient des étudiants — sont perçus, quel que soit leur sexe, comme masculins. Malgré la prudence à laquelle doit inciter l'absence d'une condition de contrôle (notamment la présentation de personnages impopulaires), ce résultat va dans le sens d'une complicité plus élevée entre l'androgynie et la masculinité.

Hommes biologiques et femmes culturelles

Qu'est-ce alors que cette « appartenance sexuelle » qui semble davantage accessible aux femmes qu'aux hommes ? Si cette question pouvait paraître absurde dans le cadre des théories classiques (pour lesquelles l'appartenance au groupe était un fait allant de soi et englobant le biologique, le social et le psychologique), les théories de l'androgynie, qui nous ont habitués à distinguer le sexe biologique et le genre culturel, conduisent à la poser. Les deux études que je vais évoquer opérationnalisent de manière simple la distinction entre sexe et genre, et font apparaître une interaction complexe entre ces deux sources des représentations d'appartenance des hommes et des femmes.

En utilisant une procédure imaginée par Lorenzi-Cioldi et Joye (1988), les sujets d'une recherche, 157 adolescents des deux sexes, positionnent sur une surface de forme carrée 10 petits billets reportant des mots. Les mots sont les traits *masculin* et *féminin* ainsi que des traits instrumentaux *(sûr de soi, indépendant, confiant en soi, compétitif)* et expressifs *(affectueux, chaleureux, sensible, amical)*. La consigne leur demande de « rapprocher ce qui va ensemble et d'éloigner ce qui ne va pas ensemble pour décrire *un être humain* ». Après avoir accompli cette tâche, ils doivent positionner sur cette même surface des billets sur lesquels sont inscrits, respectivement, « moi-même », « les hommes » et « les femmes ». L'analyse des réponses, qui produit un plan pour les hommes et un autre plan pour les femmes[1], mettent en évidence des faits intéressants. Auprès des deux populations, les traits instrumentaux et expressifs apparaissent bien séparés dans l'espace, mais relativement éloignés de *masculin* et de *féminin*. Ceux-ci ne s'insèrent donc pas dans les domaines expressifs et instrumentaux, à savoir dans les descriptions culturelles de la masculinité et de la féminité. Pour les hommes, « moi-même » est positionné au centre de l'espace : il est le centre de gravité autour duquel se placent à distances égales le groupe d'appartenance et le hors-groupe. Mais les hommes placent ces groupes à proximité des deux traits explicitement sexués : « les femmes » à proximité de *féminin* et « les hommes » à proximité de *masculin*. La structure des réponses des femmes est bien différente. Ici, les cibles « les femmes » et « les hommes » sont placées au beau milieu de leurs tempéraments respectifs, les traits expressifs et les traits instrumentaux. Le soi occupe une position très voisine du groupe d'appartenance. Les femmes manifestent de cette manière une caractérisation d'elles-mêmes nettement bipolaire, calquée sur l'opposition entre les représentations culturelles du groupe d'appartenance et du hors-groupe. A l'opposé, les hommes font apparaître une conception d'eux-mêmes plus mélangée ou androgyne, en même temps que des appartenances sexuelles appréhendées sur un plan plus strictement biologique par le biais des deux traits *masculin* et *féminin*. Le rapport intergroupes est de nouveau plus patent, au niveau de la définition de soi, chez les femmes que chez les hommes. Corrélativement, les représentations du soi féminin semblent mieux

1. Il s'agit d'analyses multidimensionnelles des distances entre les positions des différents petits papiers sur le carré (modèle *INDSCAL*; voir Doise, Clémence et Lorenzi-Cioldi, 1992, pour une description de la technique). L'analyse fournit un espace à deux dimensions qui reproduit aussi fidèlement que possible les dispositions des papiers faites par tous les individus d'un sexe.

ajustées aux qualités expressives imputées au groupe d'appartenance. Pour fonder la supposition d'un ancrage spécifiquement culturel du soi féminin, il faut encore montrer que celui-ci émerge même en l'absence de la stimulation directe qui était ici représentée par les deux traits explicitement sexués. Chez les hommes, au contraire, le soi ne serait sexué que dans un contexte qui dénote l'appartenance biologique. La seconde étude, qui fait appel au paradigme des temps de réaction, a pour but d'examiner cette hypothèse. Les sujets, 120 hommes et femmes, doivent se décrire en utilisant un ensemble de traits instrumentaux et expressifs tirés de l'*Inventaire des rôles sexuels*. Pour certains sujets, la liste de traits est précédée des adjectifs *masculin(e)* et *féminin(e)* ; pour d'autres sujets, ces deux adjectifs sont placés en fin de liste. Le schème de genre devrait ainsi apparaître chez tous les sujets lorsque les deux traits explicitement sexués sont en début de liste, mais chez les femmes seulement lorsque ces traits sont en fin de liste et n'ancrent donc pas les jugements. C'est précisément ce que montrent les résultats. En l'absence de l'ancrage biologique, seules les femmes continuent à faire appel au schème de genre.

Ces résultats peuvent être mis en rapport avec ceux observés par Zárate et Smith (1990) en utilisant des cibles sexuelles aussi bien qu'ethniques. Les auteurs demandent aux sujets de décider aussi rapidement que possible de l'appartenance sexuelle ou de l'appartenance raciale (Blanc *versus* Noir) de photographies de personnes. La variable dépendante est constituée par le temps nécessaire pour former ces jugements. Les résultats montrent que les sujets décident plus rapidement de l'appartenance *sexuelle* des photos de Blancs que des photos de Noirs, et qu'ils décident plus rapidement de l'appartenance *raciale* des photos d'hommes que des photos de femmes. Les imputations d'appartenance les plus rapides concernent ainsi les groupes privilégiés, hommes ou Blancs. Les groupes « femmes » et « Noirs » apparaissent aux sujets comme étant trop denses, trop homogènes, pour que des jugements différenciateurs à l'intérieur de ces groupes soient émis de manière aisée. A l'opposé, tout se passe comme si les sujets étaient à la recherche d'une appartenance sociale pour les personnes de race blanche et pour les hommes. Ainsi les cibles masculines, dont l'appartenance sexuelle est vraisemblablement moins saillante que pour les cibles féminines, retrouvent de cette manière une appartenance, mais qui est de type racial.

Des régularités dans l'ancrage des représentations de soi et d'autrui en fonction du sexe des sujets et des cibles sur lesquelles portent les jugements surgissent dans l'ensemble de ces études. Les femmes tiennent davantage compte des distinctions *culturelles* entre les catégories de sexe, tandis que les hommes semblent restreindre leur sentiment d'appartenance à la perception de frontières biologiques. Les tempéraments sexués ont des sources différentes chez les sujets des deux sexes. Comme l'exprime Bourdieu : « La force particulière de la sociodicée masculine lui vient de ce qu'elle cumule deux opérations : elle légitime une relation de domination en l'inscrivant dans un biologique qui est lui-même une construction sociale biologisée » (1990, p. 14). Ainsi, l'accession à l'état androgyne se révèle être l'enjeu d'inégalités entre les sexes. Mais qu'est-ce au juste que cet état androgyne dont nous avons mentionné la progressive abstraction, et finalement sa définition par la négative comme une opposition à l'état sexué ?

Chapitre 11

De l'identique à l'identité

> Quand on écrit des femmes, il faut tremper sa plume dans l'arc-en-ciel et jeter sur sa ligne la poussière des ailes du papillon.
>
> Diderot.

Les modulations de l'androgynie dues à la présomption de sa parenté avec la masculinité (chapitre 9) et au sexe des individus (chapitre 10) ne suffisent pas, tant s'en faut, à déclarer cette notion échec et mat. Au-delà des interrogations que suscitent ces faits, et de l'embarras dans lequel nous place le niveau d'abstraction excessivement élevé de l'approche actuelle de transcendance, l'androgynie modifie nos représentations de la masculinité et de la féminité, véritable conversion des jugements qui affecte les représentations de la différence sexuelle. Ce que Moscovici (1987) a vu à l'œuvre d'une manière générale chez les minorités s'applique fort bien aux transformations des modes de pensée que des femmes féministes et scientifiques des années 1970 ont engendrées, pour une part de manière involontaire : « On peut supposer que le message d'une minorité éveille, en général, méfiance et incrédulité. Aux yeux de la plupart des gens, il apparaît extravagant, invraisemblable et déraisonnable. Dès lors, il ne devrait logiquement exercer aucune influence sur les opinions de la majorité, ou fort peu. Et pourtant [...] un tel message [... exerce] une influence indirecte, voire inconsciente, sur ces opinions » (p. 251-252). L'assimilation lente et progressive de l'androgynie incite les individus à approuver la versatilité du soi et les fait accéder à des phénomènes incontestablement nouveaux. En particulier, elle les autorise à tabler sur plusieurs facettes de leur personnalité et des personnalités d'autrui. Mais nous touchons ici au contenu même de l'androgynie qui se traduit très imparfaitement, à l'heure actuelle, par la notion de schème de différences individuelles. J'ai insisté sur le fait que, trop soucieux de classer les individus selon leur type de personnalité, les partisans de l'androgynie sont muets à ce propos. La fragilité même de la notion de schème de différences individuelles, et finalement de l'androgynie, a quelque chose à voir avec la nature indirecte, cachée, voire inconsciente, de la conversion androgyne. Toutefois, des modèles théoriques plus récents sur les activités de catégorisation des individus permettent de faire quelques pas vers la compréhension de ce nouveau schème.

Il faut remonter le temps, lorsque Mead (1935) écrivait à propos des peuplades de la Nouvelle-Guinée, pour trouver des illustrations de la manière dont le sexe biologique et le genre culturel informent, chacun à sa manière et indépendamment l'un de l'autre, les représentations des individus. Son livre, qui traite du « rôle joué par l'imagination » (p. VII) dans la transfiguration des faits biologiques, offre les portraits de trois sociétés dans lesquelles les tempéraments expressif et instrumental entretiennent des affinités diverses avec les deux sexes. Mais la variété des manières d'être décrite par Mead ne cadrait pas avec le postulat d'universalité et de désirabilité de la dichotomie sexuelle (Terman et Miles, en conclusion de leur ouvrage, critiquaient avec âpreté les interprétations environnementalistes de Mead). Plus récemment toutefois, les psychologues sociaux, en réfléchissant avec des instruments nouveaux, ont proposé de penser la différence des sexes en prolongeant les remarques des anthropologues et en repensant l'androgynie comme un phénomène dont l'explication ne relève pas exclusivement de facteurs de personnalité. J'ai illustré la manière dont les défenseurs de l'androgynie ont réfuté le postulat de bipolarité du masculin et du féminin, et ont tempéré la classification par sexes en faveur d'autres classements, en termes de dispositions individuelles et de différences entre personnes. Mais le contenu de ces représentations, comme je l'ai également signalé, témoigne d'une étonnante fixité. Les chercheurs n'ont à aucun moment remis en question la cohésion des contenus instrumentaux et expressifs ; qu'il suffise de penser aux traits inclus dans l'*Inventaire des rôles sexuels,* et à une personnalité androgyne qui alterne ces qualités ou qui ne base pas ses perceptions sur leur opposition. Or, on peut montrer qu'un travail plus approfondi sur les qualités masculines et féminines dégage leur hétérogénéité et génère en même temps une réponse alternative à la critique de réification à laquelle reste suspendue l'androgynie conçue comme personnalité cohérente.

Les psychologues sociaux et, à leur manière, les théoriciens de l'androgynie, suggèrent que le pluralisme catégoriel — la multiplication des appartenances sociales des individus — conduisent à l'assouplissement des différences entre hommes et femmes. Le morcellement des groupes multiplie les chances de croisements entre les diverses appartenances. Il peut générer, finalement, des frontières catégorielles floues qui affaiblissent l'impact d'une appartenance supra-ordonnée comme le sexe. Une entrave majeure à l'idée de pluralisme catégoriel est sans nul doute la croyance, propagée également par les partisans de l'androgynie, que l'instrumental et l'expressif sont deux ensembles cohérents de traits, d'attitudes, et de comportements, de tempéraments en somme, qui permettent de partager efficacement une population d'individus. Cette cohésion des tempéraments est de plus en plus souvent dénoncée comme étant un avatar de la conception classique de la différence des sexes d'inspiration *aristotélicienne*. C'est vers la fin des années 1970 que s'affirment des réserves à l'encontre de cette conception des catégories selon laquelle chaque individu possède dans leur totalité les attributs qui définissent son groupe. La représentation de l'appartenance est statique et holiste, car la possession des attributs y est une condition nécessaire et suffisante. L'appartenance se résume à une décision de tout ou rien, faisant apparaître des groupements aux frontières nettes. Cette conception était également celle de Durkheim. Comme le suggère Moscovici par une métaphore, les représentations collectives, dans sa théorie, « sont comme un épaississement du brouillard, ou alors elles agissent comme des stabilisateurs de mots et d'idées — comme les couches d'air stagnant dans l'atmosphère dont on dit qu'on pourrait les couper au couteau » (1984, p. 18). S'appuyant sur la notion de *ressemblances de famille* de Wittgenstein (1953) illustrée par la définition de la catégorie des « jeux » comme ne présentant aucun attribut permettant d'englober *tous* les jeux connus, les psychologues proposent une approche alternative de ce qu'est une catégorie comme un ensemble plus différencié. Deux idées sont au fondement de la nouvelle approche. D'une part, les individus (ou sous-groupes d'individus) peuvent se lier les uns aux autres, et se définir comme membres d'une même catégorie, sans qu'ils possèdent tous, en égale mesure, les attributs de cette catégorie. En fait, aucun des attributs n'est ni nécessaire ni suffisant pour décider de l'appartenance. D'autre part, certains individus sont de « meilleurs exemples » — ou prototypes — de la catégorie en question, d'autres individus occupant des places de plus en plus périphériques au fur et à mesure qu'ils accusent un contraste avec ce prototype. A la confluence de deux ou de plusieurs catégories, le diagnostic d'appartenance d'un individu est moins aisé et fluctue au gré des circonstances. Le *moineau* serait ainsi un meilleur exemple de la catégorie des oiseaux que ne l'est le *pingouin* (Rosch et Mervis, 1975), car il possède la plupart des attributs qui sont associés à la catégorie des oiseaux : il vole, chante, bâtit un nid, se nourrit de vers, etc. Le prototype, donc, serait la tendance centrale d'une catégorie, sorte d'idéal-type — moyenne ou résumé — doté d'une visibilité hors du commun. Il deviendrait de ce fait l'étalon utilisé par les individus pour décider de l'appartenance d'un élément quelconque à cette catégorie. Les conceptions de prototypie conduisent à l'idée novatrice qu'il y aurait des *degrés* d'appartenance à une catégorie. Différents membres d'une catégorie auraient des probabilités elles-mêmes différentes d'être jugés comme typiques de cette catégorie. Un groupe serait ainsi un *ensemble flou,* car il n'aurait pas de frontières nettes qui le délimitent des autres groupes[1].

On perçoit l'étroite parenté entre ce « new look » en matière de

1. Plus récemment s'est affirmé un autre modèle de catégorisation basé sur l'idée d'une collection d'exemplaires (par exemple, Medin, 1989). Curieusement toutefois, les débats restent identiques par leur teneur : la discussion engagée sur les validités respectives de modèles d'exemplaires (qui mettent en avant l'hétérogénéité du groupe) et de prototypes (leurs similitudes en même temps que leurs différences) rappelle celle que j'évoque ici et qui oppose les catégories prototypiques (hétérogénéité) et aristotéliciennes (homogénéité).

catégorisation et les théories de l'androgynie. Insérées dans le modèle de la prototypie, les représentations de soi, d'autrui, et finalement du genre, deviennent *multidimensionnelles.* Mais si ces représentations secondent la personnalisation des individus préconisée par l'androgynie, elles mettent en danger l'assise résolument aristotélicienne de la typologie d'orientations sexuelles. La multidimensionnalité du genre nous oblige à penser que les tempéraments sexués ne se réduisent pas aux deux ensembles monolithiques de qualités que sont l'instrumental et l'expressif, mais qu'ils sont différenciés, fractionnés, décentrés, hétérogènes en leur sein. Ils sont certes composés de traits de personnalité, et plus exactement de sous-ensembles de traits relativement dissociés, mais aussi de rôles (réparer la maison, rôle masculin, ou la décorer, rôle féminin), d'occupations (femme de ménage, ou éboueur), d'attributs physiques (robuste, ou gracieuse). Ces diverses composantes sont plus ou moins centrales, comme l'assurent Deaux et Lewis (1984) qui montrent que les caractéristiques physiques organisent nos représentations des sexes plus fortement que les traits de caractère, et que ces composantes sont reliées entre elles de différentes manières : les rôles, par exemple, induisent le plus souvent la possession de certains traits. Ces liens peuvent aussi différer selon le sexe de la cible. Les caractéristiques physiques sont fréquemment utilisées pour prédire les occupations masculines, mais elles semblent mieux prédire les traits de personnalité féminins. De tels jugements sont probabilistes, incertains, soumis à des fluctuations complexes. Dans l'image de la société qui en résulte, faite de catégories hétérogènes et dissemblables qui incluent des prototypes et des membres plus périphériques, l'utopie qui était celle des premières chercheuses féministes trouve une nouvelle expression. Considérons une femme jugée agressive. Cette femme, dans la mesure où elle peut être catégorisée en fonction du prototype de « cadre », dont elle serait un bon exemple, recevra des jugements plus positifs que si elle est rapportée au stéréotype de la femme en général, dont elle serait un mauvais exemple. Contrairement à la remise en question de la bipolarité des sexes venue très tardivement, celle de la multidimensionnalité était potentiellement incorporée dans le travail pionnier de Terman et Miles (cf. chapitre 1). Leur questionnaire couvrait en effet un grand nombre de domaines hétérogènes. Les auteurs avaient dressé des typologies d'hommes et de femmes en fonction entre autres de leurs professions, leurs formations, leur âge. Si cette richesse des contenus a joué les seconds rôles au profit d'une vision bipolaire du public et du domestique, les différents rôles, sortes de prototypes, s'organisaient néanmoins en fonction de leur degré de centralité par rapport à l'un ou à l'autre pôle de la dichotomie sexuelle; au sein du tempérament féminin, par exemple, le rôle de femme au foyer était apparu comme le plus central, et ceux de la femme athlète ou professeur étaient les plus périphériques. Mais l'importance de la multidimensionnalité était destinée à s'amoindrir à la suite du travail théorique de Parsons et Bales, et disparaissait enfin dans les théories de l'androgynie.

Je vais illustrer l'impact de cette révision des catégories sur l'étude des tempéraments sexués en considérant la composante « autonomie » du tempérament masculin qui est représentée, dans l'*Inventaire des rôles sexuels,* par le trait *indépendant,* positif, et par le trait *individualiste,* plutôt négatif. Dans une étude portant sur la perception des hommes et des femmes en général, j'ai demandé à 240 adultes des deux sexes de décrire les hommes et les femmes à l'aide d'une liste de 24 adjectifs tirés de ce questionnaire. Des analyses de classification automatique ont permis de dégager les associations préférentielles entre ces traits. Des différences importantes sont apparues chez tous les sujets entre les descriptions des deux cibles. Les résultats montrent que « indépendant » et « individualiste » s'insèrent dans deux sous-groupes de traits clairement distincts. Considérons la cible masculine : « indépendant » est étroitement lié à *confiant en soi* et *sûr de soi dans ses affirmations* ; « individualiste » est lié à *se suffit à soi-même* et, un peu moins intensément, à *agressif* et *dominateur.* Ces traits sont donc associés à d'autres traits qui, comme eux, renvoient à la représentation de l'individualité autonome et dont les évaluations respectivement positive et négative sont respectées. Les résultats à propos de la cible féminine révèlent d'autres associations. « Indépendante » est lié à des traits comme *consciencieuse, va vers les autres,* et *empressée à alléger les peines d'autrui* ; « individualiste », en revanche, est proche de *réservée* et d'*imprévisible.* La représentation d'autonomie de la femme, contrairement à celle de l'homme, est inextricablement liée à la qualité de ses relations avec autrui, la composante expressive. L'idée d'autonomie personnelle revêt ainsi des significations différentes en fonction du sexe de la cible, ce qui démontre que la valeur « moléculaire » des traits importe peu par rapport à leurs positions le long de dimensions de signification variées. Les traits assument des rôles distincts pour chaque sexe de sorte que, pris isolément, ils ne peuvent dicter les conditions « nécessaires et suffisantes » d'appartenance à une catégorie. L'optique aristotélicienne paraît insuffisante pour rendre compte de ces modulations de la signification.

Considérons maintenant à nouveau le rôle que jouent dans l'*Inventaire des rôles sexuels* les deux adjectifs explicitement sexués : *masculin* et *féminin*. Ces adjectifs, comme je l'ai indiqué au chapitre 10, sont censés expliciter le substrat biologique des tempéraments culturels. Selon la conception aristotélicienne des tempéraments, *masculin* et *féminin* devraient s'insérer harmonieusement dans leurs groupes de traits respectifs, l'instrumental et l'expressif. Or, ceci n'est pas le cas. Des analyses factorielles appliquées aux réponses de mes propres recherches faites avec plusieurs échantillons d'adultes et d'adolescents, mais aussi celles d'autres auteurs (par exemple, Skitka et Maslach, 1990), montrent que les deux traits sexués s'opposent le plus souvent sur une dimension bipolaire qui est séparée du restant des contenus. Il s'agit d'une dimension sur laquelle ils se positionnent en accord avec le sexe biologique des sujets. De manière complémentaire, des analyses de classification hiérarchique des réponses à l'*Inventaire des rôles sexuels* de sujets sexués et androgynes montrent que les deux adjectifs *masculin* et *féminin* se situent systématiquement, chez les premiers, aux deux bouts opposés de l'arbre de classification ; chez les androgynes, surtout les hommes, ils se séparent moins fortement et l'arbre présente des regroupements de traits moins cloisonnés. Autrement dit, *masculin* et *féminin* s'associent plutôt en formant une opposition mineure dans une niche de l'arbre, et sont entourés de traits aussi bien instrumentaux qu'expressifs. Enfin, l'analyse discriminante, appliquée aux 60 traits qui composent le questionnaire de Bem, montre que l'on peut classer correctement environ 95 % des sujets selon leur sexe, parfois leur totalité. Mais lorsque cette même analyse est effectuée en excluant *masculin* et *féminin,* la proportion correspondante diminue jusqu'aux environs de 70 %. Le pouvoir différenciateur des traits est manifestement dû, pour une part substantielle, aux deux seuls référents explicitement sexués. Appliquée à ces mêmes réponses, l'analyse factorielle fait apparaître que les contenus expressifs d'une part, et instrumentaux d'autre part, s'associent par « petits paquets » qui ont le même signe et qui apparaissent sur des facteurs successifs. Parfois les résultats dégagent deux ensembles instrumentaux que l'on peut nommer, respectivement, l'autonomie (par exemple, *indépendant, individualiste, se suffit à soi-même, confiant en soi*), et l'aptitude au commandement *(dominant, agressif, sûr de soi dans ses affirmations),* et deux ensembles expressifs, l'affectivité *(chaleureux, timide),* et l'ouverture à autrui *(sensible aux besoins des autres, empressé à alléger les peines d'autrui).* D'autres chercheurs, comme Gaeddert (1985), ont repéré non moins de neuf dimensions factorielles de la masculinité. L'analyse factorielle confirmatoire est particulièrement utile pour départager la prédominance d'une structure bipolaire, opposant instrumentalité et expressivité, ou de structures unipolaires qui désagrègent ces qualités sur des facteurs distincts. En utilisant cette technique, Marsh et ses collaborateurs (Marsh et Byrne, 1991) ont isolé six modèles d'interrelations de traits qui attestent la complexité des représentations du genre. Les traits qui composent chaque sous-ensemble, instrumental ou expressif, sont plus fortement corrélés avec d'autres caractéristiques des répondants qu'avec une mesure de leur « soi global », sexué ou androgyne. Les réponses aux traits *masculin* et *féminin* sont donc ajustées au sexe biologique des sujets mais sont faiblement liées aux représentations que ces sujets se font de leur masculinité ou de leur féminité dans son ensemble. Pour la masculinité et la féminité comme pour tout autre système de catégorisation pouvant être défini de manière probabiliste, il n'est pas aisé de lister l'ensemble des attributs qui correspondent de manière nécessaire et suffisante à tous les membres d'une catégorie. Si tous les individus ont le *sentiment* d'être masculins ou féminins, ils n'ont pas de représentations aux contours nets de ce qu'*est* leur masculinité ou leur féminité (Spence et Sawin, 1985). Par ailleurs, d'autres travaux indiquent que les traits des questionnaires d'androgynie ne correspondent que très imparfaitement aux caractéristiques masculines et féminines qui sont recueillies à l'aide d'interrogations plus ouvertes (Lorenzi-Cioldi, 1991*a*; Myers et Finn, 1985). Chaque individu peut incorporer de multiples caractéristiques, dont bon nombre ont de fortes probabilités d'être également associées aux membres de l'autre groupe, sans pour autant que le sentiment d'appartenance à son groupe soit remis en question.

Les représentations du genre sont bien plus nuancées et multipolaires que ne le fait penser la dichotomie de l'instrumental et de l'expressif. Les traitements de données que je viens d'évoquer suggèrent que des caractéristiques apparemment incompatibles coexistent pour diverses raisons. Au vu de cette complexité, le calcul d'un score d'androgynie par simple sommation des réponses aux traits instrumentaux d'une part, et expressifs d'autre part, accuse une simplicité excessive. Ce score est pourtant nécessaire en vue du classement d'un individu selon sa personnalité sexuée ou androgyne, schématique ou a-schématique. Si donc la complexité du domaine du genre n'est pas incompatible avec la composante d'originalité et de créativité que contient l'idée d'androgynie, elle l'est avec celle d'une typologie rigide des individus qui informerait sur leur « essence » et qui assumerait par conséquent le rôle de variable indépendante dans l'explication de leurs comportements. La prise en compte de la multidimensionnalité peut au contraire conduire à une meilleure compréhension de l'état androgyne comme articulant de manière plus complexe et plus souple différentes facettes de la masculinité et de la féminité. Considérons comment cette redéfinition du domaine des différences de genre s'est répercutée dans l'étude des appartenances catégorielles masculine et féminine.

Hommes, femmes... et types de femmes

Dans une étude pionnière sur la complexité des catégories, Clifton, McGrath, et Wick (1976) demandent aux sujets, des hommes et des femmes, d'associer librement des adjectifs à cinq types de femmes : les ménagères, les entraîneuses, les membres d'un club, les femmes-cadres, et les athlètes. Les deux premiers types apparaissent comme étant les plus opposés, car ils possèdent le plus grand nombre de traits exclusifs. Toutefois, aucun des traits attribués aux cinq types ne l'a été par au moins la moitié des sujets. De surcroît, la majorité des traits sont masculins, à l'exception notable de ceux imputés à la cible « les ménagères ». Ces dernières sont décrites comme étant *gentilles, chaleureuses, concernées par autrui, dépendantes,* soit les traits féminins que l'on trouve dans les questionnaires d'androgynie. Ces traits contrastent avec ceux attribués, en particulier par les hommes, aux femmes-cadres (plus masculines) et aux entraîneuses (décrites comme des objets sexuels). Ainsi, la représentation de la « femme en général » que l'on retrouve dans les questionnaires classiques ou de l'androgynie serait composée d'une multitude de types, mais serait le mieux représentée par le prototype de « la ménagère ». De même que la représentation de l'homme est souvent rapportée à celle de l' « adulte en général » (cf. chapitre 2), celle de la femme est référée aux rôles traditionnels, « ménagère », « épouse », ou « mère », selon les études (Riedle, 1991). Le stéréotype masculin semble davantage imperméable aux variations des situations, tandis que les différentes manières de catégoriser les femmes sont plus profondément influencées par les contextes dans lesquels elles sont décrites.

Ces résultats font ressortir la complexité que masque un raisonnement en termes de catégories binaires. Mais lorsqu'on s'interroge sur les déterminants de cette complexité, on ne peut qu'être surpris par le fait que ces études concernent, dans leur majorité, les images des *femmes* et/ou les composantes *expressives* de leur tempérament. Or, on peut penser que les représentations des membres d'une catégorie qui sont élaborées en l'absence d'un hors-groupe pertinent laissent la place à davantage d'hétérogénéité. Ces paradigmes tempèrent l'homogénéisation du groupe en libérant les femmes de leur confrontation à la catégorie masculine. Ils entretiennent l'impression que la catégorie féminine est plus hétérogène que la catégorie masculine. Force est toutefois de reconnaître que les femmes assument de plus en plus souvent des rôles multiples et sont en ce sens objectivement plus diversifiées.

Type androgyne ou types d'androgynes ?

En cultivant l'androgynie, en misant sur plusieurs facettes de leur soi et de la personnalité d'autrui, les individus en viennent à mieux connaître et à valoriser les spécificités de chacun, les nuances qui font leur singularité. Moins intensément soumis à l'emploi d'un schème qui traite les individus de manière uniforme sur la seule base de leur appartenance à un groupe, ils seraient libres, variés, imprévisibles, créatifs. L'effort de désagrégation des contenus instrumentaux et expressifs hérités de la tradition parsonienne permet, non seulement d'éviter les écueils de la réification des tempéraments, mais également de modérer les liens entre le sexe biologique et les constellations particulières d'attributs individuels, le genre culturel. Cette approche protège également du danger de l'androcentrisme qui consiste à poser une représentation idéale de l'humain plus conforme à celle de l'homme en général. En dirigeant l'attention sur les caractéristiques de sous-groupes d'individus et leurs écarts par rapport au prototype central, les modèles de prototypie font l'économie d'une référence exclusive à la personnalisation de l'individu et réhabilitent la spécificité des groupes d'hommes et de femmes. Il est intéressant de relever que les théoriciens de ce courant novateur rejettent désormais l'emploi de la notion d'androgynie. En réalité, je crois qu'ils entendent plus simplement en rejeter la visée classificatoire. C'est le cas de Spence, qui avait pourtant élaboré un questionnaire d'androgynie (Spence et Helmreich, 1978), de Deaux (Kite et Deaux, 1986), qui fait plusieurs répliques d'études de Bem et ne trouve pas de différences entre individus schématiques et a-schématiques, ou encore d'Ashmore (1990), qui décrit une évolution des recherches sur le sexe dans laquelle l'androgynie n'est qu'une étape intermédiaire du développement de l'individu. L'approche du genre conçu comme multicatégoriel contribue à attirer l'étude de l'androgynie — sans plus la nommer comme telle — vers le domaine des représentations sociales. Ici, il importe davantage d'examiner la variété de ce que les gens pensent des hommes et des femmes, dans quelles circonstances et comment ils le font, plutôt que de partir d'un modèle abstrait, le schème de catégorisation de genre, pour enfermer les individus dans des classes en fonction de cet étalon unique. Les qualités masculines et féminines sont associées de manières fort disparates à une foule de rôles, d'occupations, voire de stratégies cognitives. Elles reçoivent également des significations différentes en fonction des acteurs qui les interprètent ou auxquels elles s'appliquent. Ni l'incorporation et le mélange des deux tempéraments ni l'indifférence envers ces tempéraments ne peuvent préserver les individus de l'impact du genre dans la formation de leurs décisions. Différenciations personnelles et appartenances sociales coexistent dans une certaine mesure.

La référence à la personnalisation du soi, leitmotiv des partisans de l'androgynie, se fait donc moins pressante, et le jeu des catégories d'appartenance et d'exclusion se fait plus dynamique et complexe. Les individus se ressemblent le plus souvent quant à leurs sentiments de masculinité ou de féminité mais diffèrent du point de vue des configurations d'attributs qu'ils cultivent, plus spécifiques, et qui sont à la base de tempéraments distincts. Les faibles liens entre diverses composantes de l'instrumentalité et de l'expressivité autorisent la formation d'une grande variété de tempéraments qui ne sont plus, en tant que tels, totalement masculins *ou* féminins. Dans cette perspective, les individus et leurs identités personnelles complètent leurs catégories d'appartenance et leurs identités sociales. L'identité sexuelle, cette « somme d'identités personnelles sexuées » selon la formule d'Ashmore (1990, p. 514), est hétérogène, a des origines multiples, et est susceptible de variations selon les situations. La bipolarité des représentations sexuelles serait ainsi du ressort de l'identité sociale, du *sentiment* d'appartenir à un groupe, qui autoriserait cependant la personnalisation du soi *dans* le groupe, à savoir l'émergence de configurations originales de traits de personnalité. En définitive, si l'approche de l'androgynie amoindrit la tension entre les tempéraments et ouvre la voie à des manières d'être originales des individus, la nouvelle approche redéfinit les frontières et les contenus mêmes des tempéraments. La première, focalisée sur l'étude personnologique des individus par le biais de la typologie d'orientations sexuelles, est complétée par la seconde, plus apte à décrire les configurations particulières d'attributs du soi. Cette dernière assouplit l'homogénéité des groupes, car l'individu peut développer en même temps la chaleur interpersonnelle et l'aptitude au commandement sans pour autant renoncer à l'identification à un groupe d'hommes ou de femmes. Il acquiert de ce fait une marge de manœuvre plus ample, comme dans l'approche de l'androgynie, mais *au sein de son propre groupe d'appartenance.* C'est ainsi que l'approche du genre multicatégoriel oriente utilement l'étude de ce que les partisans de l'androgynie ont anticipé sur le plan théorique mais négligé sur le plan empirique, à savoir le schème de différences individuelles. Sans un travail approfondi sur les conditions d'émergence et les contenus de ce schème, l'identité personnelle androgyne apparaît comme une chose acquise en dehors ou aux dépens des groupes d'appartenance. En ayant comme objet la formation de types d'hommes et de femmes, l'approche du pluralisme catégoriel *socialise* la théorie de l'androgynie. La création de sous-groupes auprès d'hommes ou de femmes facilite la coexistence d'informations ou de membres inconsistants, peu similaires au prototype, dans la catégorie globale. Les cas singuliers, notamment les androgynes, peuvent être particularisés mais également intégrés harmonieusement dans leur catégorie d'appartenance sexuelle.

L'approche multicatégorielle du genre, si elle ne semble pas en mesure d'apporter une solution définitive aux problèmes que connaît la théorie de l'androgynie, ouvre néanmoins un horizon nouveau dans l'examen des différenciations dans et entre les groupes. Elle contribue à saper les assises objectivantes d'une approche typologique des personnalités individuelles. Elle a notamment favorisé la mise en évidence de l'effet d'homogénéisation du hors-groupe (que j'ai évoqué au chapitre 6) selon lequel les représentations du groupe d'appartenance sont plus différenciées et complexes que celles des hors-groupes. Ces travaux font penser que les différences entre individus qui résultent de l'emploi d'un schème androgyne émergent ici ou là avec plus ou moins d'intensité : à propos du groupe d'appartenance plus que du hors-groupe, certes, mais également, peut-être, à propos de certains groupes auxquels le statut social confère le privilège d'une personnalisation du soi. Mais avant d'aborder la question complexe de la définition du statut du groupe, il nous faut apprécier ce qui reste de l'utopie androgyne, après tant de bouleversements théoriques.

Chapitre 12

L'utopie androgyne

L'individu angélique a certes effacé les références à la masculinité et à la féminité culturelles qui finissaient par discréditer l'androgyne. Cette conception a cependant donné naissance à un être abstrait et réifié : son identité ne proviendrait pas du dehors, des caractéristiques des groupes d'hommes ou de femmes, ou même d'autres groupes, mais essentiellement de ce qu'il trouverait en lui-même. Cette solution, un peu décevante, fait de l'indétermination sociale de l'individu, la fuite hors des groupes auxquels il appartient, la seule réponse viable à l'asymétrie des sexes. Mais il est vrai que chacune des approches de l'androgynie a réuni les scientifiques et les acteurs sociaux (en particulier les féministes). Considérons donc comment ces derniers sont parvenus à proposer des solutions qui s'accordent avec l'androgynie angélique. Ce qui a séduit les scientifiques autant que les militants est que l'individu semble ici en mesure de parachever une utopie par son *indifférence* à la division des tempéraments sexués.

De l'assimilation au changement social

> Il est beaucoup plus difficile à la femme qu'à l'homme de reconnaître comme son semblable un individu de l'autre sexe.
>
> S. de Beauvoir.

Le désarroi avec lequel Thébaud commente l'idée d'une « fin de l'histoire », composante ultime de l'utopie de la fin de la « guerre des sexes », témoigne de la diversification des approches de l'androgynie — et des féminismes qui les ont promues[1] : « Que signifierait-elle d'ailleurs pour les femmes ? Le crépuscule des mâles, dans l'affirmation d'une société étrangère à celle des hommes ? L'avènement d'un monde de jumeaux de sexe opposé, d'un monde où “l'un est l'autre” ? Ou la constitution d'un espace véritablement commun aux hommes et aux femmes, un espace où l'égalité des droits et des chances préserverait la différence des identités ? » (1992, p. 13-14). Ce questionnement repropose l'ambiguïté de l'androgynie que nous avons rencontrée dans les chapitres précédents : à un enrichissement certain de la personnalité masculine s'opposait la réticence féminine à faire sienne l'androgynie.

Considérons une anecdote. Dans un livre qui rapporte différents points de vue thérapeutiques — psychanalytique, cognitif, féministe — Zager (1990) décrit deux prototypes de patients, une femme et un homme. Mary a « une personnalité dépendante, presque infantile, avec un profond besoin d'assumer le rôle nourricier. Elle a un concept d'elle-même très pauvre et nécessite un grand soutien » (p. 57). Elle se décrit comme essayant par tous les moyens de « plaire

1. Je me limiterai dans ce contexte à mentionner que l'on distingue généralement dans le mouvement féministe un courant *libéral* (prônant des réformes des lois sur le plan politique — la femme citoyenne), un courant *socialiste* (situant le changement au niveau économique et idéologique — la femme travailleuse) et un courant *radical* (revendiquant la spécificité culturelle du groupe — la femme féminine). Il reste à faire un examen minutieux des interprétations que chaque courant propose de l'idée d'androgynie.

aux autres et de leur être d'un grand secours », et affirme qu'elle « ne se sent pas elle-même » (p. 58). Elle se dit chaleureuse et amicale mais présentant aux autres une façade peu authentique car se pliant trop souvent à leurs exigences. La thérapie que lui propose l'analyste qu'elle a choisi après mûre réflexion est contrecarrée par sa « tendance à établir un rapport dépendant avec celui-ci » (p. 57). Mary doit ainsi apprendre à être indépendante dans ses relations avec autrui. Toute autre est la description de Rick. Celui-ci se rend chez un thérapeute dont le nom commence par la lettre Z, choisi parce qu'il est le dernier d'une liste dans le bottin téléphonique. Rick souffre d'être deux personnes en une, et lutte pour « prendre le contrôle de "Red" », l'autre lui-même, le mauvais soi, le buveur, l'antisocial — ainsi nommé, car notre héros a les cheveux roux. Le travail thérapeutique effectué pendant une première année consistera à répertorier les *situations* dans lesquelles émergent Rick ou Red. Au fil du temps, les frontières entre les deux personnalités s'estompent, et le thérapeute affirme : « J'ai longuement cherché comment l'appeler. Ni Rick ni Red ne semblent lui convenir parfaitement. Je me suis surpris en train de penser à lui comme *Ricardo* [...]. Il me semble désormais que Ricardo est de retour, non pas comme un enfant, mais comme un adulte à part entière » (p. 151). Ces deux cas, certes susceptibles d'analyses fort différentes en termes psychopathologiques, par exemple, illustrent les rapports que l'homme et la femme entretiennent avec l'androgynie. Mary évolue en se débarrassant des tonalités excessives de son tempérament féminin, tandis que Rick incorpore harmonieusement les deux tempéraments dans une personnalité hybride, qui reçoit d'ailleurs un nouveau nom et est plus authentiquement androgyne. Or rien n'illustre mieux cette différence que la confrontation des thèses de Simmel et de S. de Beauvoir lorsque, au-delà de leur unisson critique à propos de l'androcentrisme, l'optimisme de l'un et le pessimisme de l'autre révèlent l'asymétrie qui se loge jusque dans l'idéal androgyne. Pour Simmel (1911) la culture, objective, neutre, utilitaire et *donc* masculine et androcentrique (cf. chapitre 2), gagnerait à s'élargir en incorporant l'élément féminin. Alors seulement, les hommes deviendront plus sensibles aux nuances, ils passeront des « contrastes crus aux gradations douces, à un système tempéré d'accents forts et faibles ». Telle est par ailleurs la position de Bachelard (1960) lorsqu'il affirme que « le rêve relève de l'*animus* [le principe masculin] et la rêverie de l'*anima* [le principe féminin]. La rêverie [...] nous donne le véritable repos, le repos du féminin. Nous y gagnons la douceur de vivre. Douceur, lenteur, paix, telle est la devise de la rêverie en *anima* » (p. 18). Le principe masculin apporte la vigueur que le principe féminin tempère avec la grâce selon le plus pur idéal de fusion. Pour S. de Beauvoir, bien au contraire, la femme accède à l'état androgyne en reniant ou du moins en mettant à l'écart une féminité qu'elle considère comme le produit d'une oppression : « Je crois que la femme libérée serait aussi créatrice que l'homme. *Mais qu'elle n'apporterait pas de nouvelles valeurs.* Croire le contraire, c'est croire qu'il existe une nature féminine, ce que j'ai toujours nié » (cité par Marini, 1992, p. 288). Ce que l'on appelle l' « émancipation féminine » se réduit, parfois, à l'incorporation exclusive du tempérament masculin, comme le reconnaissait d'ailleurs Madeleine Pelletier, féministe du début de ce siècle, pour qui : « Si pour le bien général de l'*humanité* il est souhaitable que les hommes se féminisent, [...] il est encore plus nécessaire pour le bien général de *leur* sexe que les femmes se virilisent » (cité par Sowerwine, 1991, p. 23).

Ces remarques suggèrent que les stratégies d'émancipation des femmes ont évolué en même temps que les approches scientifiques de l'androgynie. Une politique d'*assimilation* a lentement fait place à une politique de *changement social* ayant pour visée la transformation des rapports de domination eux-mêmes. La réponse féministe a d'abord consisté à statuer que l'androgynie comme assimilation des uns aux autres (coprésence et fusion) n'était qu'une étape vers le dépassement de la masculinité et de la féminité. Mais l'assimilation éloigne les femmes d'une définition d'elles-mêmes qui dépendait de la façon dont les hommes les concevaient pour les placer dans une situation où leur propre définition d'elles-mêmes est basée sur les normes masculines. Les féministes n'hésitent pas à affirmer que le modèle de la flexibilité, quelqu'un qui peut être agressif, compétitif, et insensible au travail, et tendre, sensible, et compatissant à la maison, est le portrait optimal du capitaliste efficace. L'androgynie serait pure idéologie, car elle désigne une aspiration à l'autonomie et à l'autosuffisance en vue de la réussite sociale, elle met en avant un individu dénué de contexte social et jette le discrédit sur l'interdépendance des individus (par exemple, Sampson, 1977). Pour une partie de l'opinion, l'androgynie conduirait les féministes sur un mauvais champ de bataille. Simmel (1911) leur adressait déjà une telle mise en garde en prônant un particularisme intragroupe qui sera cultivé plus tard par certains courants du féminisme : l'idéal du mouvement des femmes ne devait être pour lui une « humanité indépendante », mais une « féminité indépendante ». Dans leur majorité, les féministes rejetteront cette stratégie assimilative et opteront pour des prises de position plus radicales. Warren (1982) établit un rapprochement entre la poursuite de l'androgynie et différentes conceptions du métissage racial qui illustre ce changement de stratégie politique. Elle nous invite à imaginer une société dans laquelle les traits de caractère seraient dichotomisés selon la race plutôt que selon le sexe. Les Noirs assumeraient la plupart des rôles de haut statut, et des caractéristiques tels la rationalité, le courage et la volonté seraient consensuellement considérées comme étant typiques des Noirs. Les Blancs occuperaient, en général, des positions subalternes, et des traits tels l'esprit de coopération, l'humilité et l'assiduité au travail, seraient considérés comme étant typiques des Blancs. « Supposons que les Blancs se révoltent contre cette situation et qu'ils s'aperçoivent que la stéréotypisation raciale des traits de caractère n'est qu'une piètre tentative visant à justifier la répartition injuste du pouvoir et des privilèges dans leur société. Ayant compris cela, certains d'entre eux pourraient préconiser le "mulâtrisme psychologique", c'est-à-dire le mélange des vertus noires et blanches au sein de chaque individu. La question est de savoir si le concept de mulâtrisme psychologique serait utile à ces révoltés ou s'il mènerait plutôt à une confusion plus grande. Les Blancs pourraient prendre grand soin de ne parler que de traits de caractère *soi-disant* noirs ou blancs, ou de mettre ces mots entre guillemets. Cela pourrait être utile, mais on ne peut s'empêcher de soupçonner que l'emploi du mot *mulâtrisme* tendrait néanmoins à encourager la supposition que ce qui a été préconisé était, d'une certaine façon, contre nature, ou allait à l'encontre de la nature [*against the grain*] des Noirs ainsi que des Blancs. La confusion du mulâtrisme psychologique avec le mulâtrisme génétique pourrait persister. Ne vaudrait-il pas mieux s'attaquer simplement au mythe selon lequel la rationalité et le reste sont des traits typiques des Noirs plutôt que de dire qu'un Blanc rationnel est un mulâtre psychologique ? La première stratégie prêterait certainement à moins de confusion et serait probablement aussi plus favorable à la fierté raciale » (p. 182). Ce récit éclaire les raisons de la progressive abstraction du concept d'androgynie : on ne devrait pas traiter la discrimination raciale (ou sexuelle) en préconisant la combinaison des traits raciaux (ou sexuels). L'idéal n'est pas le mulâtre caractérologique (l'androgyne alternant ou mélangeant les tempéraments), mais l'aveuglement par rapport à la couleur raciale (l'androgyne indifférent aux distinctions basées sur le sexe). L'approche de transcendance paraît, à la lumière de ce raisonnement, une conséquence logique et obligée du refus d'une stratégie assimilative intimement lié à un ferment utopique. En opposant le schème de genre à l'indifférence au genre, la théorie de l'androgynie dénonce le présent et affirme la nécessité d'un nouvel état des rapports humains.

Le rapprochement de l'androgynie et de conceptions qui relèvent des rapports entre groupes sociaux plus larges, toutefois, s'arrête ici. La théorie du schème de genre ne fait que décrire les conséquences, sur un plan strictement individuel, de ce changement social. Les modalités d'actualisation de ce changement lui sont entièrement inaccessibles. Il lui manque une articulation avec des dynamiques qui œuvrent au niveau de l'interaction sociale, voire de l'idéologie : l'androgynie, affirme Secor (1974), est un but à atteindre mais dépourvu de chemins pour s'y rendre ; elle est un impératif moral sans directives stratégiques. La notion de schème décrit les processus en jeu chez des individus dont l'insertion sociale n'est pas primordiale. Si la théorie de l'androgynie fait appel à l'utopie, elle ne semble donc pas en mesure de la sustenter.

L'individu-roi et l'identité personnelle

> Si je ne suis pas pour moi-même, qui sera pour moi ? Mais si je ne suis que pour moi-même, que suis-je ?
>
> Hillel, cité par Bakan.

De par leur insouciance des dynamiques supra-individuelles, toutes les approches de l'androgynie reposent sur la réification de l'identité personnelle des individus. La notion de schème de différences individuelles, plus encore que l'idée de mixité des tempéraments, dote le sujet d'autonomie vis-à-vis de son environnement. L'apologie d'un individu-roi a accompagné la mise au point du « bon » score d'androgynie, d'une typologie efficace — heuristique, prédictive — des sujets selon leur personnalité. Cette tâche dispendieuse (mais rassurante) a détourné les chercheurs de l'étude des conditions qui facilitent ou entravent ou dévient la mise en œuvre d'une pluralité de schèmes de classement, l'élaboration de conceptions de soi et d'autrui différenciées, l'invention de rôles et de comportements. La « scène » sur laquelle pensent et agissent les individus, androgynes ou sexués, est singulièrement absente d'une psychologie sociale qui ne mise que sur son versant le plus psychologique, abordant la personnalité comme la possession d'un ensemble de traits ou à l'opposé comme l'indifférence à ces traits. La personne androgyne est une entité pensée à la manière d'une machine à traiter l'information selon certaines règles formelles. A en faire les frais ce sont les variables sociologiques et situationnelles qui contribuent, non seulement à fournir la matière informationnelle première à l'individu, mais à moduler l'accessibilité de ces processus cognitifs et jusqu'à leur essence même. La théorie de l'androgynie s'est coulée dans le courant de la cognition sociale (ou elle y a été absorbée) au moment où elle était dans l'impasse de la réification. Les schèmes, quels qu'ils soient, sont formalisables, supposés répandus de manière homogène (au moins dans une culture donnée) et mécaniques dans leurs effets. Les chercheurs s'engagent dans des querelles à propos de telle propriété formelle des schèmes[1], situation à laquelle s'appliquent fort bien les remarques suivantes de Shweder et Sullivan : « Un indicateur abrupt et grossier (et déconcertant) de l'influence [de l'heuristique du mécanisme de traitement de l'information] sur la recherche en psychologie de la personnalité est la forte tendance des psychologues sociaux à se diriger — en fait, à se précipiter — de la découverte d'une régularité locale, contextuelle [...] vers sa conceptualisation dans la littérature comme une loi fondamentale, ou un processus de base. Nous suspectons que cette "présomption d'un processus de base" est si répandue à cause de l'hégémonie de l'*idée* de mécanisme central de traitement [...]. Cela prend ensuite à peu près une décennie pour que ce processus "fondamental" ou "de base" soit démasqué comme étant une "simple" régularité locale » (1990, p. 408). C'est sans doute en voulant annihiler le genre et désubstantialiser le féminin, en voulant résoudre la domination d'un sexe sur l'autre sexe, que les partisans de l'androgynie ont épousé cette vision à son tour réifiée du sujet social. L'identité collective, la perception de frontières entre groupes et sous-groupes d'individus ont cédé la place à une représentation personnalisée mais laconique de l'individu comme la seule modalité désirable d'identité sociale. Cette équation entre androgynie et identité personnelle s'impose en considérant toutes les théories de l'androgynie et à plus forte raison celle de la transcendance. Selon les approches antérieures, l'image de soi des individus qui alterne masculinité et féminité, ou qui les fusionne, est l'expression d'une identité qui annihile les frontières entre le groupe d'appartenance et le hors-groupe. Selon l'approche actuelle, l'absence d'un schème de genre est ce qui permet l'éclosion de perceptions

1. La dispute entre Bem (1982) et Markus (Markus, 1977 ; Markus, Crane, Bernstein et Siladi, 1982) est exemplaire à cet égard. Le premier auteur défend l'idée d'une *bipolarité* du schème de genre (voir chapitre 6), le second celle de l'*unipolarité* du schème de soi. Selon Markus, un individu androgyne possèderait une compétence (ou une connaissance) dans le domaine instrumental, par exemple, analogue à celle d'un individu masculin, mais il s'en écarterait parce qu'il possèderait *également* une compétence élevée dans le domaine de l'expressivité (voir Lorenzi-Cioldi, 1991*a*, pour une discussion approfondie de ces schèmes).

plus singulières du soi par rapport à des autrui eux-mêmes personnels. Le schème androgyne s'associe à la pratique cognitive d'une identité de soi qui se veut *authentiquement* personnelle, car ne s'acquérant pas à travers les groupes ou encore émergeant *aux dépens* de ces groupes. *Toute* appartenance sociale est source d'inhibition des comportements et des cognitions.

Or, bien au contraire, la relecture de l'androgynie que je propose ici s'insère dans le champ des relations entre groupes. Elle ne rejette pas la personnalisation du soi, mais base celle-ci sur une autre modalité d'articulation du collectif et du personnel dans l'identité sociale. L'approche que je vais exposer dans les prochains chapitres tient compte des données d'observation qui montrent que, définie comme la concomitance de qualités masculines et féminines au sein du concept de soi ou comme le non-emploi d'un schème de catégorisation, l'androgynie n'est pas uniformément répartie chez les hommes et les femmes ni, comme il s'agira de le démontrer, chez les dominants et les dominés. D'une part, les diverses facettes de la masculinité amènent la plupart des contributions à l'état androgyne, d'autre part, les hommes plus que les femmes se décrivent en associant les deux qualités ou encore en manifestant des organisations cognitives qui ne se rapportent pas de manière aussi exclusive à l'opposition des sexes. De plus, les qualités sexuées apparaissent maintenant bien plus complexes qu'on ne pouvait l'imaginer à la lecture des travaux classiques des partisans de l'androgynie. Les inventaires de traits sont moins des mesures de la « personnalité » des individus qu'une matière première à partir de laquelle s'élaborent des représentations sociales du soi plus ou moins différenciées de celles d'autrui, complexes et pluridimensionnelles et ceci, souvent, dans le respect des différences entre les groupes. S'il convient d'admettre que l'état androgyne a à voir avec l'existence d'êtres personnels, on peut douter du bien-fondé d'un raisonnement qui enferme les individus dans des types de personnalités et qui en exclut les groupes d'appartenance. Il reste notamment à rendre compte de la modulation des propensions à l'androgynie en fonction d'une multitude de variables dont le sexe des sujets, leurs multiples appartenances sociales et les situations d'interaction. L'androgynie est un état particulier de l'identité sociale d'un individu. Il faut l'expliquer autrement qu'en termes de la personnalité des individus ou même autrement que dans les termes exclusifs de leur appartenance à un groupe défini par ses caractéristiques biologiques, les hommes et les femmes. C'est cette tâche délicate que je me propose d'aborder maintenant.

Chapitre 13

Dominants et dominés

Les psychologues ont naturalisé l'androgyne : ils ont isolé l'individu de son groupe, et ont souligné les composantes les plus personnelles de son identité. L'identité personnelle garantirait sa variabilité et son originalité.

Mais, parfois, la valorisation du soi personnel vacille. Considérons deux illustrations. La désignation de dirigeantes au sein de groupes féministes a souvent été considérée avec circonspection par les militantes qui y voyaient une forme de différenciation venant s'ajouter aux hiérarchies existantes. La personnalisation des individus était assortie d'une présomption d'élitisme, et bon nombre de militantes préféraient établir des tirages au sort afin de déterminer les tours de parole. S'il arrivait que l'une d'entre elles parvienne à la notoriété, comme ce fut le cas pour Kate Millet après la publication d'ouvrages à retentissement aux Etats-Unis, elle était incitée à se retirer du devant de la scène afin de préserver une identité en tant que femme féministe. Ici, la méfiance envers une particularisation excessive de l'individu exprime la *reconnaissance* que cette figure d'identité est localisée dans un hors-groupe, groupe d'hommes ou de dirigeants (duquel les femmes sont majoritairement exclues), et que sa fonction est précisément de justifier et d'entretenir la domination de ce groupe. Le cas de Mme Hopkins nous situe au cœur de l'élite d'une grande entreprise qui ne compte que 3 % de femmes sur un total de 900 employés. Cadre subalterne, Mme Hopkins se singularise par la possession d'aptitudes qui en font une excellente dirigeante. Elle est destinée à une carrière brillante. Mais, accusée de se présenter et d'agir comme un homme, d'avoir des « problèmes relationnels », elle est soudainement congédiée. Soutenue par ses collègues, qui la décrivent comme étant franche, indépendante, sûre d'elle-même et courageuse, elle est accusée par ses détracteurs d'être arrogante, irritante, centrée sur elle-même. Des psychologues sociaux seront sollicités pour fournir un témoignage à la Cour Suprême sur les effets de la stéréotypie qui placent Mme Hopkins devant l'alternative d'agir comme une femme féminine, ou comme un cadre efficace (voir Fiske *et al.,* 1991).

Ces anecdotes signalent chacune à leur façon la complexité des enjeux qui entourent les manières d'être dont le trait commun est l'exacerbation d'une différence entre l'individu et son groupe d'appartenance. Parfois, les femmes ne veulent pas d'un soi personnalisé, mais parfois elles en sont écartées : le soi le plus personnel... peut être celui d'un autre. Le slogan scandé par les féministes : *le personnel est politique,* trouve son sens dans la reconnaissance de cette forme d'aliénation. Qu'il n'en déplaise aux partisans de l'androgynie, qui encouragent un personnalisme abstrait, « groupe » et « individu » n'ont pas des significations univoques et stables. Comme l'ont perçu certaines féministes, le personnel et le collectif sont parfois les symptômes des deux pôles, respectivement dominant et dominé, d'une relation sociale. Pour l'heure, toutefois, on relève en psychologie un dualisme des prises de position qui privilégient soit le groupe au détriment des individus, soit l'individu au détriment des groupes. La personnalisation des individus n'est pas nécessairement la contrepartie de l'élision du groupe, du collectif — à moins de prendre parti pour l'idéologie dominante et de soutenir que les membres des groupes de statut élevé, qui répugnent à se définir comme des collectifs, doivent leurs prérogatives aux caractéristiques intrinsèques de leurs personnalités. Une analogie apparaît entre la manière dont les chercheurs conçoivent le groupe en psychologie sociale (une entité monolithique, dépersonnalisante, et parfois inhibitrice de comportements) et celle dont certains individus, surtout les femmes, tendent à se représenter leur appartenance sexuelle. Cette conception accrédite l'antagonisme du personnel et du collectif, et devrait être élargie dans le respect de la pluralité des *représentations* d'appartenance qu'élaborent les individus. Compte tenu des exhortations des partisans de l'androgynie toutefois, la réhabilitation de l'appartenance sociale paraît céder à une prise de position conservatrice. Cette crainte est injustifiée. Si l'intérêt pour le groupe n'a pas atteint l'étude de l'androgynie, on constate à l'heure actuelle que des féministes proclament un retour à la différence des sexes. Eagly et Wood (1991), commentant une revue quantitative de travaux sur la différence des sexes, n'hésitent pas à affirmer qu'il est temps de retourner, avec une énergie renouvelée, à la tâche capitale de rendre compte des différences entre les comportements des hommes et des femmes. Ce courant évite néanmoins de reproposer une vision des sexes calquée sur leur opposition. Centré sur la spécificité féminine, il emprunte la voie de l'hétérogénéité et de l'inconciliabilité des tempéraments sexués. En matière de représentations de la justice, par exemple, une morale « féminine » cultiverait l'idéalisation d'une appartenance catégorielle dotée de qualités expressives et communiales (l'intuition, l'altruisme, le partage), tandis qu'une morale « masculine » se baserait davantage sur des principes universalistes et abstraits (par exemple, Belenky *et al.,* 1986). Il convient maintenant de considérer l'apport et les limites de cette distinction radicale entre deux manières d'être des individus dans les groupes.

Métaphores culturelles

L'ancrage des manières d'être individuelles dans les groupes articule des acquis en provenance d'horizons des sciences de l'homme qui ont été disjoints pendant longtemps : l'anthropologie ou la psychologie interculturelle, et la cognition sociale. Les psychologues de la cognition sociale abordent le plus souvent le soi comme une représentation mentale constituée de schèmes cognitifs sur la personne et son environnement. Les schèmes de soi proviennent de l'intériorisation des *invariants* que les individus découvrent dans leurs propres comportements (Markus, 1977). Pour illustrer leur fonctionnement, Markus sollicitait des jugements en termes de *dépendance* et de *conformité,* et répartissait les sujets selon le contenu prédominant de leur concept de soi (interdépendant et conformiste, ou au contraire indépendant et individualiste). Mais ces contenus n'avaient pas en eux-mêmes une grande importance, car le but était de décrire des processus cognitifs applicables à tout schème particulier. Ainsi, pour ce qui est du schème d'indépendance, Markus mettait en évidence que les individus traitent rapidement (acceptent ou rejettent) l'information en rapport avec l'idée d'indépendance, et traitent plus lentement l'information qui se rapporte à d'autres contenus. Quelques années plus tard, embrassant la perspective culturaliste, ce contenu devient, pour les psychologues de la cognition sociale, un constituant décisif du schème de soi. Les anthropologues distinguent communément des appartenances définies par l'adhésion des individus à des valeurs jugées diamétralement opposées : certains ensembles culturels prôneraient l'individualisme, la séparation de soi et autrui, d'autres le collectivisme, leur fusion (par exemple, Shweder et Sullivan, 1993). Les psychologues considéreront que le soi est perméable, et que le milieu culturel est susceptible d'activer l'emploi de schèmes cognitifs distincts. Markus et Kitayama (1991) décriront deux conceptions du « soi » qui s'accordent aux valeurs culturelles inventoriées par les psychologues culturalistes. Le *soi indépendant,* illustré par la culture américaine, prône la séparation entre l'individu et son contexte. Le *soi interdépendant,* la culture japonaise, valorise la contextualité de l'individu, la recherche d'appartenances, la propension à s'accommoder, à s'effacer au profit de l'harmonie interpersonnelle. Le schème de soi s'enrichit de cette manière d'un ancrage culturaliste, qui à son tour renforce la distinction entre deux *processus* distincts, liés à la manière dont émergent et évoluent les représentations de soi des membres d'un groupe.

L'approche culturaliste jouit d'une popularité sans précédent chez les psychologues féministes. Harding (1986) oppose ainsi les « Européens » aux « Africains » et définit les premiers, qu'elle considère homologues aux hommes, comme une collection d'individus pareillement autonomes, isolés, centrés sur eux-mêmes. A l'opposé, la collectivité africaine et les femmes seraient des ensembles relationnels ontologiquement et moralement plus fondamentaux que les personnes, ces dernières s'individualisant à travers leur position dans le groupe, et non à ses dépens. Ces descriptions sont de toute évidence calquées sur les contenus classiquement imputés aux tempéraments masculin et féminin. Les psychologues revendiquent d'ailleurs cette similitude. Pour Markus et Oyserman (1989), les schèmes de soi indépendant et interdépendant tracent une ligne de démarcation entre les hommes et les femmes. Les femmes tendraient à déployer un schème interdépendant, appelé aussi « sociocentrique », « collectiviste », « communial », ou « connecté ». Les hommes tendraient à avoir un schème « indépendant », « égocentrique », « séparé », « individualiste », ou « autonome ». Les adeptes de cette nouvelle orientation ne se limitent donc pas à décrire deux types de groupes, mais formulent un lien de causalité entre les caractéristiques imputées à ces groupes et les *manières de penser* de leurs membres, leurs cognitions. Les caractéristiques du groupe viendraient s'inscrire dans la psychologie des individus, de sorte que ceux-ci auraient des tempéraments inconciliables en fonction précisément de la nature individualiste ou collectiviste de leur groupe d'appartenance. Les membres de groupes collectivistes ont un style ou une manière de percevoir et de penser qui incorpore le contexte dans leurs représentations de la personne ou de l'objet. La culture, longtemps ignorée par les psychologues ou considérée comme une source de biais affectant le raisonnement des individus, surgit ici au premier plan.

Or la compréhension des sexes comme ontologies culturelles ne peut manquer de conduire vers une nouvelle réification des manières d'être masculine et féminine, et puis de leurs manières de penser : les groupes individualistes, différenciés et idiocentriques, et les groupes collectivistes, holistes et allocentriques, évolueraient de manière autonome et seraient incomparables. Ces métaphores culturelles propagent l'idée que les hommes et les femmes ancrent les représentations de leur soi dans des univers incommensurables, séparés, préexistants à l'interaction sociale. On n'est donc guère surpris de constater que des mesures de tempéraments individuels sont ici encore au premier plan.

Elles s'effectuent à l'aide de questionnaires qui font appel à des contenus singulièrement proches de ceux qui étaient proposés dans les questionnaires classiques et d'androgynie — les qualités masculines (individualistes) et féminines (collectivistes). Cette séparation stricte de deux schèmes se substitue à celle des tempéraments, et leurs frontières désormais infranchissables produisent des effets analogues à ceux qui proviennent de l'adoption de la typologie des androgynes et des sexués. Elle permet notamment de « protéger » les tempéraments sexués en assurant leur incomparabilité et en éludant leur hiérarchisation. Comme l'affirment à juste titre Markus et Oyserman, « les différences cognitives ne devraient pas être vues comme des déficits chez les membres du groupe qui possède l'orientation la moins occidentale, individualiste, ou masculine » (p. 105). Conçus comme des entités bien délimitées et relativement autonomes, les sexes seraient des groupes qui font sens par eux-mêmes et pour eux-mêmes. Ici, comme chez les partisans de l'androgynie, le rapport intergroupes est absent ou demeure au second plan. Comment les sexes peuvent-ils cultiver des manières d'être qui n'entretiennent en apparence aucun lien, alors qu'ils évoluent dans le même ensemble social et que notre culture — comme le montrent par ailleurs les travaux de Markus — accordent la prééminence à une norme masculine du soi ?

Une autre lecture des travaux des psychologues culturalistes fait toutefois apparaître des convergences entre, d'une part le soi indépendant et les propriétés habituellement imputées à l'être androgyne, et d'autre part le soi interdépendant et les propriétés des individus sexués. Chez le soi indépendant et la manière d'être occidentale-masculine, le groupe s'énonce à travers l'identité personnelle, privée, idiosyncrasique, de ses membres. Les qualificatifs d'appartenance sont reconnus, voire soulignés dans cette nouvelle orientation, mais ils sont tenus en suspens au profit d'une personne qui se définit en propre et qui établit des différenciations entre elle-même et d'autres personnes. On peut dire que cette conception *traduit* l'idéal de personnalité androgyne qui se défait de ses appartenances : le schème de différences individuelles — l'androgynie — est manifestement solidaire du « schème de séparation » occidental-masculin, mais plus étranger au « schème d'interdépendance » oriental-féminin. La manière d'être féminine s'apparente davantage aux conceptions plus classiques du groupe en psychologie sociale : elle est échafaudée sur des déclarations d'appartenance, sur les caractéristiques imputées au groupe en tant que tel. Si l'approche culturelle des sexes nous permet d'interpréter certaines différences récurrentes entre hommes et femmes, comme leurs orientations morales et leurs conceptions de la justice, leurs penchants pour l'empathie ou pour la recherche d'objectivité, elle rend également compte, mais ce, *malgré elle,* des rapports différents que les hommes et les femmes entretiennent avec l'androgynie psychologique. L'androgynie pourrait finalement être conçue comme une manière d'être individuelle se réalisant *dans* un groupe et *avec l'aide* de ce groupe : une norme identitaire occidentale *et* masculine. Cette lecture plus contextuelle de l'androgynie n'est toutefois pas celle des psychologues d'inspiration culturaliste, tant s'en faut. Ceux-ci capitulent devant l'interaction sociale au profit d'une sociobiologie des différences entre les sexes. Ici, comme dans n'importe quel autre cadre typologique, les hommes et les femmes puiseraient leurs différences dans des essences irrémédiablement distinctes.

Groupes « collection » et groupes « agrégat »

Comme le suggèrent ces remarques, l'idée de groupes dans lesquels prédominent des normes plutôt relationnelles ou individualistes ne doit pas être définitivement écartée. Mais elle ne constitue qu'une première étape vers l'ancrage de l'identité personnelle dans le groupe et vers une articulation plus étroite des différenciations *dans* les groupes — ce à quoi contribue l'androgynie — et *entre* les groupes — le schème de genre. Ici je défends l'idée que différentes modalités d'articulation de composantes personnelles et collectives de l'identité des individus sont intimement liées au statut social des groupes, au pouvoir et à la domination, à l'asymétrie qui régit leurs relations. Les différences sexuelles sont souvent et dans une grande mesure une conséquence du prestige associé aux rôles qu'assument les hommes et les femmes. On trouve de nombreuses confirmations du fait que la tendance à percevoir l'environnement en termes d'opposition du masculin et du féminin repose sur des paramètres de statut. La propension à structurer l'environnement professionel en termes de la dichotomie masculin-féminin, par exemple, est liée chez les individus à leur propension à juger ce même environnement en termes d'indépendance ou de subordination dans l'exercice de la profession (Lorenzi-Cioldi et Joye, 1988). Or, un niveau élevé d'éducation, mesuré par le titre scolaire obtenu ou par la filière de scolarisation suivie, préprofessionnelle ou longue (Lorenzi-Cioldi et Meyer, 1990), modère cette propension à effectuer un classement de différentes professions selon ces dimensions. L'éducation et le statut, Terman et Miles l'avaient déjà souligné, sont des modérateurs puissants de la différenciation sexuelle et, dirions-nous aujourd'hui, de l'émergence du schème de genre.

Différentes conceptions du groupe s'appliquent donc non seulement aux manières d'être masculine et féminine, « occidentale » et « orientale », mais également à des individus différenciés par leur statut *dominant* ou *dominé* dans un ensemble social donné. Les rapports de pouvoir façonnent les représentations que les individus élaborent de leur appartenance à un groupe et plus généralement de ce qu'est un groupe. Comme l'a exprimé Simmel (1911), c'est le privilège de l'homme de ne pas *avoir constamment besoin de penser* qu'il est un homme, tandis que la position sociale de la femme lui fait perdre moins souvent le sentiment d'être une femme. Il y a d'innombrables occasions dans lesquelles l'homme pense de manière purement objective sans que sa masculinité semble occuper une place quelconque dans ses perceptions. Lorsqu'il oppose la catégorie des femmes à celle des hommes, Simmel avance que sa périphérie est plus intimement liée avec son centre et que les composantes de la catégorie sont plus fortement intégrées dans un tout. Le dominé tend à se présenter comme le membre d'un groupe. Les individus se particularisent ou se dépersonnalisent, mais chacun élabore son identité dans le cadre d'un rapport entre son groupe et un autre groupe. Le dominant se plaît à afficher une identité qui paraît acquise en dehors de son appartenance. Le statut du groupe occasionne le fait paradoxal que l'appartenance ne « se dit » pas toujours comme telle. Celle-ci s'efface au profit de l'individu, mais ne perd pas pour autant son influence. Une caractérisation des groupes basée sur leurs spécificités *intrinsèques* — qu'elles soient culturelles, psychologiques, ou biologiques — ne peut saisir que les effets de surface de cette dynamique relationnelle.

Cette complexité du groupe tranche avec l'image qu'en propagent les partisans de l'androgynie. Ceux-ci en font un univers clos, homogène et autosuffisant. Mais elle s'écarte également de la perspective culturaliste évoquée ci-dessus. Les partisans de l'androgynie statuent qu'une conséquence inéluctable de l'insertion dans un groupe, dès lors que l'appartenance est rendue saillante, est l'indifférenciation de ses membres, leur interchangeabilité, leur dépersonnalisation et plus généralement leur homogénéisation. Ils prétendent inscrire le « tempérament » du groupe dans les cognitions individuelles en faisant l'économie des rapports qui unissent ce groupe à d'autres groupes. C'est dans la tentative de remédier à de tels problèmes conceptuels que j'ai distingué deux acceptions du groupe social qui sont en même temps antagonistes et intimement reliées l'une à l'autre. Au groupe dominant, sorte de *collection* d'individualités qui prône l'identité personnelle, l'unicité de ses membres et les différenciations individuelles, s'oppose le groupe dominé, sorte d'*agrégat* d'individus qui se perçoivent de manière relativement indifférenciée et semblable. Dans une série d'études expérimentales (Lorenzi-Cioldi, 1988), j'ai montré que les effets de l'appartenance des individus aux groupes collection et agrégat sont homologues aux effets de leur appartenance sexuelle. Les deux ordres d'appartenances induisent chez leurs membres, dans une certaine mesure, les mêmes représentations de soi et d'autrui. Cette homologie témoigne du fait que la différenciation sociale des sexes ne peut être totalement comprise en dehors du caractère asymétrique de la relation entre les hommes et les femmes dans la société, mais également entre tous les groupes qui ont des statuts différents dans cette société. L'insistance sur le rapport entre groupes vise à rappeler que la domination renvoie, dans nos sociétés, au fait que le groupe supérieur acquiert le statut d'*humain générique*. Diverses manifestations de l'androcentrisme que j'ai évoquées au chapitre 2 peuvent ainsi être considérées comme des épiphénomènes de l'asymétrie des sexes, comme un voile qui tend à l'occulter tout en étant son produit. Or si elle est conçue de manière étroite comme la simple personnalisation du soi, la notion d'androgynie entretient un danger analogue.

La distinction entre la collection et l'agrégat repose sur des constats empiriques, sur une théorie des composantes personnelles et collectives de l'identité sociale, et sur un modèle de la catégorisation qui élargit les modalités possibles de classement des individus dans les groupes. J'ai amplement discuté ailleurs les deux premières assises de cette distinction (Lorenzi-Cioldi, 1988 ; Lorenzi-Cioldi et Doise, 1990). Je vais insister ici davantage sur la troisième, dont j'ai esquissé les grandes lignes au chapitre 11. Les conceptions courantes et trop restrictives du groupe s'enracinent dans une vision aristotélicienne de l'ordre du monde selon laquelle la possession par les individus de tous les attributs de la catégorie est la condition de leur appartenance à cette catégorie. Plusieurs faits tant théoriques qu'empiriques font douter de la nécessité d'une similitude interpersonnelle dans le groupe. S'il est vrai que le groupe en tant que tel crée une présomption de similitude interindividuelle, il peut également, parfois, fortifier leurs différences. Que l'on pense à un groupe d'« artistes », ou de « cadres », ou encore de « patrons d'entreprise » comme ils sont décrits par Bourdieu et de Saint-Martin (1978) : « Le propre des "élites" des sociétés "démocratiques" est de se définir statistiquement et d'être donc délimitées par des frontières statistiques qui ne prennent jamais la forme de *lignes de démarcation strictes* : [...] tous les membres du groupe ne possèdent pas toutes les propriétés qui définissent en propre le groupe et, à la façon de la limite d'un nuage ou d'une forêt, la limite d'un groupe est une ligne (ou une surface) imaginaire telle que la densité des individus (gouttelettes de vapeur condensée, arbres ou patrons) est d'un côté supérieure, de l'autre inférieure à une certaine valeur. [... Le] fait que les différents membres du groupe sont, sinon incomparables, du moins *insubstituables,* c'est-à-dire tels qu'on ne puisse jamais les identifier les uns aux autres sous tous les rapports et que l'on puisse toujours opposer des exceptions à toutes les définitions, produit l'illusion subjective du mystère de la "personne" indéfinissable et du groupe qui, étant fondé sur le miracle de l'élection, n'est rien de plus qu'une somme d'individus "exceptionnels" ou, comme on dit, de "personnalités" » (p. 33-34). Ce portrait des patrons d'entreprise s'écarte résolument d'une conception aristotélicienne du groupe. Le groupe est mis entre parenthèses, et apparaît calqué sur une modalité de rassemblement des individus en fonction de leur prototypie. Notons que dans une manipulation expérimentale du statut des groupes, qui n'a malheureusement pas été poursuivie, Thibaut (1950) dépersonnalisait les membres de bas statut en leur attribuant un simple numéro de code alors qu'il désignait les membres de haut statut par leur propre prénom. Ici, les dominants se donnent à voir comme prédéfinis, distincts, hétérogènes, « insubstituables » les uns aux autres pour utiliser la formule de Bourdieu et de Saint-Martin.

La collection et l'agrégat modélisent deux modalités de rassemblement des individus. Dans un groupe agrégat, le modèle de catégorisation qui émerge est d'inspiration aristotélicienne : les membres du groupe possèdent tendanciellement tous les attributs qui définissent ce groupe en tant que tel. Dans un groupe collection, au contraire, le modèle est prototypique : chaque membre endosse plus ou moins fortement une partie des attributs de son groupe. Si les théories classiques prônent l'homogénéité des individus dans le groupe, celui de la prototypie autorise davantage d'hétérogénéité dans ce groupe : l'appartenance au groupe s'exprime dans un jeu d'écarts entre le prototype, sorte de membre idéal, et les différents individus, qui sont en même temps des membres potentiels d'autres catégories voisines. Les attributs du groupe collection sont ainsi organisés (dans les cognitions, dans les jugements, les perceptions, ou les comportements) selon les individus particuliers qui composent le groupe (les exemplaires les plus proches du prototype). C'est à proprement parler à partir des individus, leurs manières d'être, leurs différences et leurs épisodes de vie, que les acteurs sociaux extraient dans certaines occasions la représentation du groupe. Mais la plupart du temps, ces individus se perçoivent et sont perçus sur un mode plus personnel : la « figure » prime sur le « fond ». Les attributs du groupe agrégat, à l'opposé, sont d'abord organisés entre eux et ce réseau de propriétés s'applique dans son ensemble aux membres du groupe : le « fond » prime sur la « figure ». Ainsi s'explique la forte accessibilité de l'appartenance catégorielle chez les dominés et leur propension à traiter les individus sur la base de leurs appartenances à des groupes distincts — le schème de genre. Dans la mesure où les notions de collection et d'agrégat traduisent des positions sociales et non les caractéristiques intrinsèques des groupes et des individus, elles n'encourent pas les dangers d'une approche typologique des personnalités, sexuées et androgynes, collectivistes et individualistes. Certes, dans un groupe de type collection on aura davantage de chances de repérer des manières d'être androgynes et de déceler un schème de différences individuelles. On trouvera que, toutes choses égales par ailleurs, plus d'hommes que de femmes exprimeront ces manières d'être. Mais l'ancrage sociologique des groupes collection et agrégat ne nous obligera à aucun moment à rapporter ces différences à des traits inscrits dans la psychologie des individus.

Les notions de collection et agrégat permettent de dénaturaliser l'idée d'un soi individualisé, et finalement de l'identité personnelle. Le groupe collection, en particulier, « socialise » ce soi personnel, et nous engage à repenser les rôles classiquement attribués au groupe et à l'individu dans les théories de l'identité sociale. Les attributs qui s'appliquent à la collection s'agencent entre eux sur le mode de la juxtaposition, de sorte qu'ils permettent de préserver les distinctions entre les individus dans le groupe. La déclaration d'appartenance ne constitue pas une menace pour l'unicité personnelle. Le collectif ne semble pas apporter une contribution décisive, mais plutôt accessoire, au dominant. L'adhésion au groupe dominé s'enracine à l'opposé dans un placement d'origine externe qui implique un éloignement de la norme dominante de l'individualité singulière, et une importance accrue du collectif et du rapport avec l'autre groupe. Une conséquence de cette distinction entre groupes collection et agrégat est que les membres des premiers tendent à se percevoir, et sont perçus, comme plus hétérogènes que les membres des groupes agrégat. Leurs représentations sont organisées autour d'exemplaires perçus comme « inclassables ». Les représentations qui se rapportent à l'appartenance agrégat sont plus fortement intégrées dans une étiquette qui dénote le groupe dans sa globalité et qui restreint le champ des variations individuelles.

Au-delà du consensus qui émerge dans diverses disciplines sur la nécessité d'une pluralisation de la notion de groupe, les prises de position restent incertaines quant au rôle que doivent jouer différentes acceptions du groupe. Les notions de groupes « individualistes » et « collectivistes » paraissent se refaire à une psychologie naïve des peuples (le soi oriental, le soi occidental) grâce à laquelle on devine le propos de valoriser l'appartenance à un groupe à forte teneur relationnelle. Certes, ces notions rendent compte de la complexité de la vie sociale d'une manière plus respectueuse que ne l'ont fait la plupart des études de l'approche de la cognition sociale, mais elles font apparaître des collectivités qui ont des genèses *sui generis* et qui régissent des manières d'être fortement cloisonnées. Ces manières d'être coexistent pacifiquement, mais elles ne sont pas articulées. Une double conceptualisation du groupe surgit également dans les travaux des psychologues comme une compétition entre deux modèles qui décrivent les activités de catégorisation individuelles. La littérature oppose un modèle d'inspiration aristotélicienne à un modèle, plus récent, de prototypie ou d'exemplaires. Selon toutes ces orientations, toutefois, les représentations qu'élaborent les individus de leur soi et de leur appartenance à un groupe sont dissociées de l'interaction sociale, et sont réifiées. Les notions de groupes collection et agrégat paraissent alors en mesure de réaliser une meilleure articulation de ces représentations individuelles. Les deux prochains chapitres essaient de montrer comment ces notions interviennent pour mieux comprendre l'androgynie psychologique.

Chapitre 14

L'originalité des opprimés

La carence des tentatives d'explication des différences entre les sexes en termes des positions sociales des hommes et des femmes contraste avec l'abondance des conjectures sur la possession de traits de personnalité, de tempéraments, du schème de genre. L'invocation du statut social des groupes nous libère d'une conception trop exclusivement psychologique de l'état androgyne, et nous amène résolument *en amont* de la typologie d'orientations sexuelles. La principale variable indépendante manipulée ici n'est plus le type de personnalité des individus. Les interventions empiriques visent, d'une part, à élucider les conditions qui conduisent les individus à se penser et à penser autrui comme androgynes. Elles ont pour but, d'autre part, de restituer la variété des manières d'être qui sont obscurément amalgamées à l'heure actuelle sous les appellations univoques d'états « sexués » et « androgyne ». Ces études prennent appui sur la propension des individus à souligner les composantes les plus personnelles de leur identité, dont j'ai relevé l'inégale distribution entre les sexes (cf. chapitre 10), et explicitent les facteurs qui président à son émergence.

L'hypothèse militante de l'*oppression,* d'abord formulée dans le domaine des comportements non verbaux, envisage précisément certains comportements des hommes et des femmes comme une conséquence de l'asymétrie sociologique de leurs appartenances sexuelles.

Elle permet notamment d'articuler l'empathie, le désir de fusion et la mise en avant de contrastes sociaux. La relationnalité féminine y est vue comme un ensemble de compétences dans l'*adoption* de comportements expressifs et dans leur *repérage* chez autrui. Dans un article au titre suggestif, *Status and sex : Some touching observations,* Henley (1973) montre que les pratiques du toucher sont d'une part plus répandues dans les strates socio-économiques les plus élevées lorsque leurs membres interagissent avec des individus de statut inférieur, et d'autre part que ces pratiques sont *également* le fait des hommes qui interagissent avec les femmes et qui expriment par cela le fait qu'ils entendent orienter et maîtriser l'interaction. Selon cet auteur, « que ces comportements non verbaux soient considérés comme simplement associés au pouvoir, l'affectant, ou en résultant ; comme des symboles ou des expressions ; comme décrivant, mettant en place, ou consolidant le pouvoir, le pouvoir et les comportements non verbaux sont intimement et avantageusement liés » (1977, p. 25). C'est ainsi que les échanges entre supérieurs et subordonnés, souvent entre hommes et femmes, manifestent une « structure micropolitique qui sous-tend et qui soutient la structure macropolitique » (Henley et Harmon, 1985, p. 152). L'attention que les dominés prêtent à autrui est donc, en partie, un phénomène qui s'enracine dans des appartenances sociales qui ont des statuts différents. Cette attention amplifie en retour l'importance subjective que les dominés confèrent au rapport qui lie leur groupe au hors-groupe. Déjà pour Terman et Miles (1936), l'environnement émotionnel féminin était structuré par la frontière du groupe d'appartenance et du hors-groupe. Les réponses des femmes à leur questionnaire montraient en effet que des événements proches, concrets, ou des personnes, suscitaient chez elles davantage d'émotions que le ne faisaient des événements distants, abstraits, désocialisés. De manière analogue, pour Markus et Kitayama (1991) le soi interdépendant, féminin, serait très sélectif et donc ancré dans la division intergroupes.

Un comportement non verbal comme le sourire peut, dans cette optique, devenir le symptôme d'un rapport social marqué par l'asymétrie. Les individus estiment généralement que le sourire est une manifestation prototypique du tempérament féminin (cf. chapitre 9). Plusieurs auteurs, dont Hall (1984), relèvent que le sourire peut transmettre le sentiment de soumission d'une personne voulant plaire à autrui et désirant s'accommoder à ses projets. Une analyse de matériel publicitaire amène Goffman à supposer que le sourire, cette « offrande d'un inférieur à un supérieur [...], fait souvent fonction d'adoucisseur rituel, signalant qu'aucune hostilité, voulue ou provoquée, n'est à craindre, que la signification des actes d'autrui a été comprise et acceptée, que sa personne même a été jugée digne d'approbation » (1977, p. 43). D'une manière générale, l'emploi du registre expressif par les femmes dénote leur implication plus intense dans les relations avec autrui qui serait à son tour intimement liée au statut social de leur groupe. La relationnalité féminine signale de ce fait l'appartenance à un groupe dont les membres sont réunis dans une destinée commune vis-à-vis des dominants. Les dominés sont amenés à connaître les dominants mieux que ceux-ci ne les connaissent, parce que cette destinée tient pour une part à leur accommodation aux dominants. Ils se concentrent sur eux, et acquièrent parfois la faculté de prédire leur contentement et leur mécontentement. Le rôle de simple observateur auquel les dominés sont plus souvent confinés « peut renforcer leur sensibilité à l'égard des comportements des dominants, ce qui est nécessaire à leur survie. Cette attention plus pointue portée à ce qui arrive à autrui — ce long entraînement, souvent inconscient, de l'aptitude à prêter une attention minutieuse aux expressions et aux mouvements d'autrui qui va au-delà de l'empathie — a été appelée dans la culture occidentale l'*intuition féminine* » (Brown, 1990, p. 230)[1].

L'hypothèse de l'oppression est manifestement enracinée dans une

1. De telles remarques sont toutefois plutôt rares. L'approche sociobiologique des différences sexuelles connaît en effet un regain de popularité (voir *Time Magazine*, janvier 1992; *Science et Vie*, décembre 1991). La sensibilité et l'empathie féminines découleraient alors de l'entraînement des femmes à décoder les signes non verbaux des bébés ; l' « insensibilité » masculine proviendrait des pressions qui s'excercent sur les petits garçons à ne pas pleurer. L'essor des neurosciences fait dire actuellement que l'empathie, ou encore l' « intuition féminine », seraient liées au plus grand nombre de connexions entre les deux hémisphères du cerveau des femmes.

vision sociologique de la différence des sexes. Focalisée sur le rapport intergroupes et non sur les caractéristiques des individus en tant que tels, elle prédit la personnalisation des membres du groupe dominant (le groupe collection), et la dépersonnalisation des membres du groupe dominé (agrégat). Si dans un nombre important de situations les hommes assument un rôle dominant et les femmes un rôle dominé, cette hypothèse n'exclut nullement deux faits importants. D'abord, que ces phénomènes liés à l'identité du soi émergent auprès d'autres catégories sociales (professionnelles, ethniques, etc.) ; ensuite, que les individus, quel que soit leur sexe, puissent occuper l'une ou l'autre position dans la hiérarchie sociale et puissent afficher l'individualisation ou la dépersonnalisation qui sont associés à ces positions. Les capacités d'empathie, ou d'intuition, ne se réduisent pas à la possession de compétences particulières, de traits de personnalité, ou d'un schème cognitif. Les membres de minorités culturelles, ethniques, sexuelles, les handicapés développeraient également ces compétences expressives. Tous présenteraient, à des degrés variables, un soi plus relationnel et clairvoyant. La « lucidité des exclus », cette « forme incorporée de la relation de domination », donne aux femmes le « privilège (tout négatif) de n'être pas dupes des jeux où se disputent les privilèges, et de n'y être pas prises, au moins directement, en première personne » (Bourdieu, 1990, p. 24).

Cette approche sociologique des tempéraments sexués a connu un franc succès dans les milieux féministes, comme antérieurement les théories de la socialisation et de l'apprentissage (LaFrance et Henley, 1994). Mais elle n'a malheureusement pas reçu autant d'attention de la part des psychologues sociaux et en particulier de ceux usant d'approches expérimentales. Or dans la mesure où l'oppression semble occasionner les effets les plus notables sur le plan de la sensibilité interpersonnelle, de l'expressivité, ce désintérêt semble être une manifestation supplémentaire du biais d'androcentrisme qui conduit à privilégier les thèmes, objets, et interprétations masculins comme l'agressivité et le besoin de séparation (cf. chapitre 2). Par conséquent, l'hypothèse de l'oppression conserve pour le moment un caractère spéculatif. Considérons la manière dont on peut l'opérationnaliser.

« Intuition féminine », I : connaissance de soi

Une manière d'être nourrie de composantes expressives peut dénoter une activité et une originalité extraordinaires sur le plan de la construction des représentations de soi et d'autrui. Une personne de bas statut voulant intervenir dans une discussion prêtera une attention suivie au comportement non verbal d'autrui afin de trouver une opportunité de faire part de son opinion. Cette attention favorise à son tour une élaboration cognitive du rapport social. La maladresse dans le domaine expressif dont les hommes sont souvent accusés serait une stratégie visant à occulter et donc à sauvegarder une position de pouvoir, alors que l'aisance avec laquelle les femmes usent du registre expressif viserait à mieux connaître les dominants et le cas échéant à gagner leur faveur, en somme à les manipuler. On serait confrontés ici à une forme subtile d'influence utilisée par une minorité à l'encontre des dominants.

Je vais d'abord illustrer la manière dont la dimension expressive intervient pour signaler des différences entre des hommes et des femmes impliqués dans les rôles professionnels de cadre et d'employé(e). Lors d'une enquête par questionnaire, j'ai demandé à des adultes de répartir seize traits instrumentaux et expressifs (en parts égales, positifs et négatifs) entre un cadre et un employé de chaque sexe. Chaque cible recevait quatre traits, et un trait donné ne servait à décrire qu'une cible. Les sujets indiquaient en outre à l'aide d'une échelle millimétrée les statuts respectifs de ces appartenances dans leur ensemble : les hommes, les femmes, les cadres et les employés. Les résultats de cette mesure montrent, comme on s'y attendait, que les cibles se distribuent avec régularité le long d'un continuum avec, à un extrême, les cadres, qui reçoivent la moyenne la plus élevée de statut, les hommes, les femmes, et, à l'autre extrême, les employés, avec la moyenne la plus faible. Une analyse discriminante appliquée aux contenus que les sujets attribuent à chaque cible enrichit la signification de ces différences. L'analyse permet notamment de dégager les critères de contenu qui structurent les oppositions entre les cibles. Elle met en évidence trois critères (ou dimensions) qui rendent compte de différents clivages entre les cibles. La première dimension oppose les cadres, décrits comme *décidés, indépendants* et *compétitifs,* aux employés, *susceptibles, timides, gentils* et *affectueux.* Sur cette dimension, l'homme et la femme sont interchangeables au sein de chaque rôle professionnel. Son contenu désigne manifestement les qualités les plus utiles en vue de s'engager dans les professions respectives. La deuxième dimension, toutefois, isole la femme employée, décrite comme *sensible, émotive* et *chaleureuse,* en l'opposant très fortement aux deux cadres décrits comme *analytiques, logiques* et *agressifs* (l'employé de sexe masculin occupe ici une position intermédiaire néanmoins plus proche des cadres). Sur la troisième dimension, enfin, apparaît l'homme cadre, décrit comme *intolérant, égoïste* et *irritable,* opposé aux autres cibles, mais surtout à la femme cadre, décrite comme *indépendante.* Dans leur ensemble, ces résultats montrent que les contenus expressifs sont davantage associés au statut le moins prestigieux tandis que les contenus instrumentaux le sont avec le statut de cadre. Mais l'expressif et l'instrumental se différencient encore selon les deux premières dimensions. Certains contenus expressifs sont associés aux employés dans leur ensemble, d'autres, en priorité, à la femme qui occupe ce rôle. L'examen attentif de ces contenus signale que l'employée est particularisée sur la deuxième dimension pour ce qui est de ses tendances à l'empathie. Sa sensibilité, sa chaleur et son émotivité soulignent l'attention qu'elle prête à autrui dans une relation de subordination. Quant aux chefs, sur cette même dimension, ils sont caractérisés précisément par leur manque d'expressivité, soit leur esprit analytique et logique. Les qualités expressives de la femme employée se complètent avec des traits personnologiques plutôt négatifs, comme la timidité et la susceptibilité, lorsque les descriptions incluent l'employé de sexe masculin. Quant aux hommes dans leur ensemble, dont le cadre semble constituer le prototype, ils sont caractérisés par des traits instrumentaux plutôt négativement évalués comme l'égoïsme et l'intolérance.

Or si le comportement non verbal est lié au statut social, les femmes occupant plus souvent un statut subordonné, il doit être possible d'observer une réduction, voire une inversion des différences entre les sexes si des femmes ayant un statut social élevé interagissent avec des hommes de bas statut. Cette idée, suggérée par les données que je viens de présenter, a fait l'objet de deux expériences manipulant le statut des partenaires dans des dyades unisexes ou mixtes (Snodgrass, 1985 ; 1992). Dans l'une d'entre elles (1985), les séances d'interaction débutent par l'apprentissage du langage des sourds. L'un des participants, choisi au hasard, assume le rôle de moniteur (chef), l'autre celui d'élève (subordonné). Trois autres activités qui n'impliquent pas des différences de rôles leur sont ensuite proposées. Après avoir fait chacune des activités, les sujets remplissent un questionnaire dans lequel il leur est demandé de s'autodécrire sur plusieurs caractéristiques (par exemple, *j'ai dominé l'échange*), de décrire leur partenaire *(il/elle a dominé l'échange),* la manière dont le partenaire se perçoit *(il/elle pense avoir dominé l'échange),* et la manière dont le partenaire perçoit le sujet *(il/elle pense que j'ai dominé l'échange).* Pour chaque sujet, deux scores de « sensibilité interpersonnelle » sont calculés. L'un, appelé *l'autre me voit,* exprime la capacité qu'a le sujet de ressentir comment autrui le perçoit. L'autre score, appelé *l'autre se voit,* exprime la capacité de ce même sujet à ressentir la manière dont autrui se perçoit lui-même. Les résultats montrent que quel que soit leur sexe, les sujets placés dans le rôle de subordonné ont des scores de sensibilité plus élevés que ceux placés dans le rôle de chef. (Un problème méthodologique peut être décelé ici : l'enseignement et l'apprentissage du langage des sourds exigent en tant que tels — et non seulement de par le statut des acteurs — des compétences non verbales. L'étude que Snodgrass présente en 1992 met par contre en jeu un « patron » et un « employé » en situation d'entretien.) Cet effet apparaît après la première activité, celle précisément qui introduisait une différence statutaire, et disparaît dans les activités qui instaurent des rôles symétriques. Des analyses plus fines révèlent néanmoins que les sensibilités interpersonnelles sont plus élevées dans les dyades mixtes, mais seulement lorsque les femmes occupent le rôle de subordonnées et font donc face à un chef de sexe masculin. Il s'agit de situations davantage conformes à la répartition des rôles masculins et féminins en société[1]. Le partenaire de sexe masculin conduit les femmes à *accentuer* les scores de sensibilité interpersonnelle qui sont ceux des subordonnés en général. Il apparaît ainsi que le degré d'expressivité des individus a partie liée avec la position de ces individus dans une relation asymétrique. S'il est vrai que la manipulation expérimentale d'une relation où l'homme est le moniteur et la femme est l'élève produit l'effet le plus massif sur l'expressivité du subordonné, la compétence expressive ne se réduit toutefois pas au déploiement d'un tempérament *sui generis,* car la disparition de l'effet après les activités asymétriques atteste que cette compétence se ramène à un effet des positions des individus dans la relation sociale.

Dans une expérience, Dafflon et moi-même avons demandé à des hommes et des femmes de se décrire et de décrire autrui à l'aide de huit critères bipolaires en rapport avec les tempéraments sexués (par exemple, *aime prendre des initiatives* versus *aime suivre les initiatives d'autrui ; dit les choses abruptement* versus *dit les choses avec tact).* Les deux pôles de chaque critère étaient séparés par une échelle en sept points à l'aide de laquelle les sujets jugeaient un certain nombre de cibles (*moi comme je suis maintenant, les hommes en général, les femmes comme elles se voient,* etc.). Deux aspects des représentations réciproques des hommes et des femmes, analogues à ceux rapportés par Snodgrass, seront mentionnés ici. Le premier aspect s'apparente à une sensibilité du type *l'autre se voit.* Nous avons d'abord corrélé les autodescriptions moyennes fournies par les femmes sur chaque dimension (réponses des

1. C'est ainsi que la clairvoyance féminine, toutes choses égales par ailleurs, devrait apparaître plus intensément quand autrui est un homme que quand autrui est une autre femme. Toutefois, l'enregistrement de cette modulation en milieu naturel est entravé par l'abondance de signaux expressifs en provenance d'autres femmes et l'insuffisance de ceux adressés par les hommes. La compétence expressive qui s'observe néanmoins chez elles face aux hommes, alors même que ces derniers sont des « mauvais utilisateurs » du code expressif, conforte alors l'idée que les femmes s'appuient fortement sur une investigation des indices expressifs. De ce fait, l'absence occasionnelle de différences entre leurs compétences en fonction de contextes intra- et inter-sexes ne peut être tenue pour une preuve suffisante de l'absence de liens entre l'expressivité individuelle et l'oppression sociale.

femmes à propos de la cible : *moi comme je suis maintenant*) avec les descriptions des hommes sur les femmes (réponses des hommes à propos de la cible : *les femmes comme elles se voient*). La corrélation est élevée. Nous avons ensuite calculé le lien correspondant (réponses des hommes : *moi comme je suis maintenant,* corrélées avec les réponses des femmes : *les hommes comme ils se voient*). Ces deux cibles ne manifestent aucun lien. L'écart entre les corrélations atteste que les hommes devinent correctement la manière dont les femmes se perçoivent elles-mêmes. Le soi féminin est en quelque sorte bien déchiffré par les hommes tandis que le soi masculin semble illisible aux femmes. Considérons le second aspect des représentations réciproques et qui s'apparente à une sensibilité du type *l'autre me voit.* D'une part, les descriptions moyennes des femmes à propos du hors-groupe (réponses des femmes : *les hommes en général*) ont été corrélées avec les descriptions d'eux-mêmes que les hommes imputent aux femmes (réponses des hommes : *moi comme les femmes me voient*). Cette corrélation est nulle. D'autre part, le lien correspondant (réponses des hommes : *les femmes en général,* avec les réponses des femmes : *moi comme les hommes me voient*) est à nouveau élevée. Ici, les indices suggèrent que les femmes décodent les sentiments des membres du hors-groupe à leur égard, mais elles estiment que ces sentiments sont liés à l'emploi de connaissances générales, stéréotypées, qui, s'appliquant à l'individu en particulier, s'appliquent *également* au groupe de femmes dans son ensemble.

Un état de subordination, mais aussi l'appartenance au groupe féminin, stimulent la connaissance de soi, et ce, à travers le regard que les membres de l'autre groupe portent sur le groupe d'appartenance en tant que tel. Ce processus psychologique peut être interprété comme une sorte d'effet de réalisme sociologique. Tout se passe comme si les subordonnés reconnaissaient que leurs propres opinions à propos des chefs n'ont pas une grande importance, alors que l'opinion et surtout l'évaluation de ces derniers à leur égard peut avoir des répercussions sérieuses sur leur devenir. La sensibilité des dominés à la relation sociale et au groupe d'appartenance traduit une perception sinon une conscience d'une origine et d'un contrôle externes de leur propre état de subordonnés. Cette conscience est raffermie par les dominants qui, en s'interrogeant sur la manière dont les dominés se perçoivent eux-mêmes, s'en font une représentation en tant que groupe, mais un groupe de type agrégat. Chez le dominé, à une connaissance de soi sur le mode de l'appartenance s'associe une connaissance des dominants sur le mode de la personnalisation. La notion d' « intuition féminine », cette qualité censément innée et « intime », nous plonge alors au cœur de l'interaction sociale par le biais de ce que Cooley (1902) appelait le soi en miroir : la connaissance de soi des subordonnés, plus que celle des dominants, serait fortement médiatisée par autrui.

« Intuition féminine », II : connaissance d'autrui

Définitions de soi portant l'empreinte du groupe, sensibilité au rapport intergroupes, voici quelques traits que le sens commun objective dans l'idée d'intuition féminine. Mais nous allons voir que celle-ci, sous quelque modalité qu'on la conçoive, ne se réduit pas à un savoir sur soi-même. Revenons sur l'effet d'homogénéisation du hors-groupe, cette caractéristique censément univoque et universelle des perceptions sociales que j'ai évoquée au chapitre 6, et qui consiste à traiter les membres des hors-groupes de manière plus homogène que les membres des groupes d'appartenance (voir Sedikides et Ostrom, 1993). L'étude de l'homogénéité du hors-groupe rencontre la problématique de l'androgynie à plusieurs endroits. D'une part, on peut penser que l'emploi d'un schème de différences individuelles, l'androgynie, favorise l'*individualisation* des membres d'un même groupe, ou du moins leur particularisation et leur fragmentation selon des sous-types (cf. chapitre 11). D'autre part, l'emploi du schème de genre, chez les individus sexués, fait apparaître au premier plan des contrastes entre *groupes* aux dépens des idiosyncrasies de leurs membres. Une explication unitaire de ces deux phénomènes, l'hétérogénéité relative du groupe d'appartenance et la différenciation intergroupes, doit faire appel à des processus jusque-là étudiés séparément, à savoir : ce qui émerge chez les androgynes (la personnalisation du soi), et ce qui prime chez les sexués (l'identité collective).

J'ai proposé que le statut social des groupes rend compte dans une mesure appréciable du degré d'homogénéité des perceptions sociales (cf. chapitre 13). Une anecdote rapportée par Rothbart, concernant les distinctions sur une base ethnique, illustre cette idée : « Il y a plusieurs années, je dispensais un séminaire sur les relations raciales auquel participaient en nombre approximativement égal des étudiants noirs et blancs. Le plus souvent, les étudiants blancs posaient une question en commençant de la façon suivante : "Est-ce que les Noirs ne ressentent pas...", ou, "Si les Noirs voulaient seulement..." L'enseignant blanc écoutait et se disait à lui-même : "C'est une observation intéressante...", ou "Bonne question..." Si un étudiant noir commençait sa question par : "Est-ce que les Blancs ne ressentent pas...", ou "Si les Blancs voulaient seulement...", l'enseignant devenait plus réticent et se disait à lui-même : "Qu'entendez-vous par 'les Blancs' ? ; il y a toutes sortes de Blancs, certains sont conservateurs, certains sont progressistes, certains sont Juifs, certains sont Gentils, certains sont sensibles aux problèmes des minorités, d'autres ne le sont pas. 'Les Blancs' est une catégorie trop vaste et dépourvue de sens pour l'utiliser de cette façon, et je ne peux en aucun cas répondre à la question de l'étudiant noir dans sa forme actuelle" » (Rothbart, Dawes et Park, 1984, p. 112). Si la familiarité des individus avec les membres des différents groupes ou leur importance numérique sont souvent invoquées pour rendre compte de telles observations, le modèle des groupes collection et agrégat, mais aussi l'hypothèse de l'oppression, font penser que la dépersonnalisation des individus varie également, toutes choses égales par ailleurs, en sens inverse du prestige et du statut de leur groupe d'appartenance. D'une part, les groupes collection et agrégat diffèrent notamment quant aux homogénéités et aux différenciations intra- et inter-catégorielles qu'ils autorisent. D'autre part, l'hypothèse de l'oppression rend compte de la personnalisation des membres du groupe dominant voulue par eux et soutenue par les dominés, à savoir un effet d'hétérogénéité relative du *hors*-groupe. Ceci m'amène à formuler l'attente selon laquelle le biais d'homogénéité du hors-groupe sera davantage le fait des dominants (ici : les hommes) envers les dominés (les femmes).

Considérons une première illustration de cette idée. Dans une recherche utilisant le paradigme de rappel indicé (Lorenzi-Cioldi, Eagly et Stewart, en préparation), les descriptions de quatre personnes étaient présentées à des étudiants d'une Université américaine. Dans les principales conditions expérimentales, les personnages étaient identifiés par des prénoms d'hommes et de femmes. Ils étaient en outre présentés comme d'autres étudiants comme eux, comme des travailleurs, ou comme des « personnes ». Les sujets devaient ensuite se rappeler des descriptions associées à chaque prénom. Les résultats de la tâche de rappel se présentent sous la forme de proportions d'erreurs commises par les sujets selon la méthode décrite au chapitre 6. En comparant les erreurs portant sur le groupe d'appartenance et sur le hors-groupe sexuels, on peut estimer le degré auquel les sujets établissent des distinctions à l'*intérieur* de chaque sexe. Les théories en vigueur prédisent que l'homogénéité du hors-groupe sera plus importante que celle du groupe d'appartenance. Or les résultats montrent que ce sont les hommes uniquement qui homogénéisent le hors-groupe. De surcroît, lorsque les cibles sont présentées comme d'autres étudiants, une situation qui laisse présager des rencontres intersexes fréquentes qui rendent ce rapport saillant, les femmes individualisent davantage les membres de l'autre groupe.

Cette étude atteste l'importance du sexe et du contexte dans la perception d'homogénéité dans le hors-groupe, et *a fortiori* dans la personnalisation de soi et d'autrui. Elle suggère que les effets de l'oppression, ici représentés par l'homogénéisation relative des cibles féminines, débordent le champ des strictes expressions corporelles, faciales, ou vocales. Or la focalisation des dominés sur le rapport intergroupes devrait aboutir à une sensibilité accrue aux *situations* qui font que les dominants sont ce qu'ils sont : des êtres personnels. La connaissance d'autrui dont font preuve les dominés, leur « intuition », devrait emprunter le chemin des rôles et des places sociales des dominants. Les dominés devraient être sensibilisés aux paramètres qui encadrent les relations entre groupes et qui confèrent aux dominants le privilège social d'actualiser leur pouvoir. Ils devraient baser leurs jugements sur des critères complexes et multidimensionnels.

Pour tester le bien-fondé de cette idée, j'ai examiné la mémoire des sujets pour des hommes et des femmes placés dans différentes situations à forte teneur sociologique. Le point de départ de cette étude était le paradigme *Qui a dit quoi ?* (cf. chapitre 6), dans lequel les sujets doivent associer les portraits des locuteurs aux phrases préalablement prononcées au cours d'une discussion. Dans la plupart de ces études, toutefois, les thèmes de discussion invoqués n'avaient de rapports ni avec le genre ni avec le statut social des personnes (la vie quotidienne dans un campus ; Frable et Bem, 1985) ; dans d'autres études, les thèmes étaient davantage typiques d'un sexe que de l'autre (les comportements d'aide à autrui ; Branscombe, Deaux et Lerner, 1985). Or l'étude des liens entre l'expression du visage et la prototypie sexuelle que j'ai présentée au chapitre 9 montre la nécessité de tenir compte de ce lien : les jugements de typicalité de visages d'hommes et de femmes ayant une expression souriante ou neutre avaient révélé que la femme souriante est un bien meilleur prototype de la catégorie des femmes, et que l'homme neutre l'est, bien que de manière moins exclusive, de la catégorie des hommes. Les représentations des sexes sont donc affectées par le *contenu* des cibles, dans ce cas leurs expressions. J'ai dont sélectionné un contenu en rapport avec le critère de catégorisation sexuelle des cibles et avec le *statut* des hommes et des femmes dans la société : des contextes d'activité « domestiques » et « publics ». La dichotomie du privé et du public traverse la littérature sur les tempéraments des sexes : le premier pôle évoque les rôles féminins et le tempérament expressif, le second les rôles masculins et le tempérament instrumental (cf. chapitre 1). Cette dichotomie est par conséquent apte à évoquer les places sociales des deux sexes. Elle alimente la distinction des sexes avec des indices sociaux qui renvoient à leurs statuts respectifs.

Considérons les traits saillants de ce paradigme (voir Lorenzi-Cioldi, 1993, pour plus de détails). L'expérimentateur annonçait aux sujets, des adolescents des deux sexes, qu'ils allaient participer à une étude sur la mémoire. Ceux-ci devaient alors mémoriser douze paires de photographies et de silhouettes humaines. L'expérimentateur mélangeait ensuite les différents éléments et les sujets devaient reconstituer les couples de photographies et de silhouettes. Ils devaient donc se rappeler de *Qui était où.* Les photographies représentaient six contextes d'activités : un garage, un jardin, un bureau, une chambre à coucher, une cuisine, un salon d'esthétique. Chaque contexte était reproduit dans un environnement domestique, et dans un environnement public. Le « garage » était ainsi représenté par un atelier de mécanicien (environnement public) et par un atelier dans une cave (domestique) ; le « bureau » était représenté dans une compagnie, et à la maison ; le « jardin », par des plantes dans une serre d'un jardin botanique, et dans un salon ; et ainsi de suite. Les silhouettes, dessinées à l'encre de chine, consistaient en six hommes et six femmes distingués par les cheveux (courts ou longs) et l'habit (pantalons ou jupe). Des couleurs ont ensuite été appliquées au pull-over, aux pantalons ou à la jupe, pour faire en sorte de distinguer entre elles les silhouettes de même sexe. Les photographies et les silhouettes étaient ensuite appariées de sorte que, pour chaque sujet, les variations des couleurs des silhouettes masculines et féminines fussent identiques. Les principales conditions expérimentales, appelées *concrètes,* comprenaient deux situations. Pour certains sujets, les silhouettes d'hommes étaient appariées aux environnements publics, et les silhouettes de femmes aux environnements privés. Cette situation est congruente avec les stéréotypes. Pour d'autres sujets, l'inverse était proposé, donnant une situation incongruente.

Une analyse des moyennes d'erreurs pour l'ensemble des sujets confirme la présence d'un effet d'homogénéité du hors-groupe. Toutefois, une analyse plus fine des résultats oblige — comme dans la recherche précédente — à formuler au conditionnel cet effet d'homogénéisation. Chez les hommes, l'effet est très prononcé et ne varie pas selon les contextes domestiques et publiques. Chez les femmes, il est absent dans l'ensemble, mais il varie en fonction des situations. Les femmes homogénéisent le hors-groupe lorsque les silhouettes d'hommes sont placées sur les contextes privés (situation incongruente) et homogénéisent l'intragroupe lorsque les silhouettes de femmes se trouvent sur ces mêmes contextes privés (situation congruente). Cela signifie, plus simplement, que les femmes homogénéisent toutes les silhouettes d'hommes ou de femmes *se trouvant sur les contextes privés*. Elles ont ainsi organisé leurs perceptions en fonction d'un clivage qui ressortit davantage aux *places* allouées aux sexes qu'au sexe des personnages eux-mêmes. Mais ce faisant, elles ont homogénéisé les cibles se trouvant sur des contextes stéréotypiquement *appropriés*.

Un questionnaire d'autodescription comprenant un sous-ensemble des traits du questionnaire de Bem était également administré aux sujets au terme de l'expérience. Ceci nous permet de lier l'usage du schème de genre (tel qu'il est conçu et mesuré par les partisans de l'androgynie) et les performances à la tâche de rappel que je viens de décrire. Comme je m'y attendais, les femmes sexuées prennent plus intensément en compte que les femmes androgynes l'indice de statut représenté par la dichotomie privé-publique. Chez les hommes, ici comme dans d'autres études, l'orientation sexuelle n'est guère liée à leurs performances. Tout se passe comme si, chez eux, le schème de genre n'inhibait ou du moins ne modulait pas leurs performances comme chez les femmes.

Cette étude introduisait les positions sociologiques des sexes dans les dynamiques de représentations masculines et féminines. Ces positions renvoient aux statuts respectifs des hommes et des femmes dans la structure sociale. Les résultats vont dans le sens d'une spécificité des styles cognitifs de traitement de l'information en fonction des places occupées par les hommes et les femmes dans cette structure. La maxime selon laquelle *Ils se ressemblent tous, mais nous sommes tous différents,* ne se vérifie ni auprès de tout le monde ni dans toutes les situations. Les hommes — sexués *et* androgynes — différencient les deux groupes d'hommes et de femmes et homogénéisent le hors-groupe, mais sur la seule base « biologique ». Les femmes sexuées, plus que les androgynes, prennent en compte l'indice de statut social. Ceci seconde chez elles une pensée plus relationnelle qui est étroitement liée au sentiment d'appartenance au groupe, à la mise en œuvre du tempérament féminin. De ce fait leurs perceptions, à l'opposé de celles des hommes, sont ajustées à une division *sociologique* (les rôles sociaux) bien plus qu'à la division sexuelle en tant que telle. Ces résultats illustrent une composante authentiquement psychosociologique des dynamiques de représentations sexuelles. Le statut social est plus saillant dans la pensée des moins favorisés dans le rapport des sexes. Sa prise en compte amène une définition collective du groupe d'appartenance par le biais de la place qu'occupe ce groupe dans la société, ainsi qu'une meilleure attention accordée à la position sociale qu'occupent les membres du hors-groupe dominant.

Dans leur ensemble, les études présentées dans ce chapitre font apparaître que ce que l'on désigne habituellement par « intuition féminine » est, dans une mesure qu'il serait dangereux d'ignorer, l'effet d'une subordination sociologique. Elle surgit chez les femmes comme une connaissance de ce que les hommes pensent d'elles en même temps que comme le sentiment que les qualités attribuées aux hommes découlent des privilèges que leur octroie la domination. Les travaux que j'ai présentés prolongent et articulent des idées émises d'une part dans le champ des théories intergroupes, où Lemaine (1974), par exemple, voit dans le handicap d'un groupe la source de l'originalité des membres de ce groupe, et d'autre part dans le champ de la cognition sociale, où Schaller (1992) voit dans cette même subordination sociologique l'impulsion pour l'élaboration de stratégies cognitives de compréhension de l'environnement multidimensionnelles. Au vu de la complexité de ces résultats, le partage des individus que préconisent les partisans de l'androgynie en fonction de la possession d'un schème de genre paraît s'appuyer sur des bases bien trop rudimentaires. Ce n'est pas le fait que les individus aient ou n'aient pas un schème de genre qui importe, mais plutôt l'origine de ce schème et les effets qu'il produit. Ceux-ci sont fonction de la position sociale des individus. Le pouvoir prédictif de la typologie d'orientations sexuelles est tenu en échec par le simple fait de plonger les individus dans un contexte dense de références sociologiques. La séparation radicale du sexe (biologique) et du genre (culturel) prônée par cette typologie, si elle ne doit pas être rejetée, est l'objet de multiples restrictions. En particulier, mes études montrent clairement que l'accession à l'état androgyne autorise les individus à escamoter leurs appartenances collectives mais d'une manière qui est déjà accomplie par les hommes, *au sein de leur propre groupe,* dans bon nombre de situations ordinaires. Des obstacles s'opposent, pour les femmes, à l'accession à l'état androgyne, alors même que leurs comportements tendent en retour à gratifier les hommes de cet état. Le prochain chapitre traite de la manière dont la relation de domination, et *a fortiori* l'appartenance au groupe dominant, contribue à « produire » de l'androgynie. Deux variables absentes dans les études menées par les partisans de l'androgynie surgiront ici au premier plan : l'appartenance des individus à des groupes de statuts différents (mais des groupes définis par d'autres critères que le sexe) et les situations d'interaction entre ces groupes.

Chapitre 15

L'androgynie comme principe d'inclassabilité

> Ainsi, le dominant est aussi dominé, mais par sa domination — ce qui, évidemment, fait une grande différence.
>
> Bourdieu.

L'impossibilité d'assigner aléatoirement les individus à des groupes d' « hommes » et de « femmes », l'absurdité même de cette idée, fait croire que l'approche expérimentale est naturellement bannie de l'étude de l'androgynie. Cette démission empirique, à son tour, renforce la croyance selon laquelle les comportements des hommes et des femmes doivent être interprétés en invoquant leurs traits de personnalité, leurs tempéraments qui sont donc supposés stables et transsituationnels. Dans ce chapitre, j'aborde la question de l'émergence de l'identité androgyne en usant précisément d'une démarche expérimentale. Deux stratégies au moins s'offrent à qui veut mettre à jour ce que les expressions de l'identité des hommes et des femmes doivent à des enjeux qui ne sont pas inhérents de manière exclusive à leur sexe biologique. On peut montrer que les définitions de soi et d'autrui des hommes et des femmes s'accordent avec celles des membres d'autres groupes, groupes « naturels » ou, mieux, expérimentaux, tels les groupes collection et agrégat dont on pense qu'ils sont liés par des rapports analogues. On peut également montrer que des variables de situation, en particulier le type d'interaction entre les groupes, modulent l'identité des individus. Ces stratégies sont décrites dans ce chapitre. Elles vont conduire au rejet du postulat de la consistance et de la stabilité des traits de personnalité, des tempéraments ou schèmes cognitifs, et finalement à l'abandon de l'idée même de typologie de personnalités, sexuées et androgynes.

Au-delà de sexe et genre

Qu'elle soit conçue comme la réunion des qualités des deux sexes ou leur fusion en un seul être, ou comme l'indifférence envers la dichotomie sexuelle, l'androgynie amplifie l'antagonisme de l'identité personnelle (les idiosyncrasies individuelles) et de l'identité sociale (les caractéristiques que l'individu tire de ses groupes d'appartenance). Elle nous oblige à penser à une personne qui se singularise en échappant aux contraintes que lui signifient ses multiples appartenances aux groupes. Un nombre important de recherches ont toutefois mis en évidence des différences notables entre les individus quant à leur « disponibilité » à l'état androgyne — de quelque manière qu'il soit conçu. L'androgynie psychologique est observée plus fréquemment chez les hommes que chez les femmes ; les hommes mettent plus souvent en œuvre un schème de différences individuelles, tandis que les femmes ancrent plus fortement leurs perceptions d'elles-mêmes dans le rapport qui les unit à l'autre groupe. Les études effectuées dans le cadre de l'hypothèse de l'oppression ont déjà suggéré une connexion entre ces modulations de l'identité et les positions sociales asymétriques des hommes et des femmes. Cette articulation permet notamment de comprendre les variations de l'homogénéité des groupes et les dynamiques de différenciation entre les groupes. De manière consistante, dans ces travaux, les femmes se conçoivent et sont conçues comme des membres plus interchangeables de leur catégorie que ne le sont les hommes.

Les recherches que je vais exposer dans ce chapitre visent à décrire les effets du statut des groupes sur les représentations de soi des individus, sur leur masculinité, féminité et androgynie. Elles inscrivent les dynamiques de différenciation entre les sexes et de l'identité personnelle dans les rapports entre groupes dominants et dominés. Ce projet nous oblige finalement à « produire » expérimentalement l'asymétrie des groupes plutôt que de considérer, comme je l'ai fait jusqu'ici, que l'appartenance sexuelle constitue par elle-même, à titre de postulat, une opérationnalisation du statut. Les notions de groupes collection et agrégat constituent donc les pièces maîtresses de ces expériences. L'induction de ces appartenances, basées sur des contenus et des modalités de rapports sociaux autres que le genre mais qui leur sont homologues, devrait permettre d'enrichir la compréhension des représentations observées chez les hommes et les femmes. Ces représentations ne sont dès lors plus spécifiques aux deux sexes et peuvent être généralisées au statut social. Autrement dit, les appartenances collection et agrégat ne se basent pas sur l'adhésion des individus au tempérament de leur sexe, à savoir à des caractéristiques dont la signification s'est élaborée puis cristallisée en dehors de la situation expérimentale. Des contenus différents et sans correspondances systématiques avec la division sexuelle peuvent être associés aux groupes expérimentaux. Ma relecture de l'androgynie comme une modalité d'identité personnelle s'acquérant plus facilement dans *certains* groupes, les groupes dominants, fait de cette manipulation des appartenances expérimentales le point le plus délicat de l'intervention empirique : à une appartenance qui se manifeste à travers une dénomination commune, qui privilégie l'interchangeabilité de soi et autrui, l'homogénéisation des individus (groupe agrégat), doit s'opposer une appartenance qui favorise leur distinctivité, la différenciation entre personnes (groupe collection). Cette dernière, tout en soulignant les spécificités des individus, constitue néanmoins à leurs yeux *une véritable appartenance*.

Des orientations théoriques qui vont dans le sens d'une compatibilité de la personnalisation du soi et de l'appartenance collective ont déjà été proposées. Les études menées par Codol (1984), Deschamps (1984 ; Deschamps et Lorenzi-Cioldi, 1981), et Doise et Lorenzi-Cioldi (1989), ont prouvé expérimentalement que la perception catégorielle d'un groupe est compatible avec l'individuation des membres de ce groupe. Des résultats qui attestent la coexistence de perceptions individuelles et collectives ont été obtenus également par des auteurs dont l'orientation théorique n'est pourtant pas favorable à ce type d'articulation de l'individuel et du collectif. Fiske et ses collaborateurs (voir Fiske et Neuberg, 1990), par exemple, défendent l'idée d'un continuum qui va des perceptions les plus catégorielles aux perceptions les plus individualisées de soi et autrui. C'est ce même modèle que Tajfel (voir Tajfel et Turner, 1986) a prôné sur le plan des perceptions et des comportements des individus en société, et c'est finalement un modèle analogue qui a présidé à l'idée de tempéraments sexués dans les travaux classiques sur la différence des sexes. Selon ces modèles, au pôle catégoriel (intergroupes, chez Tajfel) les individus privilégient les attributs qui décrivent leurs groupes tandis qu'au pôle individuel (interindividuel, chez Tajfel) ils n'accordent de valeur qu'aux attributs personnels. Or les données recueillies dans plusieurs études font apparaître des phénomènes plus complexes. Contrairement aux attentes initiales des auteurs, leurs résultats montrent systématiquement que lorsque les sujets jugent des personnes, ils *associent* des référents catégoriels à des attributs personnels. Dans une recherche (Fiske *et al.*, 1987), les sujets devaient se faire une impression à propos de quatre cibles (un bailleur de fonds, un artiste, un médecin et une personne sans autres spécifications). Chaque cible était décrite par quelques traits consistants (par exemple, *l'artiste est créatif*), inconsistants *(le médecin est incompétent)*, ou non pertinents *(le bailleur de fonds est de taille moyenne)*. Les sujets examinaient les descriptions et ce faisant ils devaient verbaliser ce qui leur venait à l'esprit. Les comptes rendus des sujets ont ensuite été analysés à l'aide d'une grille séparant les référents catégoriels (les mentions d'appartenances de la cible) et personnalisés (ses traits de caractère, etc.). Les auteurs attendaient l'exclusion mutuelle de référents catégoriels et personnalisés à propos d'une même cible, et plus précisément : d'une part, l'usage de l'information catégorielle devait être maximale pour les cibles décrites par des traits consistants avec leur catégorie ; d'autre part, l'usage de l'information personnelle devait être maximale pour les cibles décrites de manières inconsistantes et ne se pliant donc pas aux attentes associées à leur catégorie d'appartenance. Mais les résultats suggèrent que si l'usage d'informations personnelles augmente en fonction de l'inconsistance des descriptions, l'usage d'informations catégorielles est *dans tous les cas* élevé. La perception des cibles en tant que membres d'un groupe n'exclut nullement leur personnalisation.

Alchimie des androgynes

Plusieurs dispositifs expérimentaux ont été imaginés pour induire un rapport asymétrique entre groupes (voir Lorenzi-Cioldi, 1988 ;

Lorenzi-Cioldi et Clémence, 1987). J'illustre ici ce type d'intervention expérimentale en considérant le paradigme des groupes *semblables et différents* (pour une description exhaustive, voir Lorenzi-Cioldi, 1988). Celui-ci comporte deux phases. Lors de la première, les sujets se décrivent à l'aide d'une liste d'adjectifs. Ces descriptions sont censément utilisées par l'expérimentateur, lors de la phase suivante, pour classer les sujets dans l'un des deux groupes de type collection ou agrégat.

Relations interpersonnelles et appartenances collectives. Considérons d'abord le questionnaire utilisé lors de la première phase. Les adjectifs servant à la description de soi ont été sélectionnés à l'aide d'une population parente à laquelle l'expérimentateur proposait une tâche d'associations libres de mots et de jugements de ces mots sur deux dimensions — les relations avec autrui et l'évaluation — couramment utilisées pour la construction d'échelles de personnalité et notamment d'androgynie. Une analyse factorielle des jugements recueillis a permis de retenir des groupes de trois synonymes, en fonction de leur relationnalité (par exemple, *indépendant,* faiblement relationnel et instrumental, et *altruiste,* fortement relationnel et expressif) et de leur évaluation (*amical,* positif et *soumis,* négatif). Le tableau 4 montre ces traits.

Tableau 4. — Traits retenus dans les expériences *semblables et différents*

		Relations avec autrui	
		faibles	fortes
Evaluation	positive	indépendant spontané *autonome*	altruiste *amical* communicatif
	négative	*pointilleux* minutieux méticuleux	obéissant *soumis* subordonné

Note. — En caractères *italiques* les caractéristiques-stimuli. L'analyse factorielle atteste que les trois adjectifs d'une même case sont des synonymes. Tiré de Lorenzi-Cioldi, 1988, p. 96.

Les trois adjectifs d'une même case, des synonymes, sont donc apparentés sur tous les critères (par exemple, *obéissant, soumis* et *subordonné,* sont faiblement évalués et fortement relationnels). La tâche d'autodescription que doivent accomplir les sujets en usant de ces douze traits est précédée d'une induction qui valorise le soi *personnel,* à savoir l'originalité de l'individu.

Au cours de la phase suivante, qui se déroule collectivement une semaine plus tard, l'expérimentateur communique aux sujets les résultats de l'épreuve et met en place les appartenances de types collection et agrégat (ces résultats sont fictifs, et chaque sujet, à son insu, est placé au hasard dans l'un ou l'autre groupe). Il leur annonce que des groupes vont être formés sur la base des descriptions de soi recueillies. Les sujets apprennent que le dépouillement de leurs réponses montre que des personnes ont répondu *très différemment les unes des autres,* et que d'autres ont répondu *de manière très similaire.* Dans une condition, l'expérimentateur poursuit en annonçant aux sujets qu'il y aura deux groupes, les *différents* et les *semblables,* et que chaque groupe s'est avéré être de composition sexuelle mixte. Dans une autre condition, il leur annonce que les hommes et les femmes se sont avérés être majoritairement dans l'un ou l'autre groupe — selon les conditions expérimentales — donnant des appartenances expérimentales unisexes.

Cette modalité de création des groupes, tout en étant basée sur une tâche de description de soi, n'est pas explicitement liée à un facteur psychologique, « interne » aux individus. Les groupes sont formés sur la base des relations entre tous les individus, relations de ressemblance ou de différence. L'appartenance au groupe est anonyme et de surcroît les sujets ne connaissent pas au sens habituel du terme leur propre score d'originalité. En effet, contrairement aux études sur le « paradigme des groupes minimaux » (Tajfel *et al.,* 1971) où les sujets appartiennent à un même groupe parce qu'ils ont tous préféré les peintures de tel ou tel artiste, etc., ici les sujets n'ont aucune information sur leur degré d'autonomie et d'originalité. Ils apprennent toutefois que la comparaison de leur profil de réponses avec celles des autres étudiants fait d'eux des personnes originales ou non originales. Autrement dit, leurs représentations d'eux-mêmes, en termes d'originalité, découlent exclusivement de la place qu'ils occupent dans une trame de relations interpersonnelles et en même temps intergroupes. Les groupes expérimentaux véhiculent de cette manière une opposition entre la singularisation du soi (groupe *différents*) et l'uniformité ou l'homogénéité interpersonnelle (groupe *semblables*). Le rapport qui unit les groupes contribue à la définition même des propriétés de chaque groupe et de l'identité de leurs membres. En particulier, l'hétérogénéité des membres du groupe *différents* se fonde sur une diversité *dans* le groupe qui n'a de sens que par le biais de l'opposition de ce groupe à l'autre groupe, les *semblables*. Groupes *différents* et *semblables* opérationnalisent ainsi les idées de collection et d'agrégat rapportées au chapitre 13. Le groupe *différents* est doté de caractéristiques qui s'apparentent à la norme d'originalité, d'autonomie et de spécificité individuelles, et le groupe *semblables* est défini de manière plus holiste par l'homogénéité et l'indifférenciation parmi les membres du groupe.

Lors de la seconde phase de l'expérience, les sujets décrivent plusieurs cibles qui se rapportent aux appartenances expérimentales et sexuelles. A cette fin, les traits préalablement utilisés pour l'autodescription sont partagés en trois ensembles. Rappelons que ces traits représentent quatre groupes homogènes quant à leurs relationnalité, évaluation et signification. En prenant une caractéristique dans chaque case de ce tableau, on compose trois nouveaux ensembles de traits. Chaque nouvel ensemble comporte désormais des traits hétérogènes (instrumentaux, expressifs, positifs, négatifs, et ayant des significations variées), mais les trois ensembles sont maintenant identiques dans le sens où ils sont *pareillement hétérogènes* (par exemple, un ensemble était : *indépendant, altruiste, pointilleux* et *obéissant*; il s'agit du premier trait de chaque case du tableau 4. Un autre ensemble était : *autonome, communicatif, méticuleux* et *subordonné*; il s'agit du troisième trait de chaque case de ce tableau).

Immédiatement après l'induction des appartenances *semblables* et *différents,* l'expérimentateur annonce la répartition des traits en ces ensembles. Cette répartition s'effectue censément, à nouveau, sur la base des réponses que les sujets ont données au cours de la phase d'autodescription. Elle est justifiée de la manière suivante : un ensemble de traits est présenté comme étant typique du groupe d'appartenance (la consigne soulignait qu'il s'agissait des « caractéristiques majoritairement choisies par les membres de votre groupe ») ; un autre ensemble comme étant typique du hors-groupe. Ces deux ensembles sont ce que j'appellerai ci-après les *ensembles spécifiques* aux groupes. Le dernier ensemble de traits est présenté comme un *ensemble commun* à tous les individus (les « caractéristiques majoritairement choisies par tous les individus, indépendamment de leurs appartenances »).

Les sujets décrivent alors les cibles (un membre typique — mais anonyme — de chaque groupe, les groupes en tant que tels, et le soi) sur les traits de chaque ensemble. Ces descriptions sont effectuées à deux reprises, en considérant les cibles en tant que *semblables* et *différents,* et en tant qu'*hommes* et *femmes* (par exemple, *moi-même, en tant que membre du groupe différents* ; *moi-même, en tant qu'homme*).

La production des androgynes. Les analyses détaillées de ces réponses sont présentées ailleurs (Lorenzi-Cioldi, 1988). Il m'importe ici de développer certains résultats de l'une des expériences effectuées à l'aide de ce paradigme (354 sujets) qui sont directement en rapport avec la problématique de l'androgynie. Considérons d'abord les proportions d'androgynes qui apparaissent chez les sujets en fonction de leurs appartenances expérimentale (*semblables* ou *différents*) et sexuelle. Le calcul du score d'androgynie a été opéré en considérant les autodescriptions de la phase expérimentale (cible : *moi-même, en tant qu'homme,* ou *moi-même, en tant que femme,* selon le sexe des sujets). Il s'agit plus précisément des descriptions de soi des hommes et des femmes sur l'ensemble des traits spécifiques au groupe d'appartenance et sur l'ensemble des traits spécifiques au hors-groupe. Ce score d'androgynie est identique quant à la méthode de calcul et quant à sa logique au score classiquement calculé sur la base des réponses à des questionnaires comme l'*Inventaire des rôles sexuels* de Bem. Mais la différence capitale est qu'ici le score d'androgynie est composé des autodescriptions sur des contenus hétérogènes qui ne calquent pas la division des tempéraments sexués. Il s'agit donc d'un score d'androgynie « expérimentale ».

Considérons plus en détail les caractéristiques de ce score qui a été calculé selon la technique du partage autour des médianes (cf. chapitre 4). Dans la condition d'appartenances expérimentales unisexes, sur lesquelles se base le calcul, tous les hommes d'une part et toutes les femmes d'autre part font partie de groupes distincts, *semblables* ou *différents* (dans un cas, tous les hommes sont des *différents,* et toutes les femmes des *semblables*; dans l'autre cas, tous les hommes sont des *semblables,* et toutes les femmes des *différents*). La comparaison des autodescriptions sur les traits typiques de l'intragroupe avec les autodescriptions sur les traits typiques du hors-groupe — les deux ensembles spécifiques — permettent le calcul du score. J'insiste sur le fait que ce score est conceptuellement identique à celui calculé dans toutes les études sur l'androgynie, mais il est cette fois basé sur des traits qui *n'entretiennent pas de liens systématiques* (biologiques, sociaux et psychologiques) *avec la différence des sexes.* Comme le montre le tableau 4, en effet, l'ensemble des traits typiques de l'intragroupe et l'ensemble des traits typiques du hors-groupe sont des synonymes. Chaque ensemble représente toutes les modalités d'expressivité et d'instrumentalité, ainsi que d'évaluation positive et négative. Par conséquent, les contenus de ces deux ensembles de traits ne sont pas calqués sur les *différences objectives* entre les sexes (et ce, bien entendu, contrairement aux dimensions d'instrumentalité et d'expressivité dans tous les questionnaires d'androgynie). L'intérêt de ce score expérimental réside ainsi dans le fait qu'il permet d'examiner l'occurrence de l'androgynie dans un contexte fortement dénaturalisé où les contenus de l'androgynie puisent dans les rapports entre groupes dominant et dominé (collection et agrégat), et non dans les qualités sexuées et des tempéraments cristallisés en société. La situation créée dans cette expérience poursuit mais dépasse — elle porte en fait à son accomplissement — la volonté des partisans de l'androgynie de libérer la figure de l'androgyne des mailles de la réalité sociale objectivée. L'androgynie est considérée pour ce qu'elle doit aux groupes d'appartenance, à leurs statuts respectifs, et non aux tempéraments des hommes et des femmes.

Considérons les résultats de cette expérience. De fortes différences dans les propensions à l'androgynie émergent en fonction des groupes d'appartenance des sujets. Examinons d'abord les différences entre les sexes : la représentation de soi « androgyne » est davantage le fait des hommes (40 % d'entre eux contre 27 % des femmes) ; ces proportions sont proches de celles observées à l'aide des passations courantes, y compris les nôtres, des questionnaires d'androgynie (cf. chapitre 10). L'identification inappropriée (l'endossement des traits du hors-groupe au dépens de ceux du groupe d'appartenance) est plus fréquente chez les femmes (30 % d'entre elles contre 12 % des hommes), là encore conformément aux études classiques. Les groupes expérimentaux produisent également des différences : les *différents* (hommes et femmes) sont plus souvent androgynes que les *semblables* (36 % contre 29 %). Mais la combinaison des appartenances expérimentale et sexuelle montre un fait intéressant : parmi les hommes *différents,* nous trouvons 48 % d'androgynes, et parmi les hommes *semblables,* 33 % seulement ; la décroissance de la proportion d'androgynes s'observe aussi, dans une moindre mesure, chez les femmes : dans le groupe *différents,* 28 %, et dans le groupe *semblables,* 24 %. Il apparaît donc que l'appartenance expérimentale module les propensions à l'androgynie des hommes et des femmes.

Cette étude comportait d'autres variables indépendantes, qui introduisent des variations situationnelles. Parmi celles-ci, on trouve l'ordre dans lequel les sujets effectuaient les jugements sur soi en tant que membres des groupes expérimentaux et en tant qu'hommes ou femmes. Lorsque les sujets se décrivent en premier lieu en tant que membres d'un sexe (les descriptions, donc, qui servent à calculer le score d'androgynie), ce sont les hommes dans leur ensemble qui ont les plus fortes proportions d'androgynie. C'est cette situation qui restitue le plus fidèlement la propension masculine généralisée à l'androgynie que j'ai relevée tout au long de ce livre. Mais lorsque les sujets commencent par se décrire en tant que membres des groupes *semblables* et *différents,* les proportions d'androgynie subissent des modulations notables : 55 % des hommes *différents* sont androgynes (bien davantage que les proportions observées en milieu naturel), mais seulement 30 % des hommes *semblables* ; de manière analogue, quoique de nouveau moins prononcée, 30 % de femmes *différentes* associent les qualités des deux groupes, mais seulement 24 % de femmes *semblables*. On remarque que ces proportions s'ordonnent sur un continuum qui comprend, à un pôle, les appartenances dominantes (les hommes *différents*) et, à l'autre pôle, les appartenances dominées (les femmes *semblables*), en passant par les combinaisons d'appartenances incongruentes (les hommes *semblables* et les femmes *différentes*) qui produisent des proportions d'androgynes moyennes, mais identiques chez les deux sexes.

Ces résultats complètent ceux que j'ai rapportés en mettant en œuvre les paradigmes de recherche d'inspiration cognitive utilisés par les partisans de l'androgynie, ainsi qu'en examinant soigneusement les résultats de leurs propres études. Ils démontrent que l'androgynie est une représentation sociale. En particulier, l'image de l'individu autonome, l'identité personnelle, si elle est une qualité plus typiquement masculine, est également élaborée par *tous les individus* au sein d'un groupe collection, dominant, plutôt qu'au sein d'un groupe agrégat, dominé. L'androgynie n'est donc pas un fait qui relève de manière exclusive ni même prépondérante de la sexualité. Mais ce qui est plus important pour mon propos, c'est qu'elle n'exige pas l'annihilation ou la mise à l'écart de l'appartenance au groupe. Bien au contraire, loin d'être une disposition individuelle qui se développe à l'*encontre* du groupe d'appartenance, elle apparaît ici comme le produit de l'insertion des individus dans un groupe *lorsque celui-ci a un statut plus élevé que le hors-groupe*. L'androgynie est donc une manière d'être qui signale, plus qu'elle n'oblitère, l'appartenance de l'individu au groupe.

Examinons maintenant les résultats qui proviennent d'une autre variable manipulée dans cette expérience *semblables* et *différents* : l'ordre de jugement des cibles sur les ensembles spécifiques (les traits typiques de chaque groupe) et sur l'ensemble commun (les traits choisis par tous les individus). Pour certains sujets, les descriptions sur les traits communs précédaient ceux sur les traits spécifiques aux groupes, pour d'autres ils les suivaient. Revenons un instant sur le rôle joué par les traits qui relèvent de l'ensemble commun. Ces traits sont les caractéristiques censément choisies par les individus indépendamment de leurs groupes d'appartenance. Elles évoquent donc l'image d'une personne détachée des groupes, image qui s'apparente à la norme valorisée dans la situation expérimentale (l'autonomie et l'originalité des individus) et finalement à l'androgynie psychologique. Ces traits fournissent une occasion supplémentaire de vérifier l'asymétrie du rapport intergroupes : la norme de l'individualité singulière, évoquée par les traits communs, devrait s'apparenter à la représentation que se font d'eux-mêmes les dominants (les hommes et les *différents*). C'est ainsi que l'ordre de présentation de l'ensemble commun devrait provoquer des modulations dans les jugements des sujets à propos des groupes en présence dans la situation expérimentale. On peut en effet penser que la présentation de l'ensemble commun avant ou après les ensembles spécifiques permet de séparer sur le plan psychologique deux aspects complémentaires des représentations de la personne. D'une part, la composante de liberté et d'autonomie par rapport aux groupes en présence (lorsque les descriptions des cibles se font en premier lieu sur les traits communs), et d'autre part, l'identité personnelle que s'approprient les dominants (lorsque les traits communs suivent les descriptions des groupes sur les traits spécifiques). Autrement dit, la représentation de la personne en tant que prototype d'individualité dominante devrait s'intensifier après la rencontre des groupes *semblables* et *différents* sur leurs ensembles respectifs.

Cette hypothèse peut être testée en examinant l'intensité des différenciations entre groupes expérimentaux ou de sexe sur les traits communs. Elle se formule comme suit. Les plus favorisés (hommes et *différents*) effectueront davantage de discriminations intergroupes lorsque les jugements à propos de ces groupes sur l'ensemble commun suivent les jugements sur les ensembles spécifiques, alors que les moins favorisés (femmes et *semblables*) effectueront davantage de différenciations dans l'ordre opposé. Les résultats vérifient cette hypothèse. Les différenciations connaissent de très fortes variations en fonction de cette manipulation de l'ordre des jugements, et ces variations sont maintenant plus intenses chez les femmes et chez les *semblables* que chez les autres sujets. Comme dans les études que j'ai présentées au chapitre 14, où les dominés apparaissaient plus sensibles au contexte sociologique, la représentation androgyne (ou personnaliste) de soi est reconnue par les dominés comme étant une prérogative des dominants. Dans un contexte de faible intensité de rencontre entre les groupes (lorsque les descriptions des cibles sur l'ensemble commun sont effectuées en premier), les dominés s'approprient eux aussi et tout autant que les autres de cette représentation de soi déliée des groupes d'appartenance. Mais ils ne le font que dans ce contexte. (A la lumière de ces résultats, on comprend mieux l'insistance avec laquelle les partisans de l'androgynie proposent des jugements sur soi en l'absence de contextes collectifs ; cf. chapitre 4.)

Faut-il encore insister sur la complexité de l'androgynie en psychologie sociale ? Le chemin parcouru nous a mené au travers de notions, de domaines de la psychologie, de méthodologies, de prises de position si disparates, si hétérogènes qu'il est de prime abord bien difficile de s'y retrouver. Pourtant, des points de repère sont apparus ici et là et ne peuvent plus être ignorés. Dans ce chapitre, j'ai montré ce qu'il advient de l'androgynie lorsqu'elle est plongée dans l'interaction sociale et qu'elle revêt les apparences d'une représentation sociale de l'identité, la personnalisation du soi, parmi d'autres identités concurrentes. Certes, ce faisant, l'androgynie perd ses lettres de noblesse. Son rôle primitif de puissance génératrice — de bien-être personnel, d'atomisation ou de désagrégation d'un social jugé contraignant — se résorbe dans celui de puissance générée — par les exigences du social précisément.

L'androgynie est une représentation sociale. Elle est une manière de se concevoir qui a l'aspect de l'identité personnelle. Elle est inégalement distribuée parmi les groupes (les hommes plutôt que les femmes, les dominants plutôt que les dominés), mais peut être actualisée par chacun et chacune dans des situations déterminées. Les faits qui attestent ces vues proviennent d'une variété de travaux empiriques : des travaux basés sur différentes approches de l'androgynie (de contenu : coprésence et fusion ; et de processus : transcendance), sur différentes méthodologies (descriptions de soi, emploi de schèmes cognitifs, effets d'appartenances expérimentales et de situations), et faisant appel à des échantillons hétérogènes d'individus. Les résultats d'enquêtes montrent des différences entre individus et catégories d'individus, et l'expérimentation fait apparaître ce qui actualise, en amont, l'androgynie psychologique. C'est ainsi que l'hypothèse de l'oppression et la mise en place des groupes collection et agrégat font ressortir de deux manières distinctes mais convergentes les liens entre l'androgynie et le statut social des individus dans les groupes d'hommes et de femmes. Ce faisant, ces travaux permettent d'ancrer l'identité personnelle dans les groupes — et non hors de ces groupes — et permettent de prédire l'émergence de cette représentation de soi en apparence déliée des groupes que prônent les partisans de l'androgynie.

Considérons à nouveau, pour finir, une constante qui émerge des recherches que j'ai présentées concernant l'inégale propension à l'androgynie chez les hommes et les femmes. Tous les individus usent d'un schème de genre lorsqu'ils sont insérés dans un contexte qui rend saillante la composante « biologique » de l'appartenance sexuelle. Les femmes, comme les hommes, se décrivent à l'aide d'un tempérament sexué lorsque les adjectifs *masculin* et *féminin* de l'*Inventaire des rôles sexuels* sont présentés en premier (cf. chapitre 10). Mais les femmes, et elles seulement, continuent à se référer aux qualités sexuées même en l'absence d'ancrage biologique. C'est ainsi que prend forme l'une des naturalisations les plus puissantes qui soient. Ceux qui élaborent les représentations de leur appartenance sexuelle autour d'indices biologiques s'apparentent le plus aisément à l'idéal culturel androgyne. Ils cultivent, chacun, leur différence, leur « personnalité ». Celles pour qui le sexe est inscrit dans des contenus d'origine culturelle et sociale sont souvent contraintes de se concevoir en usant de dichotomies empruntées au regard de l'autre et qui laissent peu de place à l'expression des différences entre personnes dans leurs groupes. Les premiers peuvent alors « oublier » qu'ils ont un sexe — dans bon nombre de situations quotidiennes la biologie n'est pas invoquée — et peuvent en même temps proclamer que les compétences des individus sont, seules, au fondement de la réussite sociale. Les autres, au contraire, sont constamment rappelées à leur place qui est inextricablement sociale, culturelle et biologique. Une anecdote rapportée par Bem (1989, p. 662) à propos de son jeune fils, Jeremy, illustre ce paradoxe. Se rendant au jardin d'enfants avec des barrettes dans les cheveux, Jeremy se heurta à l'incrédulité d'un camarade de jeux : « A plusieurs reprises, son petit camarade insista sur le fait que Jeremy devait être une fille parce que "les filles seulement mettent des barrettes". Après avoir vivement protesté que "mettre des barrettes n'a aucune importance ; être un garçon, ça signifie avoir un pénis et des testicules", Jeremy enleva son pantalon afin de mettre un point final à la discussion. Mais son petit camarade ne fut pas pour autant persuadé. Il releva simplement que "tout le monde a un pénis ; mais les filles seulement mettent des barrettes dans leurs cheveux" ».

Conclusion

Un monde sans Orient et sans Occident

Ce livre s'est ouvert sur l'évocation de l'horizon mythique où siégeaient les ancêtres androgynes. L'androgyne, d'abord rêvé comme une entité abstraite et symbolique, représenté ensuite comme la réunion de l'homme et de la femme, régnait avant l'instant où, nous disent les mythes, tout aurait basculé. Aucun thème n'est, en apparence, plus archaïque et suranné que celui de l'androgynie. En dépit de cela, la psychologie semble avoir depuis peu conçu de toutes pièces l'androgyne. Pour une large part, il s'agit là d'une d'erreur de perspective. L'androgynie tire son origine de lieux et d'âges si reculés et si hétérogènes aux nôtres qu'ils se confondent dans un point sans consistance, situé à l'orée du temps. C'est bien la mythologie la plus antique qui, comme je l'ai signalé, propose le seul modèle viable de la réunion des sexes ; c'est elle qui, par un tour de force qui lui est propre, peut le situer *avant* l'existence des sexes. Témoignant des activités et des préoccupations d'hommes et de femmes en chair et en os, l'androgynie a depuis lors été comprise comme quelque chose de plus qu'un symbole, quelque chose qui, comme l'a observé Eliade (1962, p. 95 s.), parachève la *sympathie* du bien et du mal, de Dieu et de Méphistophélès. Se soumettant aux critères de vérité qui sont ceux de la science au tournant du XXe siècle, la psychologie a submergé le symbole dans les images, et a peuplé ses théories et ses interventions empiriques d'individus extravagants et insolites auprès desquels, toutefois, l'idéal androgyne ne s'est jamais entièrement dissipé. Plus tard seulement, les psychologues se sont efforcés d'en faire des êtres voluptueux mais non dépravés, insoumis mais non chamailleurs. Si la psychologie sociale n'a pas « inventé » l'androgynie, elle en a donc forgé des conceptions nouvelles. Il serait sans doute excessif d'affirmer que la psychologie a été au service du mythe[1], mais on peut néanmoins se demander si dans ce livre, en prenant position dans cette discipline et en demeurant amarré à son vocabulaire, nous avons complètement quitté les mythes. En aidant à la promotion d'une alternative à ce qui est, nous n'avons peut-être fait autre chose que de rendre acceptable ce qui a toujours été.

Parti d'une insatisfaction à l'égard de la manière dont la psychologie actuelle défend la notion d'androgynie, j'ai dû me rendre, au fil des lectures et des recherches, à une évidence irréductible : si l'androgynie est dotée d'une vitalité littéralement extraordinaire, si elle apparaît toujours métamorphosée dans des lieux, des moments et des contextes eux-mêmes différents, il y a persistance au plus profond des innombrables figures d'androgynes d'une tension entre l'abstrait et le concret. Les scientifiques s'efforcent de bâtir une androgynie dépouillée de références à l'ambiguïté sexuelle, mais leurs concepts ont le plus souvent été défigurés lorsqu'ils ont été utilisés par les acteurs sociaux. L'androgynie est une représentation sociale, car elle inscrit inlassablement des images dans un symbole, celles-là m'ayant parues plus versatiles que celui-ci. Ces images interviennent de surcroît dans l'élaboration des significations que les individus donnent à leurs expériences en tant qu'hommes et en tant que femmes.

Considérons comment Halley de Fontaine, dans une thèse en médecine soutenue à Paris en 1938, classait les mythes et les rites d'an-

1. Cette conjecture a été formulée par Stoczkowski (1992) dans un article polémique à propos des explications de l'origine de l'homme en anthropologie. L'auteur avance que « Les analogies entre certaines théories paléoanthropologiques et quelques conceptions antiques ne viennent pas du fait que la science a confirmé les mythes ; elle en est plutôt devenue victime. Victime en ce sens qu'elle n'a pas réussi à tenir son ambitieuse promesse d'abandonner les schémas préconçus et de ne construire le savoir que sur la base des "faits" » (p. 750).

drogynie. Il en repérait de plusieurs sortes, et concluait que « L'androgynie consiste en la réunion des deux sexes en un même être, mais selon divers modes, la bisexualité peut être : un fait de constatation médicale, une construction mythique, une bisexualité fonctionnelle ; de la réunion en un des deux sexes peut émerger un être nouveau asexué, et alors l'androgynie devient paradoxalement synonyme d'asexualité ; la bisexualité peut être simultanée ou alternée et, dans ce dernier cas, la possibilité d'oscillation des sexes dans un même être suppose qu'aucun d'eux n'a un caractère exclusif, mais qu'ils passent, en quelque sorte, à tour de rôle de la dominance à la récessivité » (p. 216). J'ai d'abord montré, dans ce livre, comment la psychologie sociale est en mesure de conférer un ordre à ces descriptions de l'androgynie qui offrent ici le spectacle de pièces détachées d'un puzzle. L'idée des deux sexes qui alternent dans un même être, qui oscillent en un sexe prépondérant et un sexe en sommeil, correspond à l'individu *caméléon*. L'idée de l'androgynie comme simultanéité des deux sexes s'apparente à celle d'individu *symbiotique*. Enfin, la figure de l'androgyne asexué que Halley de Fontaine, comme Eliade, repèrent chez les romantiques allemands du XIXe siècle, est représentée par celle de l'*angélisme*. Dans les mythes les plus anciens, dans la littérature, et dans la psychologie sociale actuelle, l'androgynie est angélique et est le plus fortement opposée à une représentation hermaphrodite des sexes : la question de la réalité ou plutôt de la « matérialité » de l'androgyne ne s'y pose pas avec acuité. L'androgynie psychologique se dérobe à l'hermaphroditisme puis à l'homosexualité, en même temps qu'elle se soustrait aux manières d'être d'individus réputés exceptionnels, des artistes par exemple, pour se loger finalement dans leurs manières de penser et de structurer le monde.

Les métamorphoses successives de l'être androgyne témoignent également de la difficulté d'asseoir un concept scientifique lorsque ce concept désigne quelque chose qui est *déjà* confortablement logé dans les représentations sociales des individus. Le travail de *désobjectivation* de la polarité sexuelle a débuté avec l'idée d'alternance des qualités sexuées au sein de l'individu et s'est poursuivie avec la formalisation de processus cognitifs généraux, le schème de genre et son absence, le schème de différences individuelles. Cette évolution a donc consisté à résorber et à dissoudre les dehors stigmatisés de l'androgyne dans ses manières de penser, recevant alors des jugements plus positifs en termes de souplesse et d'originalité. Elle a cumulé les efforts visant à soustraire l'androgynie des mailles d'une réalité sociale qui en faisait la caractéristique d'une minorité d'individus déconcertants, déviants, et par là même confortant les catégories traditionnelles de la pensée comprises par tous. A la périphérie de ces catégories étaient précisément l'homosexualité, mais aussi l'ambivalence et la surcharge sexuelle. L'individu qui participait des deux sexes cessait d'être ce qu'il *devait* être sans pour autant accéder à ce qu'il aurait *voulu* être. La réflexion scientifique sur la différence des sexes était sommée de retrouver au plus près ce qui est, et de garantir en même temps ce qui doit être dans la société actuelle. Comme l'exprime Tournier (1981) : « Il y a dans l'ethnologie, la sociologie et la psychanalyse, un biologisme de principe qui voudrait que tous les ressorts de l'homme favorisent son intégration au corps social. [...] Il est difficile de faire admettre à des esprits de formation scientifique qu'il puisse y avoir *aussi* des mécanismes propres à sauvegarder une certaine *inadaptation* de l'individu dans la société » (p. 31). Jusqu'à l'aube des années 1970, l'opposition des sexes apparaît comme un fait incontournable qui — pour des raisons à la fois théoriques, méthodologiques, et idéologiques — défend de conférer une valeur positive aux différences dans les groupes d'hommes et de femmes et suspend les similitudes entre les sexes. Les critiques des partisans de l'androgynie se sont dirigées contre les modèles bipolaires, tels ceux de Terman et Miles; et de Parsons, dans lesquels le critère de validité des différences entre les sexes était l'adéquation des tempéraments masculins et féminins des individus à leurs caractéristiques biologiques. Il s'agissait d'une simplification certaine du monde social lorsque l'on constate que les prototypes des tempéraments sexués proposés par ces auteurs après tant de recherches sont ceux de l'ouvrier et de la ménagère : des manières d'être traduisant les pôles les plus traditionnels et stéréotypés de la division sexuelle du travail qui accorde le rôle économique à l'homme et le rôle affectif à la femme. La théorie de l'androgynie réinvente ou du moins réhabilite l'hétérogénéité des personnes en les affranchissant du groupe. Elle le fait, dans un premier temps, par le truchement de combinaisons variées de scores de masculinité et de féminité obtenus par les individus en réponse à des questionnaires de traits de personnalité. Des êtres nouveaux, les androgynes certes, mais aussi les indifférenciés, les femmes masculines et les hommes féminins, surgissent, en psychologie sociale, aux côtés des seules figures jusque-là dignes d'approbation. Mais, vite accusée par certains de ses tenants de cautionner indirectement une logique de classification binaire par son insistance sur les contenus des tempéraments, la théorie réoriente la réflexion en employant les outils de la cognition sociale. Les chercheurs entreprennent alors un examen microscopique de structures cognitives individuelles. Ils se débarrassent du contenu de la personnalité androgyne, à savoir de l'idée d'une manière d'être qui alterne des comportements et qui réalise l'équilibre des tempéraments, et exacerbent une opposition entre deux manières de penser : celle qui fait usage du schème de genre, outrageusement simplificateur et donc dévalorisé, et celle qui, faisant appel à un schème alternatif, s'ouvrirait sur le respect des spécificités de chacun.

Dans ce livre, dont le titre peut tromper sur son objet, j'ai donc insisté, comme l'ont fait notamment Eliade et Delcourt en considérant la mythologie, sur le rôle de ressort joué par la dialectique de l'abstrait et du concret dans l'évolution des conceptions de l'androgynie en psychologie sociale. Il m'a paru important de souligner comment, si l'accent s'est porté sur l'un ou sur l'autre des termes de cette dichotomie, leur tension n'est jamais parvenue à une totale résolution ; cette dialectique est encore à l'œuvre dans les conceptions scientifiques actuelles, et on peut s'attendre à ce qu'elle s'empare également des débats à venir. La valorisation de l'androgynie, sa promotion au rang d'idéal, impliqueraient ainsi une sorte d'iconoclastie se traduisant par une remontée vers toujours plus d'abstraction conceptuelle et théorique. J'ai exposé les différentes étapes par lesquelles l'androgynie s'est vidée de sa substance. L'accent y était mis sur ce que l'androgynie *n'est pas*. J'étais alors tout naturellement appelé à dire ce qu'est l'androgynie. Mais la réponse à cette question, fondée sur l'accumulation de résultats convergents de recherches empiriques, a abouti à la remise en question de la manière dont les adeptes de l'orientation cognitive en psychologie sociale ont conçu l'androgynie. Celle-ci nous est en effet apparue non pas comme une structure cognitive, mais comme une modalité parmi d'autres quoique particulièrement importante de l'identité individuelle. A son tour, la genèse de cette identité personnelle repose sur les rapports qu'entretiennent les hommes et les femmes en société. Il s'est alors avéré que si les partisans de l'androgynie ont accompli un travail considérable pour désobjectiver l'androgynie, rien ne prouve aujourd'hui que leurs efforts, pourtant voués à un but fondé, aient emprunté le bon chemin : à la réification de la personnalité androgyne « doublement sexuée », simple incorporation de la division sociale du travail entre les sexes, s'est substituée la réification non moins dangereuse d'un individu abstraitement conçu comme une machine à traiter l'information selon des règles inaltérables. En voulant soustraire la notion d'androgynie à l'emprise d'images inscrites dans les représentations des individus, les psychologues en ont manifestement diminué l'emprise sur la réalité. Les schèmes cognitifs — de genre ou de différences individuelles — sont des hypothèses sur la psychologie des individus qui, à leur tour, font de ceux-ci des entités sans positions sociales. Les schèmes sont supposés avoir une existence autonome, de sorte que les activités perceptives individuelles, le traitement de l'information « environnante », obéiraient à des règles formalisables. Le postulat de l'enracinement des schèmes au plus profond de la psychologie individuelle perpétue la volonté de répartir la population dans une typologie opposant les individus androgynes (a-schématiques) et sexués (schématiques). Les débats entre chercheurs, durant les années 1980, portent les marques de cette nouvelle objectivation de l'androgynie dans la psychologie individuelle : ils concernent les règles de traitement de l'information et non leurs *conditions d'apparition* et leurs fluctuations. Ces règles, conçues en dehors des contextes dans lesquels elles sont appelées à fonctionner, magnifient l'idée d'un individu qui préexiste à l'interaction sociale et qui n'en est donc pas fondamentalement influencé. Les difficultés que l'interaction sociale oppose parfois à l'accession à l'état androgyne, et que nous avons rencontrées à maintes reprises dans ce livre, sont ainsi escamotées.

Ceci explique, en partie, l'attrait qu'a exercé l'optique des schèmes cognitifs, et le fait que l'idée de types compartimentés d'individus ait survécu aux efforts des scientifiques visant à dénaturaliser l'être androgyne. Or il y a quelque chose de paradoxal dans cette idée eu égard à la volonté affichée par les partisans de l'androgynie de promouvoir les différences entre personnes ; en effet, comme le dénonce Wicklund (1990), « Aussitôt que tous les individus d'une population sont partagés en catégories sur la base d'un critère concret, l'essence de chaque personne est réduite à l'appartenance à la catégorie. Les différences entre individus *à l'intérieur* d'une catégorie et les variations intra-individuelles à travers le temps et les contextes ne sont pas prises en considération. L'explication du comportement est alors toujours rapportée aux caractéristiques de la catégorie » (p. 123). L'insistance sur la spécificité de la psychologie des individus qui ressortissent à un même type de personnalité fait renaître des objectivations, car elle dispense de l'investigation des facteurs qui amènent les individus à endosser ou au contraire à renoncer à l'androgynie. La typologie d'orientations sexuelles coupe les attaches des individus avec leurs groupes et plus généralement avec la société. Il suffit pour s'en convaincre d'observer l'usage que les partisans de l'androgynie font de cette typologie dans leurs études. Dès lors qu'un « bon » questionnaire d'androgynie a été élaboré et administré aux sujets, la personnalité joue immanquablement le rôle de variable *indépendante* (c'est-à-dire une variable antérieure, explicative et ne requérant donc pas d'explication). La typologie est demeurée dans leurs écrits parce qu'elle y sert à assurer l'existence collective — et plus exactement le grand nombre — des androgynes : des êtres bannis, psychologisés, et stigmatisés dans les approches antérieures de la différence sexuelle. C'est ainsi que la démarche consistant à classer les sujets dans des types heuristiques s'ajoute à l'angélisme qui s'est prétendument débarrassé de la société et de ses conflits pour entretenir, aujourd'hui plus que jamais, l'illusion d'un changement social reposant sur la simple juxtaposition de comportements individuels.

Comme l'a écrit Moscovici : « Une fois que nous pénétrons un peu sous la couche extérieure, nous remarquons bientôt que les lois psychologiques sont la version condensée de toute une sociologie » (1986, p. 74). C'est en effet à l'endroit même de cette nouvelle réification typologique que la psychologie sociale dont je me réclame dans ce livre est appelée à accomplir une tâche aussi difficile qu'importante. Les conceptions de l'androgynie, plurielles dans toutes les activités du symbolisme humain ainsi que dans chacune des disciplines qui en ont fait leur objet, témoignent du fait que, comme je l'ai relevé en développant des illustrations littéraires et historiques, cette notion est *un enjeu de l'interaction sociale*. L'éclosion de conceptions de soi androgynes ou sexuées est fonction de plusieurs paramètres extrinsèques et antérieurs à l'état des cognitions individuelles : j'ai pris en considération le sexe des individus, leurs groupes d'appartenance, ces groupes ayant une existence « naturelle » ou expérimentale, et les situations dans lesquelles s'actualisent ces conceptions. Les variations des propensions individuelles à exprimer un soi androgyne, quoique complexes et pour bon nombre d'entre elles encore mal comprises, ne sont nullement aléatoires ou propres à l'individu. Les résultats d'expérimentations et d'enquêtes signalent que l'androgynie s'apparente davantage aux images de soi des hommes et à celles des plus favorisés dans un rapport social, ou encore à celles des dominants dans une situation expérimentale.

Le pôle le plus abstrait de l'androgynie s'actualise plus aisément lorsque l'insertion sociale des individus revêt l'aspect d'une collection. Ici, l'androgynie *signifie* le privilège, mais elle le dissimule en le faisant apparaître comme détaché de ses origines collectives. Les résultats montrent aussi que ce concept est tout d'abord une représentation de soi qui s'élabore dans des contextes sociaux où les caractéristiques des individus en tant que telles ne sont plus à l'origine de l'explication. Car les partisans de l'androgynie, en optant pour les schèmes de catégorisation, ont privilégié l'étude des relations entre la personne et l'objet (les traits de personnalité, les stéréotypes, et plus généralement l' « information »), et ont sacrifié l'étude des significations, bien plus complexes et polymorphes, produites par les acteurs sociaux. Il est donc urgent, après avoir reconnu la multiplicité des représentations d'androgynie, de s'atteler à l'étude des conditions dans lesquelles les hommes et les femmes s'approprient d'une représentation androgyne d'eux-mêmes et d'elles-mêmes. La psychologie sociale, comme l'a souligné Doise (1993), doit rétablir les liens entre le psychologique — ici, les modalités cognitives de traitement de l'information — et ce que les partisans de l'androgynie ont désigné, mais pour mieux s'en protéger, comme son extérieur : la société. Il s'agit de libérer les études sur l'androgynie de leur centration trop exclusive sur l'organisation cognitive individuelle. Le fait d'être ou de ne pas être androgyne a ici moins d'importance que ce qui, en amont, occasionne cet état, son évolution, et sa coexistence avec d'autres représentations collectives de soi.

Les études présentées dans ce livre montrent que la frontière qui sépare les types de personnalités masculine et féminine du type a-schématique n'est pas aussi imperméable que le prétendent les partisans de l'androgynie. Souvent, la masculinité se désolidarise de la féminité pour se rapprocher de l'androgynie. La typologie est poreuse parce que l'androgynie n'est pas un concept qui relève de manière exclusive — et peut-être pas de manière prioritaire — d'une théorie psychologique de la personnalité. Elle est aussi propre aux relations entre groupes, où elle fait appel aux composantes les plus personnelles de l'identité sociale des individus. L'étude du champ expressif, en particulier de l' « intuition féminine » (dont la « féminité » semble reposer en partie sur une homologie et donc une confusion des polarités sexuelle et statutaire), a d'abord montré l'étendue et la multiplicité des voies à travers lesquelles les individus comprennent le monde social et agissent en fonction des places qu'ils y occupent. L'étude de l'originalité, illustrée par le paradigme des groupes collection et agrégat, a ensuite montré que l'androgynie, conçue comme une identité personnelle, peut être produite, puis amplifiée ou contrecarrée, chez les hommes aussi bien que chez les femmes. La société — le statut social des groupes et les relations entre groupes — freinent ou favorisent l'androgynie. Nos résultats semblent même suggérer l'hypothèse audacieuse selon laquelle, dans une société où continuent de s'opposer rôles masculins et rôles féminins, une « androgynie féminine » s'opposerait à son tour à une « androgynie masculine ». La première véhiculerait une perception plus intuitive, plus différenciée, donc plus relationnelle et sociologique des relations entre hommes et femmes, alors que la seconde serait davantage axée sur l'exacerbation des composantes idiosyncrasiques du soi dans le groupe, l'identité personnelle. Cette idée est sans doute un peu paradoxale. Mais n'avons-nous pas remarqué, avec désenchantement, que l'androgynie psychologique comme concept unificateur des deux sexes a partie liée en son état actuel avec l'androcentrisme ? Et n'est-il pas aussi problématique de bâillonner l'originalité androgyne dans un type compact de personnalité ? Tenons donc pour assuré que l'abandon d'une définition unique de l'androgynie rappelle, tout à l'opposé de ce que prétendent ses partisans, que l'identité de l'individu — dont l'androgynie est une modalité importante — est indissolublement liée aux groupes d'appartenance.

Les représentations d'un soi qui s'individualise dans le groupe et la sensibilité au rapport intergroupes sont donc les deux versants d'une même dynamique sociale. Le soi androgyne — dans son sens habituel de personnalisation et de mise en suspens du collectif — se propage mieux dans certains groupes et s'actualise plus facilement dans certains contextes d'interaction que dans d'autres. L'androgynie *nécessite* le groupe mais *semble* en faire l'économie, comme le signale d'ailleurs la similitude récurrente des comportements d'*hommes* masculins et d'*individus* androgynes dans un grand nombre d'études. Les illustrations empiriques que j'ai fournies conduisent au rejet du postulat faisant de l'androgynie une disposition individuelle, stable, et pouvant contrecarrer ou invalider les effets de l'appartenance à un groupe. Il ne fait plus aucun doute que l'androgynie n'est pas seulement une manière d'être ou une manière de penser inscrite dans le cerveau des individus. Vu sous l'angle de l'hypothèse de l'oppression ou comme l'effet des relations entre groupes collection et agrégat, le personnalisme androgyne est ancré dans un rapport de domination dont les raisons d'être et le contenu relèvent de dynamiques psychosociales. L'identité personnelle s'enracine dans le rapport que le groupe d'appartenance entretient avec un autre groupe, et surgit comme le prolongement du collectif plutôt qu'à ses dépens. L'androgynie est ainsi le produit des relations entre individus en société, elle est inscrite, donc, dans les rapports sociaux dont les représentations d'appartenances de types collection et agrégat fournissent une clé de lecture, provisoire certes, mais éloignée de l'idée mécanique du traitement cognitif de l'information.

Le propre d'un grand mythe est, à l'opposé d'une théorie scientifique, de résister à l'accumulation de données contraires à l'intrigue qu'il met en scène. Le heaume des guerriers d'une peuplade nigériane représente, sur l'une de ses faces, le visage d'un homme noir, et sur l'autre face, le visage d'une femme blanche (reproduit par Zolla, 1989, p. 90-91). Le heaume est censé apporter la vigueur et la puissance durant la bataille. Interrogés sur sa signification, les guerriers se montrent évasifs en mentionnant des oppositions comme « le jour et la nuit », « le passé et le futur », ou en racontant une fable de famille où le mari abattait les ennemis pendant que sa femme rechargeait le fusil ; cette anecdote suggère une fois de plus qu'images et symboles ne sont pas les deux faces synchrones de la même médaille. L'itinéraire de Sadeur en Terre australe, puis son retour au bercail, sèment le doute sur notre capacité à faire subir une métamorphose définitive à l'être androgyne, sur notre aptitude à le décrire en des termes à la fois concrets et positifs, et finalement sur la possibilité d'un retour à l'androgynie comme elle est contée dans les mythes fondateurs. C'est pourtant en attribuant à l'androgynie des significations qui ne relèvent pas de ce monde que les hommes et les femmes concourent à édifier, le plus souvent à consolider, les cadres sociaux de leur propre existence quotidienne.

Bibliographie

Allport G. W. (1954), *The nature of prejudice,* New York, Doubleday.

American Psychological Association (1975), Minutes of the Council of the Representative, *American Psychologist, 30,* 620-651.

Antill J. K. et Cunningham J. D. (1979), Self-esteem as a function of masculinity in both sexes, *Journal of Consulting and Clinical Psychology, 47,* 783-785.

Ashmore R. D. (1990), Sex, gender and the individual, *in* L. A. Pervin (Ed.), *Handbook of personality : Theory and research,* New York, Guilford.

Bachelard G. (1960), *La poétique de la rêverie,* Paris, Presses Universitaires de France.

— (1970), *Le droit de rêver,* Paris, Presses Universitaires de France.

Bakan D. (1966), *The duality of human existence,* Chicago, Rand McNally.

Bales R. F. et Slater P. E. (1955), Role differentiation in small decision-making groups, *in* T. Parsons et R. F. Bales (Eds), *Family, socialization and interaction processes,* New York, Free Press.

Balzac H. (1835/1967), Séraphîta, *in* H. de Balzac, *La comédie humaine,* vol. 9, Paris, Rencontre.

Beaux Arts (1992), *Dieu a-t-il une image ?, 106* (novembre).

Beere C. A. (1990), *Women and women's issues. A handbook of tests and measures,* Westport, Greenwood (2ᵉ éd.).

Belenky M. F., Clinchy B. M., Goldberger N. R. et Tarule J. M. (1986), *Women's ways of knowing,* New York, Basic Books.

Bem S. L. (1974), The measurement of psychological androgyny, *Journal of Consulting and Clinical Psychology, 42,* 155-162.

— (1975), Sex role adaptability : one consequence of psychological androgyny, *Journal of Personality and Social Psychology, 31,* 634-643.

Bem S. L. (1976), Probing the promise of androgyny, *in* A. G. Kaplan et J. P. Bean (Eds), *Beyond sex-role stereotypes : readings toward a psychology of androgyny,* Toronto, Little, Brown & Co.
— (1977), On the utility of alternative procedures for assessing psychological androgyny, *Journal of Consulting and Clinical Psychology, 45,* 196-205.
— (1979), Theory and measurement of androgyny : a reply to Pedhazur-Tetenbaum and Locksley-Colten critiques, *Journal of Personality and Social Psychology, 37,* 1047-1054.
— (1981), Gender Schema Theory : a cognitive account of sex-typing, *Psychological Review, 88,* 354-364.
— (1982), Gender-schema theory and self-schema theory compared, *Journal of Personality and Social Psychology, 43,* 1192-1194.
— (1983), Gender-schema theory and its implications for child development : raising gender-aschematic children in a gender-schematic society, *Signs, 8,* 598-616.
— (1985), Androgyny and gender-schema theory : a conceptual and empirical integration, *in* T. B. Sonderegger (Ed.), *Nebraska Symposium on Motivation, 32,* Lincoln, University of Nebraska Press.
— (1987), Gender schema theory and the romantic tradition, *in* P. Shaver et C. Hendrick (Eds), *Sex and gender,* Londres, Sage.
— (1989), Genital knowledge and gender constancy in preschool children, *Child Development, 60,* 649-662.
— (1993), *The lenses of gender : transforming the debate on sexual inequality,* New Haven, Yale University Press.
Bem S. L. et Lenney E. (1976), Sex-typing and the avoidance of cross-sex behavior, *Journal of Personality and Social Psychology, 33,* 48-54.
Bem S. L., Martyna W. et Watson C. (1976), Sex-typing and androgyny : further explorations of the expressive domain, *Journal of Personality and Social Psychology, 34,* 1016-1023.
Berger C. R. (1968), Sex differences related to self-esteem factor structure, *Journal of Consulting and Clinical Psychology, 32,* 442-446.
Berta M. (1985), *De l'androgynie dans les Rougon-Macquart et deux autres études sur Zola,* New York, Lang.
Billig M. (1987), *Arguing and thinking,* Cambridge et Paris, Cambridge University Press et Maison des Sciences de l'Homme.
Boltanski J. L. (1984), *Prime éducation et morale de classe,* Paris, Cahiers du centre de sociologie européenne.
Bourdieu P. (1980), *Le sens pratique,* Paris, Minuit.
— (1990), La domination masculine, *Actes de la recherche en sciences sociales, 84,* 2-31.

Bourdieu P. et de Saint Martin M. (1978), Le Patronat, *Actes de la recherche en sciences sociales, 20-21,* 3-82.

Branscombe N. R., Deaux K. et Lerner M. S. (1985), Individual differences and the influence of context on categorization and prejudice, *Representative Research in Social Psychology, 15,* 25-35.

Broverman I. K., Broverman D. M., Clarkson F. E., Rosenkrantz P. S. et Vogel S. R. (1970), Sex-role stereotypes and clinical judgements of mental health, *Journal of Consulting and Clinical Psychology, 34,* 1-7.

Broverman I. K., Vogel S. R., Broverman D. M., Clarkson F. E. et Rosenkrantz P. S. (1972), Sex-role stereotypes : a current appraisal, *Journal of Social Issues, 28,* 59-78.

Brown L. S. (1990), What female therapists have in common, *in* D. W. Cantor (Ed.), *Women as therapists,* New York, Springer.

Caillois R. (1938), *Le mythe et l'homme,* Paris, Gallimard.

Campbell P. B. (1983), The impact of societal biases on research methods, *in* B. L. Richardson et J. Wirtenberg (Eds), *Sex role research,* New York, Praeger.

Carlson R. (1972), Understanding women : implications for personality theory and research, *Journal of Social Issues, 28,* 17-32.

Clifton A. K., McGrath D. et Wick B. (1976), Stereotypes of woman : a single category ?, *Sex Roles, 2,* 135-148.

Codol J.-P. (1984), Social differentiation and non-differentiation, *in* H. Tajfel (Ed.), *The social dimension,* Cambridge et Paris, Cambridge University Press et Maison des Sciences de l'Homme.

Condry J. et Condry S. (1976), Sex differences : in the eye of the beholder, *Child Development, 47,* 812-819.

Cook E. P. (1985), *Psychological androgyny,* New York, Pergamon Press.

Cooley C. H. (1902), *Human nature and the social order,* New York, Scribner's.

Costrich N., Feinstein J., Kidder L., Maracek J. et Pascale L. (1975), When stereotypes hurt : three studies of penalties for sex-role reversals, *Journal of Experimental Social Psychology, 11,* 520-530.

Cowan G. (1976), Therapist judgments of clients' sex-role problems, *Psychology of Women Quarterly, 1,* 115-1248.

Deaux K. et Lewis L. L. (1984), The structure of gender stereotypes : interrelationships among components and gender label, *Journal of Personality and Social Psychology, 46,* 991-1004.

Deaux K. et Major B. (1977), Sex-related patterns in the unit of perception, *Personality and Social Psychology Bulletin, 3,* 297-300.

Delcourt M. (1938), *Stérilités mystérieuses et naissances maléfiques dans l'antiquité classique,* Paris, Droz.

— (1958), *Hermaphrodite,* Paris, Presses Universitaires de France.

Delumeau J. (1992), *Une histoire du paradis,* Paris, Fayard.

Deschamps J.-C. (1984), Identité sociale et différenciations catégorielles, *Cahiers de psychologie cognitive, 4,* 449-474.

Deschamps J.-C. et Lorenzi-Cioldi F. (1981), Egocentrisme et sociocentrisme dans les relations entre groupes, *Revue suisse de psychologie, 40,* 108-131.

Doise W. (1993), *Logiques sociales dans le raisonnement,* Neuchâtel, Delachaux & Niestlé.

Doise W., Clémence A. et Lorenzi-Cioldi F. (1992), *Représentations sociales et analyse des données,* Grenoble, Presses Universitaires.

Doise W. et Lorenzi-Cioldi F. (1989), Patterns of differentiation within and between groups, *in* J. P. Van Oudenhoven et T. M. Willemsen (Eds), *Ethnic minorities,* Amsterdam, Swets & Zeitlinger.

Eagly A. H. et Mladinic A. (1994), Are people prejudiced against women? Some anwers from research on attitudes, gender stereotypes, and judgments of competence, *in* W. Stroebe et M. Hewstone (Eds), *European Review of Social Psychology,* New York, Wiley.

Eagly A. H. et Wood W. (1991), Explaining sex differences in social behavior : a meta-analytic perspective, *Personality and Social Psychology Bulletin, 17,* 306-315.

Eliade M. (1962), *Méphistophélès et l'androgyne,* Paris, Gallimard.

Erikson E. E. (1964), Inner and outer space : reflexions on womanhood, *Daedalus, 93,* 582-606 (reproduit *in* P. C. Lee et R. S. Stewart (Eds), *Sex differences,* New York, Urizen Books).

Fiske S. T., Bersoff D. N., Borgida E., Deaux K. et Heilman M. E. (1991), Social science research on trial. Use of sex stereotyping research in Price Waterhouse v. Hopkins, *American Psychologist, 46,* 1049-1060.

Fiske S. T. et Neuberg S. L. (1990), A continuum of impression formation, from category-based to individuating processes : influences of information and motivation on attention and interpretation, *in* M. Zanna (Ed.), *Advances in Experimental Social Psychology, 23,* New York, Academic Press.

Fiske S. T. et Taylor S. T. (1991), *Social cognition* (2ᵉ éd.), New York, McGraw Hill.

Fiske S. T., Neuberg S. L., Beattie A. E. et Milberg S. J. (1987), Category-based and attribute-based reactions to others : some informational conditions of stereotyping and individuating processes, *Journal of Experimental Social Psychology, 23,* 399-427.

de Foigny G. (1676), La terre australe connue, *in* F. Lachèvre (Ed.), *Les successeurs de Cyrano de Bergerac* (t. X), Genève, Slatkine (1922/1968).

Foushee H. C., Helmreich R. L. et Spence J. T. (1979), Implicit theories of masculinity and femininity : dualistic or bipolar?, *Psychology Women Quarterly, 3,* 259-269.

Frable D. S. (1987), Sex-typed execution and perception of expressive movement, *Journal of Personality and Social Psychology, 53,* 391-396.

Frable D. S. et Bem S.L. (1985), If you are gender-schematic, all members of the opposite sex look alike, *Journal of Personality and Social Psychology, 49,* 459-468.

Frutiger P. (1930), *Les mythes de Platon. Etude philosophique et littéraire,* Paris, Alcan.

Gaeddert W. P. (1985), Sex and sex role effects on achievement strivings : dimensions of similarity and difference, *Journal of Personality, 53,* 286-305.

Geertz C. (1975), Common sense as a cultural system, *The Antioch Review, 33,* 5-26.

Goffman E. (1977), La ritualisation de la féminité, *Actes de la recherche en sciences sociales, 14,* 34-50.

Goldenberg S. et Grigel F. (1991), Gender, science and methodological preferences, *Social Science Information, 30,* 429-443.

Gonen J. V. et Lansky L. M. (1968), Masculinity, femininity and masculinity-femininity : a phenomenological study of the MF scale of the MMPI, *Psychological Reports, 23,* 183-194.

Guillaumin C. (1992), *Sexe, race et pratique du pouvoir. L'idée de nature,* Paris, Côté-Femmes.

Hall J. A. (1984), *Nonverbal sex differences,* Baltimore, Johns Hopkins.

Halley de Fontaine J.-C.-L. (1938), *Contribution à l'étude de l'androgynie. La notion d'androgynie dans quelques mythes et quelques rites,* thèse de doctorat en médecine, Paris, Hippocrate.

Harding S. (1986), *The science question in feminism,* Ithaca, Cornell University Press.

Hathaway S. R. et McKinley J. C. (1940), A multiphasic personality schedule (Minnesota), Construction of the schedule, *Journal of Psychology, 10,* 249-254.

Heilbrun A. B. (1986), Androgyny as type and androgyny as behavior : implications for gender-schema in males and females, *Sex Roles, 14,* 123-140.

Heilbrun A. B. et Mulqueen C. M. (1987), The second androgyny : a proposed revision in adaptive priorities for college women, *Sex Roles, 17,* 187-207.

Heilbrun C. G. (1964), *Toward a recognition of androgyny,* New York, Norton.

Helmreich R. L., Spence J. T. et Holahan C. K. (1979), Psychological Androgyny and Sex-role flexibility : a test of two hypotheses, *Journal of Personality and Social Psychology, 37,* 1631-1644.

Henley N. M. (1973), Status and sex : Some touching observations, *Bulletin of the Psychonomic Society, 2,* 91-93.

— (1977), *Body politics : power, sex, and nonverbal communication,* Englewood-Cliffs, Prentice Hall.

Henley N. M. et Harmon S. (1985), The nonverbal semantics of power and gender : a perceptual study, *in* S. L. Ellyson et J. F. Dovidio (Eds), *Power, dominance, and nonverbal behavior,* New York, Springer.

Horner M. S. (1972), Toward an understanding of achievement-related conflicts in women, *Journal of Social Issues, 28,* 157-176.

Hurtig M. C. et Pichevin M. F. (1985), La variable sexe en psychologie, donné ou construct ?, *Cahiers de psychologie cognitive, 5,* 187-228.

— (1986), *La différence des sexes,* Paris, Tierce.

— (1990), Salience of the sex category system in person perception, *Sex Roles, 22,* 369-395.

Jahoda M. (1958), *Current concepts of positive mental health,* New York, Basic Books.

Jones W. H., Chernovetz M. E. et Hansson R. D. (1978), The enigma of androgyny : differential implications for males and females ?, *Journal of Consulting and Clinical Psychology, 46,* 298-313.

Josefowitz N. (1980), *Paths of power,* Reading, Addison-Wesley.

Kaplan A. G. (1979), Clarifying the concept of androgyny : implications for therapy, *Psychology of Women Quarterly, 3,* 223-230.

Kite M. E. et Deaux K. (1986), Gender versus category clustering in free recall : a test of gender schema theory, *Representative Research in Social Psychology, 16,* 38-43.

— (1987), Gender belief systems : homosexuality and the implicit inversion theory, *Psychology of Women Quarterly, 11,* 83-96.

Kohlberg L. A. (1966), A cognitive-developmental analysis of children's sex role concepts and attitudes, *in* E. E. Maccoby (Ed.), *The Development of Sex Differences,* Stanford, University Press.

LaFrance M. et Carmen B. (1980), The nonverbal display of psychological androgyny, *Journal of Social Psychology, 38,* 36-49.

LaFrance M. et Henley N. M. (1994), On oppressing hypotheses : or differences in nonverbal sensitivity revisited, *in* H. L. Radtke et H. J. Stam (Eds), *Power/gender,* Londres, Sage.

Laqueur T. (1992), *La fabrique du sexe,* Paris, Gallimard.

Lemaine G. (1974), Différenciation sociale et originalité sociale, *in* W. Doise (Ed.), *Expériences entre groupes,* Paris, Mouton (1979).

Lévi-Strauss C. (1985), *La potière jalouse,* Paris, Plon.

Lewin M. (Ed.) (1984), *In the shadow of the past. Psychology portrays the sexes,* New York, Columbia University Press.

Libis J. (1991), *Le mythe de l'androgyne,* Paris, Berg International (1re éd., 1980).
Lionetti R. (1988), *Le lait du père,* Paris, Imago.
Lippa R. (1977), Androgyny, sex-typing and the perception of masculinity-femininity in handwriting, *Journal of Research in Personality, 11,* 21-37.
— (1978), The naive perception of masculinity-femininity on the basis of expressive cues, *Journal of Research in Personality, 12,* 1-14.
Lorenzi-Cioldi F. (1988), *Individus dominants et groupes dominés,* Grenoble, Presses Universitaires.
— (1991*a*), Self-enhancement and self-stereotyping in gender groups, *European Journal of Social Psychology, 21,* 403-417.
— (1991*b*), Pluralité d'ancrages des représentations professionnelles chez des éducateurs en formation et des praticiens, *Revue internationale de psychologie sociale, 4,* 357-379.
— (1993), They all look alike, but so do we... sometimes. Perception of ingroup and outgroup homogeneity as a function of gender and context, *British Journal of Social Psychology, 32,* 111-124.
Lorenzi-Cioldi F. et Clémence A. (1987), Effets du statut du groupe d'appartenance sur l'identité de Soi, *Revue suisse de psychologie, 46,* 17-25.
Lorenzi-Cioldi F. et Dafflon A.-C. (1992), *When social reality fails : children's memory for traditional and nontraditional sex-typed activities,* Poster présenté au 25e Congrès international de psychologie, Bruxelles, juillet.
Lorenzi-Cioldi F. et Doise W. (1990), Levels of analysis and social identity, *in* D. Abrams et M. Hogg (Eds), *Social identity theory : constructive and critical advances,* Londres, Harvester.
Lorenzi-Cioldi F., Eagly A. H. et Stewart T. (en préparation), Homogeneity in gender groups and memory organization.
Lorenzi-Cioldi F. et Joye D. (1988), Représentations de catégories socioprofessionnelles : aspects méthodologiques, *Bulletin de psychologie, 40,* 377-390.
Lorenzi-Cioldi F. et Meyer G. (1990), Représentations de métiers et positions sociales dans une tâche d'associations libres, *Revue internationale de psychologie sociale, 3,* 7-25.
Lott B. (1985), The potential enrichment of social/personality psychology through feminist research and vice versa, *American Psychologist, 40,* 155-164.
Marini M. (1992), La place des femmes dans la production culturelle, *in* F. Thébaud (Ed.), *Histoire des femmes en Occident,* vol. 5, Paris, Plon.
Markus H. (1977), Self-schemata and processing information about the self, *Journal of Personality and Social Psychology, 35,* 63-78.
Markus H., Crane M., Bernstein S. et Siladi M. (1982), Self-schemas and gender, *Journal of Personality and Social Psychology, 42,* 38-50.

Markus H. et Kitayama S. (1991), Culture and the self : implications for cognition, emotion and motivation, *Psychological Review, 98,* 224-253.

Markus H. et Oyserman D. (1989), Gender and thought : the role of the self-concept, *in* M. Crawford et M. Gentry (Eds), *Gender and thought,* New York, Springer.

Marsh H. W. et Byrne B. M. (1991), Differentiated additive androgyny model : relations between masculinity, femininity and multiple dimensions of self-concept, *Journal of Personality and Social Psychology, 61,* 811-828.

Mead M. (1935), *Mœurs et sexualité en Océanie,* Paris, Plon.

Medin D. L. (1989), Concepts and conceptual structure, *American Psychologist, 44,* 1469-1481.

Merton R. K. et Barber E. (1963/1976), Sociological ambivalence, *in* R. K. Merton (Ed.), *Sociological ambivalence and other essays,* Londres, Free Press.

Mischel W. (1970), Sex-typing and socialization, *in* P. H. Mussen (Ed.), *Carmichael's Manual of Child Psychology, 2,* New York, Wiley.

Morawski J. G. (1985), The measurement of masculinity and femininity : engendering categorical realities, *Journal of Personality, 53,* 196-223.

Moscovici S. (1976), *La psychanalyse, son image, son public,* Paris, Presses Universitaires de France (1re éd., 1961).

— (1984), The phenomenon of social representations, *in* R. M. Farr et S. Moscovici (Eds), *Social representations,* Cambridge et Paris, Cambridge University Press et Maison des Sciences de l'Homme.

— (1986), L'ère des représentations sociales, *in* W. Doise et A. Palmonari (Eds), *L'étude des représentations sociales,* Neuchâtel & Paris, Delachaux.

— (1987), Le déni, *in* S. Moscovici et G. Mugny (Eds), *Psychologie de la conversion. Etudes sur l'influence inconsciente,* Cousset, DelVal.

Myers A. M. et Finn P. (1985), The utility of an open-ended measure of self-concept in assessing androgyny and self-esteem research, *International Journal of Women's Studies, 8,* 505-511.

O'Connell A. et Russo F. (Eds) (1983, 1988), *Models of achievement. Reflections of eminent women in psychology,* vol. 1 et 2, New York, Columbia.

O'Flaherty W. D. (1980), *Women, androgynes and other mythical beasts,* Chicago, University of Chicago Press.

Omni (1990), *Sex : the traditional, the bizarre and the uncertain future of gender,* édition spéciale, octobre.

Park B. et Hahn S. (1988), Sex-role identity and the perception of others, *Social Cognition, 6,* 61-87.

Parsons T. (1942), Age and sex in the social structure of the United States, *American Sociological Review, 7*, 604-616.

Parsons T. et Bales R. F. (1955), *Family, socialization and interaction processes*, New York, Free Press.

Pedhazur E. J. et Tetenbaum T. J. (1979), BSRI : a theoretical and methodological critique, *Journal of Personality and Social Psychology, 37*, 996-1016.

Platon (1964), *Le banquet. Phèdre*, Paris, Flammarion.

Platon (1992), *Timée. Critias*, Paris, Flammarion.

Pyke S. W. (1980), Androgyny : a dead end or a promise, *in* C. Stark-Adamec (Eds), *Sex-roles : origins, influences and implications for women*, Montréal, Eden Press Women's Publications.

Reichel-Dolmatoff G. (1981), Brain and mind in Desana Shamanism, *Journal of Latin American Lore, 7*, 73-98.

Riedle J. E. (1991), Exploring the subcategories of stereotypes : not all mothers are the same, *Sex Roles, 24*, 711-724.

Rocheblave-Spenlé A. M. (1964), *Les rôles masculins et féminins*, Paris, Presses Universitaires de France.

Rokeach M. (1960), *The open and closed mind*, New York, Basic Books.

Ronzeaud P. (1982), *L'utopie hermaphrodite*, Marseille, CMR.

Rosch E. E. et Mervis C. B. (1975), Family resemblances : studies in the internal structure of categories, *Cognitive Psychology, 7*, 573-705.

Rosenkrantz P. S., Vogel S. R., Bee H., Broverman I. K. et Broverman D. M. (1968), Sex-role stereotypes and self-concepts in college students, *Journal of Consulting and Clinical Psychology, 32*, 287-295.

Rossi A. S. (1964), Equality between the sexes : an immodest proposal, *Daedalus, 93*, 607-652.

Rothbart M., Dawes R. et Park B. (1984), Stereotyping and sampling biases in intergroup perception, *in* R. Eiser (Ed.), *Attitudinal judgment*, New York, Springer.

Sampson E. E. (1977), Psychology and the American ideal, *Journal of Personality and Social Psychology, 35*, 767-782.

Schaller M. (1992), In-group favoritism and statistical reasoning in social inference : implications for formation and maintenance of group stereotypes, *Journal of Personality and Social Psychology, 63*, 61-74.

Science et Vie (1990), *L'un et l'autre sexe*, édition spéciale, juin.

Science et Vie (1991), *Le cerveau et l'intelligence*, édition spéciale, décembre.

Secor C. (1974), Androgyny : an early reappraisal, *Women Studies, 2*, 161-169.

Sedikides C. et Ostrom T. M. (1993), Perceptions of group variability, *Social Cognition, 11* (édition spéciale).

Shweder R. A. et Sullivan M. A. (1990), The semiotic subject of cultural psychology, *in* L. A. Pervin (Ed.), *Handbook of personality : theory and research,* New York, Guilford.

— (1993), Cultural psychology : who needs it ?, *Annual Review of Psychology, 44,* 497-523.

Simmel G. (1911/1984), Textes recueillis, *in* G. Oakes (Ed.), *G. Simmel : on women, sexuality and love,* New Haven et Londres, Yale University Press.

Sissa G. (1991), Philosophies du genre : Platon, Aristote et la différence des sexes, *in* G. Duby et M. Perrot (Eds), *Histoire des femmes* (vol. 1), Paris, Plon.

Skitka L. J. et Maslach C. (1990), Gender role and the categorization of gender-relevant behavior, *Sex Roles, 22,* 133-150.

Snodgrass S. E. (1985), Women's intuition : the effect of subordinate role on interpersonal sensitivity, *Journal of Personality and Social Psychology, 49,* 146-155.

— (1992), Further effects of role versus gender on interpersonal sensitivity, *Journal of Personality and Social Psychology, 62,* 154-158.

Sowerwine C. (1991), Militantisme et identité sexuelle : la carrière politique et l'œuvre théorique de Madeleine Pelletier (1874-1939), *Le mouvement social, 157,* 9-32.

Spence J. T. (1991), Do the BSRI and PAQ measure the same or different concepts ?, *Psychology of Women Quarterly, 15,* 141-165.

Spence J. T. et Helmreich R. L. (1978), *Masculinity and femininity ; their psychological dimensions, correlates and antecedents,* Austin, University of Texas Press.

Spence J. T., Helmreich R. L. et Stapp J. A. (1974), The Personal Attribute Questionnaire : a measure of sex-role stereotypes and masculinity-femininity, *Journal Supplement Abstract Service Catalog of Selected Documents in Psychology, 4,* 43-44.

— (1975), Ratings of self and peers on sex role attributes and their relation to self-esteem and conceptions of masculinity and femininity, *Journal of Personality and Social Psychology, 32,* 29-39.

Spence J. T. et Sawin L. L. (1985), Images of masculinity and femininity : a reconceptualization, *in* V. E. O'Leary, R. K. Unger et B. S. Wallston (Eds), *Women, gender and social psychology,* Hillsdale, Lawrence Erlbaum.

Stoczkowski W. (1992), Origines de l'homme : quand la science répète le mythe, *La recherche,* n° 244 (juin), 746-750.

Tajfel H., Billig M., Bundy R. et Flament C. (1971), Social categorization and intergroup behavior, *European Journal of Social Psychology, 1,* 149-175 (traduit *in* W. Doise, éd., *Expériences entre groupes,* Paris, Mouton, 1979).

Tajfel H. et Turner J. C. (1986), An integrative theory of intergroup conflict, *in* W. G. Austin et S. Worchel (Eds), *The psychology of intergroup relations,* Monterey, Brooks/Cole.

Taylor M. C. et Hall J. A. (1982), Psychological androgyny : theories, methods and conclusions, *Psychological Bulletin, 92,* 347-366.

Terman L. M. et Miles C. C. (1936), *Sex and personality : studies in masculinity and femininity,* New York, McGraw Hill.

Thébaud F. (1992), Introduction, *in* G. Duby et M. Perrot (Eds), *Histoire des femmes* (vol. 5), Paris, Plon.

Thibaut J. W. (1950), An experimental study of the cohesiveness of underprivileged groups, *Human Relations, 3,* 251-258.

Time Magazine (1990), édition spéciale, *Women : The road ahead, 136* (19), octobre.

Time Magazine (1992), édition spéciale, *Why are men and women different?, 139* (3), janvier.

Tournier M. (1981), *Le vol du vampire,* Paris, Mercure de France.

Tunnell G. (1981), Sex roles and cognitive schemata : person perception in feminine and androgynous women, *Journal of Personality and Social Psychology, 40,* 1126-1136.

Veyne P. (1983), *Les Grecs ont-ils cru à leurs mythes ?,* Paris, Seuil.

Warren M. A. (1980), *The nature of woman. An encyclopedia and guide to the literature,* Pt. Reyes, Edgepress.

— (1982), Is androgyny the answer to sexual stereotyping ?, *in* M. Wetterling-Braggin (Ed.), « Femininity », « masculinity » and « androgyny », Totowa, Littlefield, Adams & Co.

Wicklund R. A. (1990), *Zero-variable theories and the psychology of the explainer,* New York, Springer.

Wittgenstein L. (1953), *Philosophical investigations,* Oxford, Blackwell.

Zager K. (1990), The case, *in* D. W. Cantor (Ed.), *Women as therapists. A multitheoretical casebook,* New York, Springer.

Zárate M. A. et Smith E. R. (1990), Person categorization and stereotyping, *Social Cognition, 8,* 161-185.

Zolla E. (1989), *L'androgino : l'umana nostalgia dell'interezza,* Como, Red Edizioni.

Index des noms

Index des thèmes

Imprimé en France
Imprimerie des Presses Universitaires de France
73, avenue Ronsard, 41100 Vendôme
Juillet 1994 — N° 40 358